E-Z DICKENS

SZUPERHŐS ELSŐ ÉS MÁSODIK KÖNYV

TETOVÁLÓ ANGYAL: A HÁROM

Cathy McGough

Stratford Living Publishing

Tartalomjegyzék

Dedikáció

Dorothy számára, aki hitt.

ELSŐ KÖNYV:
TETOVÁLÓ ANGYAL

PROLÓGUS

Z ELSŐ LÉNY E-Z mellkasára repült, és úgy szállt le, hogy az állát előrenyomta, kezeit a csípőjére tette. Egyszer megfordult, az óramutató járásával megegyező irányba. Gyorsabban pörgött, szárnyainak rebegéséből dal áradt. A dal halk nyögés volt. Egy szomorú dal a múltból, egy olyan élet ünneplésére, amely már nem volt többé. A lény hátradőlt, fejét E-Z mellkasának támasztotta. A pörgés abbamaradt, de a dal tovább szólt.

A második lény is csatlakozott, és ugyanezt a rituálét végezte, miközben az óramutató járásával ellentétesen forgott. Új dalt alkottak, a csipogás-bipogás és a zoom-zoom nélkül. Mert amikor énekeltek, az onomatopoiára nem volt szükség. Míg az emberekkel való mindennapi beszélgetésben igen. Ez a dal átfedte a másikat, és örömteli, magas hangú ünnepléssé vált. Egy óda az eljövendő dolgokhoz, egy még meg nem élt élethez. Egy dal a jövőnek.

Aranyszínű szemgödreikből gyémántpor permet tört elő, ahogy tökéletes szinkronban megfordultak. A gyémántpor a szemükből E-Z alvó testére permeteződött. A csere addig folytatódott, amíg a gyémántpor tetőtől talpig be nem borította.

A tinédzser továbbra is mélyen aludt. Egészen addig, amíg a gyémántpor át nem fúródott a húsán - ekkor kinyitotta a száját, hogy sikítson, de nem jött ki belőle hang.

"Felébredt, bip-bip".

"Emeld fel, zoom-zoom."

Együtt emelték fel, amikor a férfi kinyitotta elkerekedett szemét.

"Aludj tovább, bip-bip."

"Ne érezz fájdalmat, zoom-zoom."

A két lény a testét átölelve magába fogadta a fájdalmát.

"Kelj fel, bip-bip" - parancsolta.

És a kerekesszék, felemelkedett. És E-Z teste alá helyezkedve várt. Amikor egy vércsepp lecsöppent, a szék felfogta. Elnyelte. Elfogyasztotta - mintha élőlény lett volna.

Ahogy a szék ereje nőtt, úgy lett erősebb is. Hamarosan a szék a levegőben tartotta gazdáját. Ez lehetővé tette a két lény számára, hogy elvégezze a feladatát. A feladatukat, hogy egyesítsék a széket és az embert. Örökre összekötni őket a gyémántpor, a vér és a fájdalom erejével.

Ahogy a tinédzser teste megremegett, a bőrén lévő szúrások begyógyultak. A feladat teljesült. A gyémántpor a lényének része volt. Így a zene megállt.

"Megtörtént. Most már golyóálló. És szuper ereje van, bip-bip."

"Igen, és ez jó, zoom-zoom."

A kerekesszék visszatért a padlóra, a tinédzser pedig az ágyára.

"Emlékei nem lesznek róla, de az igazi szárnyai nagyon hamar elkezdenek működni, beep-beep."

"Mi a helyzet a többi mellékhatással? Mikor kezdődnek, és észrevehetőek lesznek-e zoom-zoom?"

"Ezt nem tudom. Lehet, hogy fizikai elváltozásai lesznek... ezt a kockázatot érdemes vállalni, hogy csökkentsük a fájdalmat, beep-beep."

"Egyetértek, zoom-zoom."

CAUSE

MINDEN CSALÁDBAN VANNAK NÉZETELTÉRÉSEK. Vannak, akik minden apróságon vitatkoznak. A Dickens család a legtöbb dologban egyetértett. A zene nem tartozott közéjük.

"Gyerünk, apa - mondta a tizenkét éves E-Z. "Unatkozom, és épp most játszanak egy Muse-hétvégét a műholdon."

"Nem hoztál fejhallgatót?" - kérdezte az anyja, Laurel.

"A hátizsákomban vannak a csomagtartóban." Sóhajtott.

"Bármikor megállhatunk értük..."

Martin, a fiú apja, aki vezetett, megnézte az időt. "Szeretnék a hegyi faházba érni, mielőtt besötétedik. Múzsa nekem megfelel. Különben is, hamarosan ott leszünk."

Laurel elfordította a tárcsát a műholdas rendszeren a vadonatúj piros kabriójukban. Egy pillanatig habozott a Classic Rockon. A bemondó így szólt: "Következik a Kiss-himnusz I Wanna Rock N Roll All Night. Ne nyúlj ahhoz a tárcsához."

"Várj, ez egy jó dal!" - kiáltotta a fiú.

"Mi az, nincs több Muse?" Laurel megkérdezte, miközben a kezét a tárcsán tartotta.

"A Kiss után, oké?"

"Akkor Kiss" - mondta Martin, miközben bekapcsolta az ablaktörlőket. Még nem esett az eső, de a mennydörgés dübörgött.

Gallyak és más törmelékek suhogtak ki-be a járművükből, ahogy felfelé haladtak a hegyre.

Laurel tüsszentett egyet, és könyvjelzőt tett a lapjára. Reszketve keresztbe fonta a karját. "Ez a szél aztán tényleg üvölt. Nem bánod, ha felhúzzuk a tetőt?"

"Én igennel szavazok" - mondta E-Z, miközben szőke hajából gallyakat szedett ki.

THWACK.

Nem volt idő sikoltozni - amikor a zene elhalt.

A fiú füle még mindig csengett a négy légzsák robbanásával párosuló hangtól. Vér csorgott a homlokán, ahogy megérintette a lábán lévő dolgot: egy fát. A vér összecsapódott a fából készült betolakodóban és körülötte. Végigfuttatta az ujját a fa törzsén. Úgy érezte, mintha bőr lenne; ő volt a fa, és a fa volt ő maga.

"Anya? Apa?" - zokogott, a mellkasát megdobogtatva. "Anya? Apa? Kérlek, válaszolj!"

Segítséget kellett hívnia. Hol volt a telefonja? A becsapódás következtében a földre zuhant. Látta, de túl messze volt ahhoz, hogy elérje. Vagy mégis? Elkapó volt, és egyesek szerint a dobókarja olyan volt, mint a gumi. Koncentrált, nyújtózkodott és nyújtózkodott, amíg meg nem találta.

A jel erős volt, ahogy véres ujjai megnyomták a 9-1-1-et, aztán megszakadt a kapcsolat. Ahhoz, hogy megtalálják, az új, továbbfejlesztett szolgáltatást kellett használnia. Beírta az E9-1-1-et. Ezzel engedélyt adott a hatóságoknak, hogy hozzáférjenek a tartózkodási helyéhez, telefonszámához és címéhez.

"Sürgősségi szolgálat. Mi a vészhelyzet?"

"Segítség! Segítségre van szükségünk! Segítséget kérünk! A szüleim!"

"Először is mondd meg, hány éves vagy? Mi a neved?"

"'Tizenkét éves vagyok. E-Z-nek hívnak."

"Kérem, ellenőrizze a címét és a telefonszámát."

Megtette.

"Szia E-Z. Mesélj a szüleidről. Látod őket? Maguknál vannak?"

"Én, én nem látom őket. Egy fa rádőlt a kocsira, rájuk és a lábamra. Segítség! Kérem."

"Most kapjuk meg a helyzetüket."

E-Z lehunyta a szemét.

"E-Z?" Hangosabban: "E-Z!"

A fiú magához tért. "Én, bocsánat, én..."

"Küldünk egy helikoptert. Próbálj meg ébren maradni. A segítség már úton van."

"Köszönöm", a szemei lehunytak, majd erőszakkal kinyitotta őket. "Ébren kell maradnom. Azt mondta, hogy maradjak ébren." Csak aludni akart, aludni, hogy vége legyen a fájdalomnak.

Felette két fény, egy zöld és egy sárga villogott a szeme előtt. Egy pillanatra azt hitte, hogy apró szárnyakat lát, ahogy a két tárgy lebegett.

"Rosszul van" - mondta a zöld, és odalépett, hogy közelebbről megnézze.

"Segítsünk rajta - mondta a sárga, magasabbra lebegve.

E-Z felemelte a kezét, hogy lesöpörje a pislákoló fényeket. Magas hang bántotta a fülét.

"Hajlandó vagy segíteni nekünk?" - énekelték a fények.

"Igen. Segítsetek nekem."

Aztán minden elsötétült.

EFFEKT

S AM, E-Z NAGYBÁTYJA A kórházban volt, amikor felébredt. A fiú
nem tette fel a kérdést - hol vannak a szülei -, mert nem akarta
hallani a választ. Ha nem tudta, úgy tehetett, mintha jól lennének.
Hogy bármelyik percben besétálhatnak a szobájába, és átkarolhatják.
De a lelke mélyén tudta, sőt, azt hitte, hogy meghaltak. Elképzelte
magában, ahogyan visszadobja a takarót, és odaszalad hozzájuk, ők pedig
összeölelkeznek, és együtt sírnak, hogy milyen szerencsések. De várjunk
csak, miért nem tudta megmozgatni a lábujjait? Újra megpróbálta,
erősen koncentrált, de semmi sem történt.

Sam, aki figyelt, azt mondta: "Ezt nem lehet egyszerűen elmondani
neked", miközben visszafojtotta a zokogást.

"A lábaim - mondta E-Z -, én, én nem érzem őket".

Sam bácsi megszorította unokaöccse kezét. "A lábaidat..."

"Jaj, ne! Ne mondd el nekem. Csak ne mondd el."

Kicsavarta a kezét a nagybátyja kezéből. Eltakarta az arcát, gátat
képezve maga és a világ között, miközben könnyek gördültek le az arcán.

Sam bácsi tétovázott. Az unokaöccse már sírt, már gyászolt, és mégis
el kellett mondania neki a szüleiről. Nem volt egyszerű módja, hogy
kimondja, ezért kibökte: - A szüleid. A bátyám és az anyukád... ők nem
élték túl".

Tudni és hallani a szavakat két különböző dolog volt. Az egyik
tényként tette. E-Z hátravetette a fejét, és felüvöltött, mint egy

megsebzett állat, reszketett, és legszívesebben elszaladt volna, bárhová. Csak el.

"E-Z, itt vagyok neked."

"Nem! Ez nem igaz. Hazudsz. Miért hazudsz nekem?" A férfi tépelődött, ökölbe szorította az öklét, és a matracba verte, miközben dühöngött és dühöngött, és semmi jele volt annak, hogy abbahagyná.

Sam megnyomta a gombot az ágy mellett. Próbálta megnyugtatni, de E-Z elvesztette az irányítást, prüszkölt és káromkodott. Két nővér érkezett; az egyik behelyezte a tűt, míg a másik Sammel együtt próbálta nyugton tartani, és halkan suttogta, hogy minden rendben lesz.

Sam nézte, ahogy az unokaöccse álomországban - vagy bárhol is volt most - mosolyt erőltetett magára. Megbecsülte ezt a mosolyt, mert arra gondolt, hogy jó időbe telik, mire újra mosolyt lát az unokaöccse arcán. Hosszú és nehéz út állt előtte. Az unokaöccsének szembe kellett néznie azzal a nappal, amikor az élete darabokra hullik. Ha ezt megtette, akkor harcolhatott, és együtt felépíthettek neki egy vadonatúj életet. Új - más - nem ugyanolyan. Soha többé semmi sem lesz ugyanolyan.

Mindez azért, mert rosszkor voltak rossz helyen. A természet áldozatai: egy fa. Egy fa, amely az emberi hanyagság miatt a természet fegyverévé vált. A faépítmény már évek óta halott volt, gyökerei a föld fölött a figyelemért versengtek. És amikor elmondták neki, hogy X-szel jelölték meg, hogy tavasszal kivágják - sikítani akart.

Ehelyett felhívta a legjobb ügyvédet, akit ismert. Azt akarta, hogy valaki fizessen - hogy állja a számlát két túl korán megszakított életért, az unokaöccse összetört lábaiért és életéért.

De mi értelme volt? A múlton semmi sem változtathatott - de a jövőben segíteni fog az unokaöccsének, hogy megtalálja az útját. Ebben a pillanatban Sam egy tervet fogalmazott meg.

Sam Harry Potter felnőtt változatára hasonlított (mínusz a sebhely.) Mint E-Z egyetlen élő rokona, átveszi unokaöccse gondozását. Egy olyan szerepet, amit a múltban elhanyagolt. Megpróbál majd olyan lenni, mint idősebb bátyja, Martin - nem pedig helyettesíteni őt.

Lerázta magáról a bensőjében bugyborékoló kifogásokat. Megpróbálta rávenni, hogy a munkával mentesítse a felelősség alól. Elsétálna, eltörölne minden kötelezettséget. Akkor abbahagyhatná a vádaskodást. Gyűlölni magát az elvesztegetett idő miatt.

Amíg az unokaöccse tovább aludt, felhívta a szoftvercégének vezérigazgatóját. Mint a szakmája csúcsán álló, elismert vezető programozó - remélte, hogy kompromisszumra jutnak. Elmondta nekik, hogy mit akar tenni.

"Persze, Sam. Dolgozhatsz távolról is. Semmi sem fog változni. Azt teszed, amit tenned kell. Mi veled vagyunk. A család az első - mindig."

Amikor megszakította a kapcsolatot, visszatért unokaöccse ágyához. Egyelőre a családi házba költözik, hogy E-Z a barátai és az iskola közelében maradhasson. Együtt újra összeraknák a darabokat, és újjáépítenék az életét. Feltéve, ha nem borul ki teljesen. Agglegényként alig volt tapasztalata gyerekekkel - nemhogy tinédzserekkel.

M IUTÁN ELHAGYTÁK A KÓRHÁZAT - a sors kényszerítette őket - nem volt más választásuk, mint hogy vérségi köteléket hozzanak létre.

E-Z ellenállt, tagadólag azt hitte, mindent meg tud csinálni egyedül is. Végül nem volt más választása, mint elfogadni a felkínált segítséget.

Sam közbelépett - ott volt mellette - mintha már azelőtt tudta volna, mire van szüksége az unokaöccsének, mielőtt az megkérdezte volna.

És ott volt E-Z mellett élete második legrosszabb napján - amikor azt mondták neki, hogy soha többé nem fog járni.

"Gyere be - mondta Dr. Hammersmith, az egyik legjobb ortopéd-neurológus sebész.

A kerekesszékében E-Z belépett, őt követte Sam.

Hammersmith híres volt arról, hogy megjavítja a megjavíthatatlant, és ő meg akarta gyógyítani őt. A korábbi konzultációk során megígérte a fiatalembernek, hogy újra baseballozni fog.

"Sajnálom - mondta Hammersmith. Néhány másodpercnyi kellemetlen csend után néhány papír megkeverésével töltötte ki a csendet.

"Pontosan mi az, amit sajnálsz?" Érdeklődött E-Z, és minden erejével igyekezett előrébb lépni a helyén. Mivel képtelen volt elvégezni a feladatot, maradt, ahol volt.

"Amit kért - mondta Sam, könnyedén előre mozdulva a helyén.

Hammersmith megköszörülte a torkát. "Azt reméltük, hogy mivel minden normálisan működik, a bénulás csak átmeneti lehet. Ezért küldtem el további vizsgálatokra, és javasoltam egy kis fizikoterápiát. Most már semmi kétség, sajnálom, hogy ezt kell mondanom, E-Z, de soha többé nem fogsz járni."

"Hogy teheti ezt vele?" Kérdezte Sam.

A szavainak véglegessége beleivódott. "Vigyen ki innen, Sam bácsi!"

"Várj" - mondta Hammersmith, képtelen volt a szemükbe nézni. "Segítséget kértem, a kollégáktól szerte a világon. A következtetésük ugyanaz volt."

"Köszönöm szépen."

"E-Z, itt az ideje, hogy továbblépj. Nem akarok több hamis reményt adni neked. "

Sam felállt, és a kezét a kerekesszék fogantyújára tette.

"Majd szerzünk egy második véleményt, egy harmadikat és egy negyediket!"

"Ezt megtehetitek - mondta Hammersmith -, de mi már megtettük. Ha lenne valami új, odakint - bármi, amit megcsapolhatnánk -, akkor megtesszük. A dolgok változhatnak a te életedben E-Z. Az őssejtkutatás területén előrelépés történik. Addig is, nem akarom, hogy a "ha" és a "talán" miatt éld az életed".

Ezután Samnek címezte,

"Ne hagyd, hogy az unokaöcséd elpazarolja az életét. Segíts neki újjáépíteni és visszatérni az élők földjére. Ó, és nem szívesen hozom szóba, de hamarosan szükségünk lesz a kerekesszékre - úgy tűnik, egy kicsit hiány van belőle. Ha nem bánná, ha másképp intézkedne."

"Rendben" - mondta Sam, miközben szó nélkül elhagyták Hammersmith irodáját. Betette a kerekesszéket a csomagtartóba, becsatolta a biztonsági övüket, és beindította a kocsit.

"Minden rendben lesz."

E-Z, akinek könnyek gördültek végig az arcán, letörölte őket. "Sajnálom."

"Soha nem kell bocsánatot kérned tőlem, kölyök, amiért kimutattad az érzéseidet."

Sam ököllel a kormányra csapott, majd a kerekeket csikorgatva kihajtott a parkolóhelyről.

Néhány pillanatig szó nélkül hajtottak, aztán a férfi odanyúlt, és bekapcsolta a rádiót. Ez feloldotta a kettejük közötti csendet, és lehetőséget adott E-Z-nek, hogy önérzet nélkül kiáltsa ki magát.

Mire befordultak az otthoni felhajtóra, már nyugodtak és éhesek voltak. Az volt a terv, hogy megnéznek néhány műsort, és rendelnek egy pizzát.

Néhány nappal később megérkezett egy vadonatúj kerekesszék.

****

ÉT LÁMPA: EGY SÁRGA és egy zöld villogott E-Z új kerekesszékének közelében.

"Ez nem lesz jó, bip-bip."

"Egyetértek, egyáltalán nem jó. Valami könnyebb, erősebb, tűzálló, golyóálló és nedvszívó kell neki, zoom-zoom."

"Tudod, ki mondta, hogy ne vesztegessük az időt - szóval, csináljuk, mielőtt az ember felébred, bip-bip."

A fények táncoltak a kerekesszék körül. Az egyik a fémet, a másik a gumikat helyettesítette. Amikor befejezték a folyamatot, a szék ugyanúgy nézett ki, mint azelőtt, de nem volt az.

E-Z suttogott álmában.

"Tűnjünk el innen! Bip-bip!"

"Mögötted vagyok! Zoom-zoom!"

És így is tettek, miközben az ifjú tovább aludt.

E GY ÉVVEL KÉSŐBB E-Z úgy érezte, hogy Sam bácsi mindig is ott volt. Nem mintha a szüleit helyettesítette volna. Nem, erre sosem lett volna képes, sőt, meg sem próbálta volna - de jól kijöttek egymással. Társak voltak. Többek voltak ennél, családtagok voltak. Az egyetlen család, ami a tizenhárom éves fiúnak a világon maradt.

"Szeretném megköszönni - mondta, és próbált nem elsírni a szemét.

"Nem kell megköszönnöd, kölyök."

"De igen, Sam bácsi, nélküled már bedobtam volna a törülközőt."

"Ennél erősebb fából faragtak téged."

"Nem vagyok az. A baleset óta megijedek, úgy értem, nagyon megijedtem. Rémálmaim vannak."

"Mindannyian félünk; segít, ha beszélsz róla. Úgy értem, ha szeretnél beszélni róla."

"Néha éjszaka történik - amikor alszol. Nem akarlak felébreszteni."

"A szomszédban vagyok, és a falak nem olyan vastagok. Csak kiálts utánam, és ott leszek. Nem bánom."

"Köszönöm, remélem, nem lesz rá szükségem, de jó tudni."

Visszamentek tévézni, és soha többé nem beszéltek a dologról.

Egészen egy éjszakáig, amikor E-Z sikoltozva ébredt fel, és Sam, ahogy ígérték, ott volt.

Felkapcsolta a villanyt. "Itt vagyok. Jól vagy?"

E-Z az ágy szélébe kapaszkodott, mint aki éppen le akar zuhanni egy szakadékba. Visszasegítette a matracra.

"Most már jobban vagy?"

"Igen, köszönöm."

"Van kedved beszélni róla? Csinálhatok egy kis kakaót."

"Pillecukorral?"

"Magától értetődik. Mindjárt jövök."

"Oké." E-Z egy pillanatra lehunyta a szemét, és a magas hangok újra megszólaltak. Befogta a fülét, és figyelte a sárga és zöld fényeket, ahogy táncoltak a szeme előtt. Levette a kezét, és hallotta a nagybátyja mezítlábas lábát, ahogy a folyosón csapkodnak.

"Tessék - mondta Sam, és egy bögre forró kakaót nyomott unokaöccse kezébe. Leparkolt a kerekesszékbe, ahol belekortyolt, és felsóhajtott.

Bal kezével E-Z a levegőbe csapott, és majdnem kilöttyentette az italát.

"Mit csinálsz?"

"Nem hallod? Azt a fülsértő hangot?"

Sam feszülten figyelt, semmi. Megrázta a fejét. "Ha valami furcsát hallasz, miért próbálod elhessegetni?"

E-Z a forró italára koncentrált, majd lenyelt egy mini mályvacukrot. "Akkor gondolom, nem látod a fényeket?"

"Fényeket? Miféle fényeket?"

"Két fény: egy zöld és egy sárga. Körülbelül akkorák, mint az ujjad vége. Itt vannak ki-be kapcsolva - a baleset óta. A fülembe szúrnak és a szemem előtt villognak. Idegesít."

Sam a fejtámlához ment, és az unokaöccse szemszögéből nézte. Nem várta, hogy bármit is lásson - és persze nem is látott -, az erőfeszítés a megnyugtatására szolgált. "Nem, de mesélj többet, hogy jobban megértsem, hogyan kezdődött."

"A balesetnél két fényt láttam, sárgát és zöldet, és, ne nevess, de azt hiszem, beszéltek hozzám. Ezért vannak rémálmaim."

"Miféle fények? Úgy érted, mint a karácsonyi fények?"

"Ööö, nem, nem olyanok, mint a karácsonyi fények. Semmi ilyesmi. Már eltűntek. Valószínűleg poszttraumás stressz zavar, vagy flashback."

"A PTSD vagy a flashback két teljesen különböző dolog. Azon tűnődöm, hogy nem kellene-e beszélnie valakivel. Úgy értem valakivel, rajtam kívül."

"Úgy érted, mint a barátaim?"

"Nem, úgy értem, egy szakemberrel."

POP.

POP.

Megint visszatértek. Pislogtak az orra előtt, és kancsalrá tették a szemét. Visszatartotta magát. Próbálta nem elütni őket. Ahogy Sam egyik kezével megfogta a csészéjét, a másikkal pedig a homlokát tapogatta, a levegőbe csapott. "Hagyj békén!"

Sam nézte, ahogy az unokaöccse megfagy, mint egy jégszobor a Téli Fesztiválon. Sam csettintett az ujjaival a szeme előtt, de nem volt reakció. E-Z felsóhajtott, hátradőlt, mély levegőt vett, és másodperceken belül horkolt, mint egy katona. Sam felhúzta a takarót. Homlokon csókolta unokaöccsét, majd visszament a szobájába. Végül álomba merült.

Másnap Sam azt javasolta E-Z-nek, hogy írja le az érzéseit, talán egy naplóba. Közben érdeklődne, hogy foglaljon időpontot egy szakemberhez.

"Úgy érted, egy pszichiáterhez?"

"Vagy pszichológusra. És addig is írja le. Amikor látod őket, hogy néznek ki - jegyezd fel a látottakat".

"Naplót, úgy értem, kire hasonlítok, Oprah Winfreyre?"

"Nem" - mondta Sam. "Kölyök, rémálmaid vannak, magas hangokat hallasz, és fényeket látsz. Lehet, hogy ezek a jelei, ahogy mondtad, PTSD-nek vagy valami orvosi betegségnek. Ki kell vizsgálnom, és beszélnem kell az orvosoddal, kikérni a tanácsát. Addig is, ha leírja a gondolatait, naplót vezet, az segíthet. Rengeteg férfi írt naplót vagy vezetett naplót."

"Mondj egyet, akinek a nevét felismerném?"

"Lássuk csak, Leonardo da Vinci, Marco Polo, Charles Darwin."

"Úgy értem, valakit ebből a századból."

"Oprah-t már említetted."

✳✳✳

E-Z MENTÁLIS EGÉSZSÉGE JAVULT néhány terapeutával/tanácsadóval tartott ülés után. A nő kedves volt, és nem ítélkezett a tinédzser felett, ahogyan attól félt, hogy meg fogja tenni. Ehelyett javaslatokat és konkrét stratégiákat ajánlott, hogy megnyugtassa és segítsen neki. Ő, akárcsak Sam bácsija, azt is javasolta, hogy írjon le mindent - egy naplóba vagy naplóba.

Ehelyett egy iskolai feladathoz írt egy novellát, amelyet édesanyja kedvenc madara, egy galamb ihletett. Miután ötöst kapott a dolgozatára, a tanára benevezte a történetet egy tartományi íróversenyre. Először feldúlt volt, hogy a tanárnő a megkérdezése nélkül nevezte be a történetet. De amikor nyert, hihetetlenül boldog volt. Azóta a tanára benevezte a történetét egy országos versenyre.

Miközben unokaöccse az írás művészetében mélyült el, Sam új hobbiba kezdett: a genealógiába. Egyik este, amikor vacsoráztak, kibökte:

"Most, hogy írtál egy novellát, és sikerrel jártál, talán megpróbálhatnál írni egy regényt."

"Én? Egy regényt? Kizárt dolog."

"Író vér folyik benned" - árulta el Sam bácsi. "A történelmünk nyomon követése során rájöttem, hogy te és én rokonságban állunk az egyetlen Charles Dickensszel."

"Akkor talán Neked kellene írnod egy regényt." Nevetett.

"Nem én vagyok az, akinek van egy díjnyertes novellája."

A zöld és sárga fények villogtak a tányérja felett. Legalább nem hallotta azt a magas hangot, amin Sam bácsi dübörgött.

".... Végül is, te és én, mi Charles Dickensszel unokatestvérek vagyunk az időn keresztül. Nézd meg, mi mindent leküzdöttél. Csodálatos gyerek vagy - mi vesztenivalód van?"

A neve Ezekiel Dickens, és ez az ő története.

1. FEJEZET

É LETE ELSŐ TIZENHÁROM ÉVÉBEN több néven is ismerték. Ezékiel, a születési neve. E-Z, a beceneve. A baseballcsapatának kapusa. novellaíró. Szülei fia. Nagybátyja unokaöccse. Legjobb barátja. Most új nevet adtak neki.

Nem mintha bánta volna a "c" betűs szót. Sőt, néhány alternatívát még kevésbé szeretett. Mint azok a megjegyzések, amelyeket egyesek mondtak, mert azt hitték, hogy politikailag korrektek. "Ó, ott van az a gyerek, aki tolószékbe van kötve." Ezt úgy mondták, hogy közben rá mutattak - mintha azt hitték volna, hogy ő is hallássérült. Vagy azt mondták: "Most sajnálattal hallottam, hogy kerekesszékes vagy". Ettől összerezzent. De ami a legjobban kikészítette, az a "Ó, te vagy az a gyerek, aki most kerekesszéket használ" volt. Bárkit, különösen egy fiatalabb embert kerekesszékben látni, egyeseket kellemetlen érzéssel töltött el. Ha így érezték, miért kellett mondaniuk valamit?

Ez felidézett egy régmúltbeli emléket. Egy emlék a szüleiről, amint egy esős szombat délutánon a Bambi című filmet nézték a tévében. Anya elkészítette a híres popcorngolyóit. Volt szóda, M&Ms, mályvacukor és apa kedvenc Twizzlerje. Thumper, a nyúl azt mondta: "Ha nem tudsz valami szépet mondani, ne mondj semmit". Amikor Bambi édesanyja meghalt, ez volt az első alkalom, hogy Bambi látta édesanyját és édesapját sírni egy film miatt. Mivel annyira megdöbbentette a viselkedésük, ő maga egy könnycseppet sem ejtett.

Néhányan az iskolában "fapofának" nevezték. Néhányan sporttársak voltak, akik egykor felnéztek rá, amikor ő volt a király a palánk mögött. Gyűlölte a "fapofa" jelzőt. Nem sajnálta magát (legtöbbször nem), és nem akarta, hogy bárki is sajnálkozzon rajta.

Amikor eljött az idő, hogy már az első napon visszatérjen az iskolába, a barátai segítségével megtette. PJ (a Paul Jones rövidítése) és Arden támogatta és lökdöste őt, ahogyan kellett. Hamarosan A Tornádó trió néven váltak ismertté. Leginkább azért, mert bárhová mentek, káosz alakult ki. E-Z ekkor tanulta meg, hogy számítson a váratlanra.

Így amikor a barátai néhány hónappal később egy reggel beugrottak érte az iskolába - majd azt mondták, hogy nem mennek -, nem lepődött meg túlságosan. Amikor azt mondták, hogy be kell kötniük a szemét - nem számított rá.

A hátsó ülésen megkérdezte. "Hová megyünk?" Nem kapott választ. "Tetszeni fog?"

"Igen", mondták a barátai.

"Akkor minek a köpeny és a tőr?"

"Mert ez egy meglepetés" - mondta PJ.

"És még jobban fogod értékelni, ha egyszer ott leszünk."

"Hát, én nem tudok elszökni." Gúnyolódott.

Arden anyja leparkolt. "Köszi, anya" - mondta.

"Hívj, ha szükséged van rám, hogy érted menjek" - mondta a nő.

A két barát segített E-Z-nek beülni a kerekesszékébe, és elindultak.

"Csak én érzem így, vagy ez a szék minden alkalommal könnyebbnek tűnik, amikor kivesszük?" kérdezte Arden.

"Ez te vagy!" PJ válaszolt.

Ahogy a nem egyenletes talajon haladtak, E-Z érezte a frissen nyírt fű illatát. Amikor a barátai lehúzták róla a szemkötőt - a baseballpályán volt. Könnyek gyűltek a szemébe, amikor meglátta egykori csapattársait, az ellenfél csapatát és Ludlow edzőt. Teljes mezben álltak, és felsorakoztak a frissen krétával felfestett alapvonal mentén.

"Isten hozott újra itthon!" - éljeneztek.

E-Z az ingujjával lesöpörte a könnyeket, miközben a szék közelebb került a játéktérhez. Amióta a baleset elvitte az álmát, hogy profi baseballt játsszon, kerülte a játékot. Gombóccal a torkában annyira elöntötte az érzelem, hogy levegőt sem tudott venni.

"Elvesztette a fonalat - mondta PJ, és a könyökével megbökte Ardent.

"Ez az első alkalom."

"Kösz, srácok. Nem tévedtél abban, hogy ez meglepetés."

"Várjatok itt" - utasították a barátai.

E-Z-t magára hagyták, hogy gyönyörködjön a baseballpálya látványában. Azt a helyet, amely valaha a kedvenc helye volt a földön. Ismét könnybe lábadt a szeme, miközben nézte, ahogy a zöld fű csillog a napfényben. Letörölte őket, amikor a barátai visszatértek egy felszereléssel teli táskával.

Arden odahajolt: "Meglepetés, haver, ma te fogsz fogni!".

"Hogy érted ezt? Ebben nem tudok játszani!" - mondta, és a kezét a kerekesszék karfájára csapta.

"Tessék, ezt nézd, amíg felszerelünk" - mondta PJ, miközben átadta a telefonját, és megnyomta a lejátszást.

E-Z csodálkozva nézte, ahogy a hozzá hasonló játékosok, mint ő, kiérnek a baseballpályára. Közelebbről megnézte a székeiket, amelyeknek módosított kerekei voltak. Egy játékos odagurult a labdához, csatlakozott a labdához, és körbeszáguldott a bázisokon.

"Hű, ez fantasztikus!"

"Ha ők meg tudják csinálni, akkor te is!" mondta Arden, miközben a térdvédőket a barátja lábára tette, miközben PJ rögzítette a mellvédet.

Útban kifelé a pályára a barátai odadobták neki az elkapó maszkot és a kesztyűt.

"Ütőjátékosok fel!" Ludlow edző hívta.

A dobó az első gyors labdát pontosan a zónába dobta, és ő elkapta.

A második dobás egy pop up volt. E-Z ráugrott, átrobogott, és felemelte magát. Elérte. Még saját magát is meglepte, amikor elkapta. Nem vették észre, de felemelte magát. A feneke elhagyta a szék ülését, és fogalma sem volt, hogyan csinálta.

"Hűha - mondta PJ -, ez kiváló fogás volt".

"Igen, valószínűleg elszalasztottad volna, ha nincs a szék."

E-Z elmosolyodott, és folytatta a játékot. Amikor a játéknak vége lett, jól érezte magát. Normálisnak. Megköszönte a srácoknak, hogy visszahozták a ritmusba.

"Legközelebb te üsd meg" - mondta PJ.

E-Z gúnyolódott, miközben Arden anyja átvitte őket az autósbolton, majd vissza az iskolába. Ha sietnek, még időben odaérnek a következő órájuk kezdete előtt. A diákok zsúfolódtak a folyosókon, miközben ő a szekrényéhez gurult. Az osztálytársai meghallották a linóleumpadlón csattogó gumiabroncsok csattogó hangját - és elváltak az útból.

E-Z volt az első gyerek, akinek kerekesszékre volt szüksége az iskolájában, de már azelőtt legenda volt, hogy elvesztette volna a lábai használatát. Sok minden kellett ahhoz, hogy segítséget kérjen, de ha egyszer megtette, megkapta. Sportolóként már akkor is tisztelték, egy csomó trófeát nyert saját maga és a csapat tagjaként. Újra el kellett nyernie a tiszteletüket, mint új énje.

A meccs után visszatértek az iskolába, és befejezték a napot. Mivel ez csak egy fél nap volt, E-Z elég fáradt volt, amikor Arden anyukája és a barátai kitették őt az iskola után.

Miután megköszönte nekik, bement a házba.

"Megjöttem, Samu bácsi".

"Látom, jól telt a napod" - mondta Sam.

"Igen, jó napom volt." Nyújtózkodott és ásított.

"Gyere csak. Valamit meg kell mutatnom neked. Egy meglepetést."

"Ne már megint" - mondta E-Z, miközben követte a nagybátyját a folyosón. Elhaladt először jobbra, a szülei szobája mellett - amelyet egy nap vendégszobának szántak. Addig is pontosan úgy volt, ahogyan hagyták - és így is marad, amíg E-Z másként nem dönt.

Sam bácsi időnként felajánlotta, hogy segít neki átnézni a szobát, de az unokaöccse mindig ugyanazt mondta.

"Majd én megcsinálom, ha készen állok."

Sam vonakodva beleegyezett. Elhatározta, hogy az unokaöccsének tovább kell lépnie. Ez volt az első lépés e cél felé. Azóta beszélt a tanácsadójával, aki azt mondta, Samnek arra kellene bátorítania E-Z-t, hogy többet beszéljen a szüleiről. Azt mondta, ha a mindennapi életének részévé teszi őket, az segítene neki gyorsabban meggyógyulni. Továbbmentek a folyosón, elhaladtak a fürdőszoba mellett, és megálltak a doboz- vagy raktárhelyiségnél.

"Ta-dah!" Mondta Sam bácsi, miközben belökte őt.

E-Z szótlanul nézte végig az újonnan átalakított irodát. Középen, a kertre néző ablak előtt elhelyezett íróasztal állt. Rajta felállítva egy vadonatúj játék PC és hangrendszer. A székét az íróasztal alá csúsztatta - tökéletesen illeszkedett -, és végigfuttatta az ujjait a billentyűzeten. A közelben volt egy nyomtató, halomba rakott papír és egy szemetes - mindez karnyújtásnyira tervezve.

Balra tőle egy könyvespolc állt. Közelebb gurult. Az első polcon írással és klasszikusokkal foglalkozó könyvek voltak. Felismerte a szülei több kedvencét is. A másodikban trófeák voltak, köztük az írásáért kapott díj. A harmadik és a negyedik az összes kedvenc gyerekkori könyvét tartalmazta. Az alsó két polc üres volt. A tekintete végigfutott a könyvespolc tetején, hátra kellett tolnia a székét, hogy megnézze, mi van ott fent.

Sam belépett mellé a szobába. Kezét unokaöccse vállára tette.

"Azok, nem voltam biztos benne, hogy túl korai lenne. I..."

Az ellenállás csúcsa: egy családi fotó. Egy könnycsepp gördült végig az arcán, ahogy visszaemlékezett a fotózás napjára. Egy kis belvárosi fotóstúdióban volt. Mindannyian ki voltak öltözve. Apa a kék öltönyében. Anya az új kék ruhájában, piros sállal a nyakában. Ő a szürke öltönyében - ugyanabban, amit a temetésükön viselt.

Visszaszorított egy zokogást, amikor eszébe jutott a fotóstúdióban történt beállítás. A stúdióban minden karácsonyi hangulatú volt - pedig még csak július volt. Elmosolyodott, miközben a giccses karácsonyi díszekre és a műkandallóra gondolt. Hetekkel később jött a postával a kártya, de a szülei számára az a karácsony sosem érkezett el. A kijárat felé fordította a székét, és a nagybátyjával a nyomában elindult a folyosón.

"Tudom, hogy időbe telik. Sajnálom, ha túl korán mentem túl messzire, de már több mint egy év telt el, és mi, én és a tanácsadód úgy gondoltuk, hogy itt az ideje."

E-Z továbbment. El akart menni. Elmenekülni a szobájába, és kizárni a világot, aztán eszébe jutott valami. Valami döntő fontosságú. A nagybátyja nem ismerhette a fénykép történetét. Ha tudta volna, nem tette volna oda. Azok után, amit érte tett, tartozott neki egy magyarázattal. Megállt.

"Soha nem használtuk fel, a karácsonyi üdvözlőlapunknak szántuk, de nem jutottak el karácsonyig."

"Nagyon sajnálom. Nem tudtam."

"Tudom, hogy nem tudtad, de ettől még nem fáj kevésbé."

Fizikailag és lelkileg is kimerülve közelebb ment a szobájához. Belső párbeszéde pozitív megerősítéssel folytatódott. Emlékeztette, hogy reggelre minden jobban fog kinézni. Mert szinte mindig így volt.

"Ez egy olyan helynek készült, ahol írhatsz. Ne feledd, most már díjnyertes író vagy, és írói vér folyik benned."

Már majdnem a szobájában volt - miért nem engedte el a nagybátyja? Az indulatai fellángoltak.

"Írtam egy novellát, de ez nem jelenti azt, hogy többet is tudok vagy akarok írni. Azt mondod, Charles Dickens vére folyik az ereimben, de én az L.A. Dodgers elkapója akarok lenni. Csak azért, mert "fapofának" hívnak - ez nem jelenti azt, hogy meg kell elégednem. Miért kellene megállapodnom?"

"Bárcsak ne hagynád, hogy a fejedbe szálljanak."

"Én egy fafiú vagyok! Ha nem lenne az a rohadt fa!" - kiáltott fel, miközben hirtelen fordulatot vett, és a könyökét a falba csapta. A nem is olyan vicces, vicces csontja őrülten fájt.

"Jól vagy?"

E-Z morgott egy választ, aztán továbbment a szobája felé. Úgy tervezte, hogy becsapja maga mögött az ajtót. Ehelyett félig befelé, félig kifelé ékelődött az ajtónyíláson. Aztán a székének kerekei beragadtak.

"FRICK!"

Sam szó nélkül elengedte a széket. Kifelé menet becsukta az ajtót.

E-Z felkapott néhány törhetetlen tárgyat, és a falhoz vágta őket. Hogy megnyugodjon, elképzelte a szüleit, amint elmondják neki, milyen büszkék rá. Ez hiányzott neki. De ha az apja most itt lenne, leszidná, amiért ilyen szemétláda. Az anyja is leszidná, de sokkal kedvesebben és szelídebben. Letörölte a könnyeit. Érezte a szégyen szúrását, és a teste a puszta kimerültségtől összecsuklott a tolószékében.

Sam bácsi megkérdezte a csukott ajtón keresztül: "Jól vagy?".

"Hagyj békén!" E-Z válaszolt. Még akkor is, ha szüksége volt a segítségére. Nélküle nem tudott volna pizsamába bújni vagy ágyba bújni. A székben, a ruhájában kellett aludnia. Legbelül mindig is tudta az igazságot. Ha ő nem törődik többé, akkor mindenki más is abbahagyja. Akkor tényleg egyedül maradna.

Az ablakhoz tolta a székét, és kinézett az éjszakai égboltra. Zene. Ez volt az egyetlen dolog, ami igazán összekötötte őket, mint családot. Persze, voltak nézeteltéréseik a zenei műfajok tekintetében, de amikor egy jó dal szólt a rádióban, félretették.

Egy rühes fekete macska sétált át a gyepen. Az anyja mindig is azt szerette volna, ha elmennek New Yorkba, és megnézik a Macskákat a Broadwayn. Azt kívánta, bárcsak együtt mentek volna. Egy emléket teremtettek volna. Most már soha nem fognak. Az a dal, valami az emlékekről arra késztette, hogy a telefonjáért nyúljon. Egy kemény rockhimnuszt választott, és felhangosította. Ököllel dobolta az ütemet a szék karfáján, miközben tombolt és üvöltötte a szöveget.

Egészen addig, amíg olyan erősen nem ropta, hogy kigördült a székéből, és a padlóra zuhant. Először, ahogy a szobáját látta a földről, sírni akart. Ehelyett nevetni kezdett, és nem tudta abbahagyni.

"Jól vagy odabent?" Kérdezte Sam.

"Ööö, jól jönne a segítséged." A gyomra fájt a nagy nevetéstől.

Sam első reakciója a riadalom volt - amikor meglátta a földön fekvő unokaöccsét a hasát fogva. Amikor rájött, hogy a nevetéstől tartja, lecsúszott mellé a padlóra.

Később, amikor Sam távozni készült, azt mondta: "Nem lesz semmi baj, kölyök".

"Rendbe fogunk jönni."

Ekkor kötöttek egyezséget, hogy tetováltatni fogják magukat.

2. FEJEZET

"S ajnálom, ma nem tudok veletek baseballozni."

"Ugyan már", mondta Arden. "Legutóbb sem voltál olyan rossz."

"Tűnj el" - válaszolta E-Z. Felvette a sebességet, hogy találkozzon a nagybátyjával, és összeütközött Mary Garnerrel, a vezető pompomlánnyal.

"Ó, bocsánat, Mary."

A baleset óta most látta először. Felnézett, ahogy a haja függönyként hullott a szemére: fahéj és méz illata volt.

"Idióta" - mondta a lány. "Vigyázz, hova mész!"

Hátrált és elvonult. A kísérete követte.

A férfi elmosolyodott, a nyakát behúzva figyelte a nőt. A barátai mellé jöttek, és ugyanezt tették. Arden füttyentett.

Átpillantott a válla fölött, és a madárral az irányukba kacsintott.

"Istenem, ez a nő fantasztikus - mondta PJ.

"Dögös" - mondta Arden.

"Nagyon."

Most, hogy elhagyták az iskolát, PJ megkérdezte: "Szóval, mondd el, miért nem akarsz ma játszani".

"Igen, segíts, értsd meg" - mondta Arden, arcot húzva és keresztbe vetve a szemét. "Nélküled haszontalanok vagyunk."

"Nézzétek, Sam bácsi és én kötöttünk egy megállapodást. Hogy ma iskola után együtt csinálunk valamit - valami nagyobbat -."

A barátai keresztbe tették a karjukat, elállva a szék útját.

"Még mindig ki akarsz zárni minket - és még azt sem mondod meg, miért?" - mondta a vörös hajú PJ.

"Te egy totális seggfej vagy."

"Soha nem tennénk ilyet veled."

Elsétáltak, felgyorsítva a tempót.

E-Z gyorsított, de ez nem volt elég. "Várjatok, tetováltatjuk magunkat!"

A barátai megtorpantak.

"Én tetoválást csináltatok anyám és apám emlékére - galambszárnyakat, egyet-egyet mindkét vállamra."

"Veled megyünk!"

"Azt hittem, azt gondoljátok, hogy nyálas vagyok."

Egy darabig szó nélkül sétáltak tovább.

"Sam bácsi a tetoválóhelyen találkozunk."

3. FEJEZET

AMIKOR SAM MEGLÁTTA UNOKAÖCCSÉT a barátaival, meglepődött.

"Azt hittem, ez a paktum köztünk marad, vagyis titok?"

"A srácok el akartak vinni egy meccsre - el kellett mondanom nekik."

"Oké, rendben van. De nem szokásom a szüleik helyett állni, vagy a szüleik nevében engedélyt adni." Aztán PJ-hez és Ardenhez: "Nekem mindkettőtökkel nincs bajom, hogy itt vagytok, de a tetoválásotokat csak a szüleitek hagyhatják jóvá".

"Várjatok!" PJ szólalt meg. "Még csak nem is gondoltam arra, hogy tetoválásokat csináltassunk."

"Az enyémek biztosan nemet mondanának" - mondta Arden. A szüleinek gondjai voltak, amit ő teljes mértékben kihasznált. Legtöbbször úgy tett, mintha az állandó veszekedésük nem zavarná. Időnként, amikor már nem bírta tovább, egy barátjánál keresett menedéket.

"Az enyém is." PJ volt a legidősebb, és volt két öt és hét éves nővére. A szülei arra biztatták, hogy mutasson jó példát, és legtöbbször így is tett. Azzal, hogy a sportban való jövőre összpontosított, tartotta magát a pályán.

A tizenévesek egy villámcsapás erejéig pacsiztak egymással.

"Micsoda?" Sam érdeklődött.

"Elmondjuk nekik, hogy miért csinálja E-Z, és hogy tetoválásokat akarunk, hogy támogassuk őt" - mondta PJ.

Arden bólintott.

"Várjunk csak egy percet. Szóval, ti két kretén a szüleim halálát akarjátok ürügyként használni, hogy tetováltassatok?"

Sam kinyitotta a száját, de a szavak kicsúsztak a száján.

PJ és Arden elvörösödve bámulták a járdát.

E-Z elengedte őket. "Nekem megfelel."

Sam becsukta a száját, miközben ő és a két fiú félkört alkotott a kerekesszék körül.

"Egy dolgot azonban ígérj meg - nem szabad pillangókat csinálni."

"Hé, mi bajotok van a pillangókkal?" Kérdezte Sam.

4. FEJEZET

HOGY RÖVIDRE ZÁRJAM A történetet, PJ és Arden meggyőzték a szüleiket, hogy engedjék meg nekik a tetoválást.

"Egy perc és jövök - mondta a tetoválóművész, és mind a négyükre pillantott. A tükörrel szemben egy testes férfi vendég állt, aki éppen egy újabb tetoválással bővítette a sokadik gyűjteményét. Ez az új a hüvelyk- és mutatóujja között volt. "Te vagy Sam?" - kérdezte a tetováló férfi.

Sam gyomra kissé émelygett, mivel azt olvasta, hogy a kéz az egyik legfájdalmasabb hely a tetováláshoz. "Igen, beszéltem veled telefonon. Ő itt az unokaöcsém, E-Z, és a barátai, PJ és Arden".

"Mind a négyen tetoválást akartok, még ma? Mert én csak kettőtökre számítottam."

"Elnézést kérek érte. Ha szükséges, átütemezhetjük, vagy én is megcsináltathatom az enyémet egy másik napon" - mondta Sam kíváncsian.

"A szerencse úgy hozta, hogy a lányom hamarosan bejön segíteni. Szóval, üdvözöllek a Tattoos-R-Us-ban. Ott várakozhatsz. Szolgálja ki magát egy pohár vízzel. Van itt néhány brosúra is, amit érdemes lesz átnézned. Talán segítenek eldönteni, hova szeretnéd a tetoválást. Minden testrésznek megvan a fájdalomküszöbe." A tetoválást végző köpcös fickó kuncogott.

"Köszi - felelte Sam, miközben elindultak a váróterem felé. Miután leültek egy kanapéra, a pattogó térdétől PJ és Arden a hideg kirázta.

Átmentek a szobán, és a hirdetőtáblára pillantottak. Hogy megnyugtassa az idegeit, Sam tovább fecsegett. "Utánanéztem az interneten, huszonöt éve vannak a szakmában, és az a férfi, akivel beszéltünk, ő a tulajdonos. Kiválóan állnak a Better Business Bureau-nál. Ráadásul rengeteg ötcsillagos értékelés van a honlapjukon."

Minden szem elfordult, amikor egy feltűnő, gótikus öltözékbe öltözött nő lépett be a helyiségbe. Harminc körüli volt, és a vonásaiból ítélve a tulajdonos lánya. Minden szabadon lévő testrészén tetoválás volt, mindenhol máshol pedig szórványos piercingek.

"Elnézést a késésért - mondta, és megérintette az apja vállát. A várakozókra pillantott, és súgott neki valamit. Foghíjas mosolyt sugárzott, és a vásárlók felé fordult.

"Üdv, Josie vagyok." Kinyújtotta a kezét, és mindegyikükkel kezet fogott. "Az ott Rocky. Ő a tulajdonos, én pedig a lánya vagyok."

"Sam vagyok, ő pedig az unokaöcsém, E-Z, és a két barátja, PJ és Arden." Inkább leesett, minthogy újra leült volna.

Josie elment, hogy hozzon neki egy pohár vizet.

E-Z elgondolkodott azon, hogy mennyire fájhatott a piercing a nyelvén, aztán azt mondta a nagybátyjának: "Nem kell".

"Te most csirkének nevezel engem?" - mondta, és egész testében remegett, amikor Josie a kezébe nyomta a poharat. Ahogy az ajkaihoz emelte, kilöttyent egy kis víz.

"Ti srácok tetoválószüzek vagytok, ugye?" Josie megkérdezte.

E-Z úgy gondolta, hogy olyan édes hangja van, mint Stevie Nicksnek, az apja kedvenc énekesnőjének a Fleetwood Macből, aki Rhiannonról, a boszorkányról énekel.

Nem kellett válaszolniuk, mert a hallgatásuk mindent elárult.

"Nos, Rockyval kiváló kezekben vagy. Ő a legjobb tetoválóművész a városban. Fájni fog, srácok. Igen, fájni fog. De olyan, mint az a fajta fájdalom, amiről John Cougar énekel. Tudjátok - "Hurts So Good".

Sam grimaszolt. "Mennyire fáj valójában?"

"Attól függ, hogy milyen a fájdalomküszöböd - és attól, hogy hol választod a fájdalmat. Ott van egy brosúra, ami feltérképezi a test különböző területeit, megadva a fájdalomértéket."

E-Z érezte, hogy forróvá válik az arca, és a barátai arcszíne is hasonló árnyalatot öltött. Sam irányába pillantott, észrevéve az ő arcszínét, amely zöldes árnyalatúvá változott.

Josie folytatta. "Az első tetoválásod után lehet, hogy megkedveled, és többet akarsz majd."

Sam felállt, teste remegett a félelemtől.

"Lehet, hogy szüksége van egy kis friss levegőre" - mondta E-Z, és az ajtó felé terelte a nagybátyját.

Odakint Sam fel-alá járkált a járdán, a szíve pedig úgy vert, mintha ki akart volna ugrani a mellkasából. "Bárcsak dohányoznék!"

"Nagyra értékelem, hogy lejöttél velem, tényleg, de őszintén szólva nem kell végigcsinálnod. Tudom, hogy kötöttünk egy egyezséget, és ez olyasmi, amit meg akarok tenni - anyám és apám emlékére -, de nem tartozol nekem semmivel. Miért nem sétálunk egyet, iszunk egy kávét, és majd írunk, ha végeztünk, oké?".

"Mondtam, hogy mindig ott leszek neked. Most is itt vagyok neked. Utálom a tűket. És a fúrókat. Azt hittem, meg tudom csinálni, de most rájöttem, hogy a félelem erősebb, mint én. Olyan nyuszi vagyok."

"Te mindig ott voltál nekem, Sam bácsi. Nem kell ezt bizonyítanod nekem, senkinek, azzal, hogy olyan tetoválást csináltatsz, amit nem is akarsz. Most pedig tűnj el innen. Majd felhívlak, ha végeztünk."

Visszatekert a rámpán, a barátai pedig sorban mögéjük estek. A válla fölött Samre pillantott. Szegény fickó olyan merev volt, mint egy szobor.

"Nem lesz semmi bajom. Most pedig indulj."

Sam felnevetett. "De mielőtt elmegyek, add ide a levelet, amit tegnap este írtam, hogy beírhassam PJ és Arden nevét. Mert az engedélyem nélkül - egyikőtök sem kap tetoválást."

"Jó gondolat" - mondta E-Z, miközben átadta a cetlit a soron következőnek. Most aláírva újra feljött. A zsebébe tette, és bementek a házba, ahol Josie már várt rájuk.

"Oké, te következel. Ha be akarsz pisilni, akkor most megmutatom, hol van a vécé."

"Kapd be" - mondta E-Z, miközben a székét a helyére tolta.

IKÖZBEN ROCKY A PULTNÁL végzett, Josie átnyújtott
E-Z-nek egy tetoválásokat tartalmazó könyvet.

"Már anélkül is tudom, hogy megnézném. Egy galambszárnyat
szeretnék, mindkét vállamra." Már megint ott voltak a zöld és sárga
fények. Annyira szerette volna elütni őket, de nem akarta, hogy Josie
is bolondnak nézze.

Josie átlapozta a könyvet. "Ezekre gondoltál?"

Bólintott, aztán a tükörből figyelte, ahogy a lány megmossa a kezét,
majd felvesz egy pár fekete kesztyűt. Kivette a steril csomagolásból a
tintapoharakat, és az asztalra tette őket.

"Van nálad papír, a szülődtől vagy a gondviselődtől? Feltételezem,
még nem vagy tizennyolc éves?"

E-Z elmosolyodott, és átnyújtotta neki a cetlit.

"Úgy tűnik, minden rendben van. Most pedig térjünk rá a
fontosabb dolgokra. Szőrös a hátad?" A lány elmosolyodott. "Ha
igen, akkor először meg kell tisztítanunk és le kell borotválnunk.
Mármint az egész hátadat."

"Egyáltalán nem."

A barátai kuncogásának hangja a váróteremből szintén mosolyra
fakasztotta. Közben Josie eltűnt a hátsó szobában, és megszólalt a
zene. Egy másodpercig Another Brick in the Wall, aztán semmi zene.

"Hé, miért csináltad ezt?" - kérdezte.

"Undorodom mindentől, ami a Pink Floydtól származik." Folytatta a dolgok felállítását.

"Ezt nem mondhatod, hacsak nem hallgattad még soha a Dark Side of the Moon-t."

"Hallgattam, szar volt" - mondta, miközben a fejére húzta a pólóját. "Ó!"

POP.

POP.

És a két fény eltűnt.

Rocky odament hozzá, és megállt mellette. "Mi a fene?"

"Valóban, mi a fene" - mondta Josie.

Amire PJ és Arden odamentek.

"Nem értem, E-Z. Miért hazudnál?"

"Persze, hogy nem hazudna - E-Z sosem hazudik" - mondta Arden.

"MICSODA?" E-Z megkérdezte, és megpróbált úgy manőverezni a székével, hogy lássa, mit látnak. "Hazudni? Miről? Mondd el, bármi is legyen az. El tudom viselni."

Josie megkérdezte: "Miért hazudtad azt, hogy tetoválószűz vagy?".

✳✳✳

"ÉN NEM!" E-Z DADOGOTT, fogalma sem volt, mire gondolhatott.

"Várj egy percet - mondta Arden. "Ugyan már, haver, ha hazudtál, biztos jó okod van rá."

"A jignek vége!" Mondta PJ. "Bár felnőtt engedélye nélkül nem kaphatta volna meg őket."

Rocky felkapott egy kézitükröt, és úgy állította be, hogy E-Z láthassa, mit látnak. Két tetoválást, az egyik a jobb vállán, a másik a balon. Szárnyak.

"Mi a fene?"

"Azt mondta, hogy szárnyakat akar" - mondta Josie. "Azt hittem, rendes gyerek vagy."

"Az is vagyok! Őszintén szólva fogalmam sincs, hogy kerültek oda, és nem ilyen szárnyakat akartam. Galambszárnyakat akartam. Ezek inkább angyalszárnyaknak tűnnek."

"Ugyan már, haver" - mondta Rocky. "Ezeket egy profi csinálta. Nem is olyan régen. És egészen kivételes angyalszárnyak. Elismerésem annak, aki csinálta őket. Mondd meg nekik, hogy ha valaha is munkát keresnek, keressenek fel engem."

"Szívemre esküszöm, nem tetováltattam magam. Ez az első alkalom, hogy tetoválóhelyen járok. Kérdezd meg a nagybátyámat. Ő majd megerősít. Ő tudja."

"Ennek az egésznek semmi értelme" - mondta Arden.

Rocky megrázta a fejét. "Legalább ismerd be, kölyök."

"Ti ketten tetoválást akartok?" Josie csípőre tett kézzel kérdezte.

"Nem" - válaszolták.

"A férfiak olyan hazugok" - mondta Josie, miközben becsukták maguk mögött az ajtót.

"Nem baj, szívem, úgyis itt az ideje, hogy vacsorázzunk", majd kitette a ZÁRVA táblát az ajtóra.

S AM VISSZATÉRT, ÉS LÁTTA, hogy a három fiú a stúdió előtt várakozik. A testbeszédük furcsa volt. A vörös hajú PJ keresztbe fonta a karját, míg az olajbogyó bőrű Arden a csípőjére tette a kezét. Közben az unokaöccse a könnyek közelében volt.

"Hála Istennek, Sam bácsi, hála Istennek, hogy visszajöttél".

Közelebb sietett. "Jaj, ne, szörnyen fájdalmas volt? Néhány nap múlva enyhülni fog. Minden rendben lesz. Most hadd nézzem meg." Füttyentett, miközben az unokaöccse előrehajolt, hogy felhúzza az ingét. "A fenébe, azok biztos fájhattak."

"Valószínűleg igen" - mondta PJ.

"Amikor először kapta őket."

"Először? Micsoda?"

"Már akkor megvoltak neki, amikor a nő levette a pólóját."

"Amire nem tudunk rájönni, az az, hogy hogyan?"

"Hogy érti ezt? Biztosíthatom, hogy tegnap még nem voltak nála."

"Látod, mondtam neked, hogy Sam bácsi támogatni fog." Ha nem hittek neki, akkor a nagybátyjának hittek, de miért gondolták volna, hogy hazudik? Tudták, hogy nem hazudik.

"Rocky szerint már egy ideje megvannak neki ezek a dolgok."

"Látod, hogy be vannak gyógyulva?" PJ azt mondta. "Rocky és Josie bosszúsak voltak, és minden joguk megvan hozzá, hiszen E-Z ugyanolyan meglepettnek tűnt, mint mi voltunk, amikor megláttuk őket".

"És ti ketten - kérdezte Sam -, hogy sikerültek a tetoválásaitok?"

"Úgy döntöttünk, hogy nem folytatjuk" - mondta PJ.

"Nem éreztük helyesnek."

Sam azt mondta: "Mondjátok el, mi történt. Magyarázd meg magad, ember, mert nem tudok se fejet, se szót érteni belőle."

"Nem tudok. Sam bácsi, tudod, hogy tegnap nem voltak ott. Nincs rá magyarázatom. Csak annyit akarok, hogy hazamehessek." Elindult, csapkodta a szék kerekeit, gyorsabban, még gyorsabban, még gyorsabban. El akart menni, bárhová el akart menni. Ha nem hittek neki, akkor a pokolba velük.

Ahogy közeledett az utca végéhez, a lámpák zöldről pirosra váltottak. Egy kislány egyedül már előre lendült, hogy átkeljen. Lelépett a járdaszegélyről, amikor egy lakókocsi kanyarodott be a sarkon. A kerekes széke felemelkedett a földről, és a lány felé lőtt. A férfi kinyújtotta a kezét, megragadta a lányt. Épp időben, hogy megmentse attól, hogy a jármű kerekei alá kerüljön.

Most már veszélytelenül, a kerekesszék visszaérintette a földre, és a férfi biztonságba vitte a nőt. Előtte egy átlagosnál nagyobb fehér hattyú állt. Szárnyával hüvelykujjat mutatott neki, majd elrepült.

"Hattyú - mondta a kislány, miközben a szülei után nézett.

E-Z megragadta az alkalmat, hogy elvegyüljön a tömegben, és eltűnjön a sarkon, majd erősebben pengette a kerekei küllőseit, mint eddig bármikor, és hamarosan néhány háztömbnyire volt.

"Láttad ezt?" Kiáltott fel Arden, amikor megállt a sarkon. "Aú" - mondta, amikor a mögötte álló nő nekiment. "Aú" - hallotta maga mögött, a mögötte álló többi gyalogos is összeütközött.

PJ állta a sarat, ahogy a mögötte álló fickó belehajtott. Ardennek azt mondta: - Igen, láttam... de nem vagyok benne biztos, hogy mit láttam. A tetovált szárnyak egy dolog voltak, ez meg... mi volt? Egy csoda?"

"Optikai csalódás volt" - mondta Sam, miközben a telefonja rezgett. Egy üzenet volt E-Z-től, amiben arra kérte, hogy minél hamarabb keresse meg a barkácsáruház parkolója közelében. "E-Z-nek szüksége van rám, ti ketten képesek lesztek újra hazajutni?"

"Persze, nem probléma, Sam."

"Remélem, jól van."

Sam elindult vissza a kocsihoz, próbálta megőrizni a hidegvérét, miközben próbálta logikusan kitalálni, mi történt vele az imént.

Egyik fiú sem akart beszélni arról, amit láttak - E-Z kerekesszékét repülés közben.

"Láttátok ezt?" - suttogták mögöttük mások, miközben tömeg gyűlt össze.

"Bárcsak készen lett volna a telefonom" - mondta egy nő.

Egy másik nő mikrofonnal és kamerával az elejére tolakodott. Amikor a lámpa váltott, átkelt az úton, őt követte egy síró pár - a kislányok szülei. Mögöttük a lakóautó sofőrje állt.

"Hála Istennek, hogy ott voltatok" - kiáltotta. "Nem láttam őt. Te egy hős kölyök vagy. Köszönöm neked."

"Anyu!" - kiáltotta a gyerek, ahogy az anyja a karjába rántotta. Ő és a férje szorosan átölelték a kislányt, miközben a riporter odalépett, és a kamerás rögzítette a pillanatot.

A közelben zokogott a férfi, aki majdnem elütötte. A riporter és a fotós beszélgetett vele. "Megmentette őt, és engem is. A fiú, a fiú a kerekesszékben".

Próbálták megkeresni, de eltűnt. Elbújt, mint egy bűnöző. Várta, hogy Samu bácsi jöjjön és megmentse. Próbálta megérteni, mi történt. Próbált nem kiborulni.

Visszatérve a helyszínre, két fény, egy zöld és egy sárga fény törölte ki a közelben tartózkodók elméjét. Aztán megsemmisítettek minden felvételt.

"Mit keresünk itt?" - kérdezte a riporter.

"Fogalmam sincs" - válaszolta az operatőr.

Hazafelé menet E-Z valahogy, úgy érezte magát, mint egy hős. De tudta, hogy az igazi hős a szék volt; a kerekesszéke, amely elszállt.

E-Z Dickens egy tetováló angyal volt.

"Én repültem Samu bácsival. Tényleg repültem."

Sam behajtott a kocsifelhajtóra, és leparkolt.

"Láttad, ugye? Láttad, hogy megmentettem azt a kislányt. Nem tudtam volna időben odaérni, és a kerekesszékem tudta ezt, felemelkedett a földről, és száguldott felé."

"Igen, láttam. Kivételes volt. Mármint ahogyan megmentetted azt a kislányt a bajtól. De a széked nem emelkedett fel. A lendület volt az, ami előre lendített téged. Az adrenalinlöket és az, hogy milyen gyorsan kellett mozognod, hogy odaérj, olyan érzés volt, mintha repülnél - de nem így volt."

"Repültem. A szék elhagyta a földet."

"E-Z gyerünk. Te is tudod és én is tudom, hogy nem repültél. Ezt tudnod kell. Úgy értem, mit képzelsz magadról? Egy rohadt angyalnak?"

Sam kiszállt a kocsiból, kihúzta a csomagtartóból a tolószéket, és odajött, hogy besegítse az unokaöccsét. Miközben ezt tette, E-Z jobb válla az ajtó széléhez súrolta magát, és felkiáltott a fájdalomtól.

"Vizet!" - kiáltotta. "Olyan érzés, mintha lángba borulnék".

Sam kiszaladt a konyhába, és egy üveg vízzel tért vissza.

E-Z a vállára borította. Kicsit enyhült, aztán a másik válla is úgy érezte, mintha lángolna. Ráöntötte az üveg maradékát. Sam belökte a házba, miközben E-Z megpróbálta letépni az ingét. Sam segített neki a fejére húzni.

"Jaj, ne!" Sam felkiáltott, miközben eltakarta az orrát. Az unokaöccse lapockái most úgy néztek ki, és olyan szaguk volt, mint a szenesedett grillhúsnak. A konyhába sietett még vízért.

Útközben E-Z sikoltozott, és addig sikoltozott, amíg el nem ájult.

5. FEJEZET

S ÖTÉT VOLT, ÉS TELJESEN egyedül volt, csak a hold árnyéka terült el fölötte az égen.

A karjait keresztbe fonta a mellkasán, mintha látott volna nyitott koporsós temetésen elhelyezett holttesteket. Kirázta őket. Most már ellazultan tette le őket a kerekesszéke karfájára, csakhogy rájött, hogy nem is ül benne. Megijedt, hogy felborul; újra keresztbe fonta a karját a mellkasán. De várjunk csak, nem borult fel, amikor az előbb kibontotta őket - újra megtette, és egyenesen maradt.

E-Z az egyik karját szorosan a mellkasához szorította, míg a másik, a jobb karját olyan messzire nyújtotta, amennyire csak tudta. Az ujjbegyei valami hűvös és fémes dologhoz értek. A bal karjával ugyanezt tette, és ismét fémet talált. Előrehajolva megérintette az előtte lévő falat, és ugyanezt tette mögötte is. Ahogy mozdult, az alatta lévő ülés elmozdult, adta és vette, mint egy rugórendszer. Ez a rendszer volt az, ami egyenesen tartotta, vagy mégis?

PFFT.

A levegőben felszálló köd hangja. Meleg, felerősítette a szaglóérzékét, levendula- és citruscsokorban fürödve.

Mély álomba merült, amelyben olyan álmokat látott, amelyek nem álmok voltak, mert emlékek voltak. A baleset - újra és újra megtörtént - ismétlődött. Hátravetette a fejét, és üvöltött.

"Egy pillanat, kérem - szólalt meg egy női hang.

Olyan robothang volt, mint amilyet egy hangfelvételen hallani, amikor nincs ember a közelben.

Túlságosan félt, hogy újra elbóbiskoljon, és megkérdezte: - Ki van ott? Kérem! Hol vagyok?"

"Itt vagy" - mondta a hang, majd kuncogott. A nevetés visszaverődött a silószerű tárolóról, és a fülét lüktette, ahogy jött és ment.

Amikor abbamaradt, elhatározta, hogy kiszabadítja magát. Minden erejét latba vetve kinyújtotta a karját, és meglökte. Jól esett. Tenni valamit, bármit - először -, amíg a klausztrofóbia nem kerekedett felül.

PFFT.

A permet, ezúttal közelebb, egyenesen a szemébe ment. A citromsav csípett, és könnyek gyűltek fel, mintha hagymát vágott volna, és felállt.

Várj egy percet...

Újra visszaesett. Megrándította a lábujjait. Újra megtette. Kinyújtotta a jobb lábát. Aztán a bal lábát. Dolgoztak. A lábai működtek. Felemelte magát...

Egy hang, ezúttal egy férfihang azt mondta: "Kérem, maradjon ülve."

Megcsípte magát a jobb combján, majd a balon. Ki gondolta volna, hogy egy-két csípés ilyen jó érzés lehet? Senki sem tudta megállítani. Amíg használhatta a lábát, újra felállt.

Zaj hallatszott fölötte, mintha egy lift mozogna. A hang egyre hangosabb lett. Felnézett. A siló mennyezete leszakadt. Egyre nagyobb és nagyobb lett. Végül teljesen megállt.

"Üljenek le" - követelte a férfihang.

E-Z felemelte magát, de a mennyezet egyre lejjebb tolódott - egészen addig, amíg már nem tudott állni. Türelmesen ült, várva, hogy a dolog visszahúzódjon, mint egy felfelé emelkedő lift - de nem mozdult.

PFFT.

"Engedjetek ki!"

"Adj hozzá laudanumot" - mondta a női hang.

A falak szünetet tartottak, majd egy extra hosszú adagot fújtak ki.

PPPFFFTTT.

Ez volt az utolsó hang, amit hallott.

***

VISSZA AZ ÁGYÁBA - azon tűnődve, hogy vajon elment-e az esze, és azt képzelte-e, hogy az egész silós incidens E-Z volt. Valóságosnak érezte, valóságosnak érezte a szagát. És a két hang - miért nem mutatkoztak? Megvakarta a fejét, két fényt látott a szeme előtt. Mint korábban, az egyik zöld volt, a másik pedig sárga.

"Halló?" - suttogta, miközben egy magas hangú, szúnyogoktól elszállt nyávogás támadt rá, mintha szúnyogok ostoroznák. Visszalőtte a jobb kezét, és erőteljes csapást mért rá. De mielőtt az ütés összeért volna, megdermedt, keze a levegőben volt. A szeme elkerekedett, mint egy hipnotizált csirke.

POP.

POP.

A fények két lénnyé alakultak át. Mindkettő meglökte egy-egy vállát, és E-Z a párnára zuhant, ahol lehunyta a szemét, és elaludt.

"Most már meg kéne tennünk, bip-bip - mondta az előbbi sárga fény.

"Előbb győződjünk meg róla, hogy alszik-e, zoom-zoom" - mondta az egykori zöld fény.

"Oké, lássunk hozzá a munkához, bip-bip".

"Megvan a beleegyezése, zoom-zoom?"

"Azt mondta, igen, de nem emlékszik rá. Aggódom, hogy ez nem egy kötelező érvényű megállapodás. Lehet, hogy csak részleges, és tudod, ki utálja a részlegeseket. Arról nem is beszélve, hogy az emberi részlegesek elakadnának a csipogás-bipogás között."

"Igen, túlságosan kedvelem őt ahhoz, hogy hagyjam, hogy betwixt és betweener zoom-zoom legyen belőle."

"A tetszésnek ehhez semmi köze. Ne felejtsd el, mi történt a hattyúval. Arról nem is beszélve - miért mondják az emberek azt, amiről nem szabad beszélni, mielőtt megemlítenék azt, amit nem akarnak elmondani?" Választ sem várva. "Bajban lennénk, és tudod, ki lenne nagyon mérges bip-bip."

"De az embernek már megvan a tetovált szárnya. A perek nem kezdődnek, amíg az alany bele nem egyezik." Csettintett az ujjaival, és egy könyv jelent meg. Megrebegtette a szárnyait, szellőt keltve ezzel, ami lapozgatta a könyv lapjait. "Nézd, itt az áll, hogy a szárnyakat csak AZ UTÁN szerelik fel, AMIKOR az alany beleegyezett. Szóval, amikor igent mondott, az biztos megpecsételte az üzletet, zoom-zoom." Felemelte a karját, és a könyv felrepült, mintha a plafonba akart volna csapódni, de ehelyett eltűnt rajta keresztül.

Repültek, az egyik E-Z vállán landolt, a másik a fején.

"Nem én voltam" - mondta, anélkül, hogy kinyitotta volna a szemét.

"Aludj még, zoom-zoom" - mondta a szemét megérintve.

"Pssszt, csip-csíp".

"Anya gyere vissza. Kérlek, gyere vissza!"

"Nagyon nyugtalan, zoom-zoom."

"Álmodik, beep-beep."

E-Z kinyitotta a száját és horkolt, mint egy bébielefánt. A szellő a levegőben tartotta őket - nem kellett csapkodniuk a szárnyaikkal. Addig kuncogtak, amíg be nem csukta a száját. Szabadesésbe küldte őket. Dühös csapkodással gyorsan talpra álltak.

"Jaj, ne, csikorgatja a fogait, bip-bip".

"Az embereknek furcsa szokásaik vannak, zoom-zoom."

"Ez az embergyerek már épp eleget szenvedett. Ezeknek a jogoknak a beadásával kevesebb fájdalmat fog érezni, beep-beep."

Az első lény E-Z mellkasára repült, és leszállt, állát előrenyomva, kezét a csípőjére téve. A lény egyszer megfordult, az óramutató járásával megegyező irányba. Gyorsabban pörgött, szárnyainak rebegéséből dal áradt. A dal halk nyögés volt. Egy szomorú dal a múltból, egy olyan élet ünneplésére, amely már nem volt többé. A lény hátradőlt, fejét E-Z mellkasának támasztotta. A pörgés abbamaradt, de a dal tovább szólt.

A második lény is csatlakozott, és ugyanezt a rituálét végezte, miközben az óramutató járásával ellentétesen forgott. Új dalt alkottak, a csipogás-bipogás és a zoom-zoom nélkül. Mert amikor énekeltek, az onomatopoiára nem volt szükség. Míg az emberekkel való mindennapi beszélgetésben igen. Ez a dal átfedte a másikat, és örömteli, magas hangú ünnepléssé vált. Egy óda az eljövendő dolgokhoz, egy még meg nem élt élethez. Egy dal a jövőnek.

Aranyszínű szemgödreikből gyémántpor permet tört elő. Tökéletes szinkronban fordultak. A gyémántpor a szemükből E-Z alvó testére permeteződött. A csere addig folytatódott, amíg a gyémántpor tetőtől talpig be nem borította.

A tinédzser továbbra is mélyen aludt. Egészen addig, amíg a gyémántpor át nem fúródott a húsán - ekkor kinyitotta a száját, hogy sikítson, de nem jött ki belőle hang.

"Felébredt, bip-bip".

"Emeld fel, zoom-zoom."

Együtt emelték fel, amikor a férfi kinyitotta elkerekedett szemét.

"Aludj tovább, bip-bip."

"Ne érezz fájdalmat, zoom-zoom."

A két lény a testét átölelve magába fogadta a fájdalmát.

"Kelj fel, bip-bip" - parancsolta.

És a kerekesszék, felemelkedett. És E-Z teste alá helyezkedve várt. Amikor egy vércsepp lecsöppent, a szék felfogta. Elnyelte. Elfogyasztotta - mintha élőlény lett volna.

Ahogy a szék ereje nőtt, úgy lett erősebb is. Hamarosan a szék a levegőben tartotta gazdáját. Ez lehetővé tette a két lény számára, hogy elvégezze a feladatát. A feladatukat, hogy egyesítsék a széket és az embert. Örökre összekötni őket a gyémántpor, a vér és a fájdalom erejével.

Ahogy a tinédzser teste megremegett, a bőrén lévő szúrások begyógyultak. A feladat teljesült. A gyémántpor a lényének része volt. Így a zene megállt.

"Megtörtént. Most már golyóálló. És szuper ereje van, bip-bip."

"Igen, és ez jó, zoom-zoom."

A kerekesszék visszatért a padlóra, a tinédzser pedig az ágyára.

"Emlékei nem lesznek róla, de az igazi szárnyai nagyon hamar elkezdenek működni, beep-beep."

"Mi van a többi mellékhatással? Mikor kezdődnek, és észrevehetőek lesznek-e zoom-zoom?"

"Ezt nem tudom. Fizikai elváltozásai lehetnek... érdemes vállalni a kockázatot, hogy csökkentsük a fájdalmat, beep-beep."

"Egyetértek, zoom-zoom."

Kimerülten a két lény E-Z mellkasához bújt és elaludt. Nem tudva, hogy ott vannak, amikor reggel nyújtózkodott - a padlóra estek.

"Hoppá, bocsánat" - mondta a szárnyas lényeknek, mielőtt megfordult és visszaaludt.

✳✳✳

"É**BREN VAGY?**" S**AM MEGKÉRDEZTE**, mielőtt egy résnyire kinyitotta volna az ajtót. Az unokaöccse horkolt, de a széke nem volt ott, ahol hagyta, amikor az ágyba segítette. Megvonta a vállát, és visszament a szobájába, ahol a David Copperfield néhány fejezetét olvasta. Órákkal később visszatért unokaöccse szobájába.

"Kopp, kopp."

"Ööö, jó reggelt" - mondta E-Z.

"Nem baj, ha bejövök?"

"Persze."

"Jól aludtál?"

"Azt hiszem." Nyújtózkodott, majd hátradőlt a fejtámlának.

"Hogy került ide a széked? Azt hittem, a falhoz parkoltam."

Megvonta a vállát.

"És nézd a karfákat - te festetted le őket?"

Odahajolt, meglátta a vörös árnyalatot, megint vállat vont. "Mi történt velem?"

"Elájultál. Csak azt nem értem, hogy miért. Azt mondtad, úgy érezted, mintha égne a vállad. A leírásod alapján rákerestem a neten, és felbukkant egy homeopátiás szer. Elképesztő, hogy mit lehet találni. Összekevertem egy kis levendulaolajat vízzel és aloéval egy szórófejes flakonban, majd egyenesen a bőrére pumpáltam. Azt mondták, hogy azonnali enyhülést hoz. Nem vicceltek, mert ellazultál és elaludtál."

"Köszönöm, most már sokkal jobban érzem magam." Megpróbált felkelni az ágyból, de a zzzzs úgy repkedett a fejében, mintha ő lenne Wile E. Coyote. "Azt hiszem, még egy darabig ágyban maradok."

"Jó ötlet. Hozhatok neked valamit?"

"Egy kis pirítóst? Eperlekvárral?"

"Persze, kölyök." Kilépett a szobából, mondván, hogy hamarosan visszajön. Amikor visszatért egy tálcán lévő étellel, az unokaöccse megpróbált enni, de nem tudott semmit sem lenyelni.

"Talán csak egy kis vizet."

Sam hozott egy üveget, amiből E-Z megpróbált inni, még azt sem tudta lenyelni.

"Azt hiszem, inkább pihenek tovább." A szemei nyitva maradtak, és a semmibe bámult előre. "Mennyi az idő?"

"Hajnali öt óra, és ma szombat van. Már tizenkét órája nem vagy itthon. Megijesztettél."

A kapcsolat, a levendula mindkét helyen furcsának tűnt E-Z-nek. Vajon a való életben tapasztalt átjárást? Túl sok volt a véletlen egybeesés, már ha a siló valóban létezett. Vagy csak álom volt? Inkább rémálom volt. De a lábai valóban működtek abban a fémkonténerben. Egy perc múlva visszamenne - bármilyen kockázatot vállalva -, hogy újra használhassa a lábait.

"E-Z?"

"Uh, mi? Én. Őszintén szólva, azt hiszem, szeretném becsukni a szemem, és még egy kicsit pihenni."

Sam elhagyta a szobát, becsukva maga mögött az ajtót.

E-Z ki-be sodródott az öntudatából, miközben a baleset loopban játszódott le. Fehér szárnyakat viselő Stevie Nicks szolgáltatta a kísérőzenét. Miközben a háttérben két fény - egy zöld és egy sárga - ugrált fel és alá.

A következő napokban megpróbálta összerakni a fejében a darabokat, és összeállította a közös vonások listáját:

Fehér szárnyak - a vállára tetovált fehér szárnyak. Stevie Nicksnek fehér szárnyai voltak az álmában.

Levendula - Sam bácsi levendulát és aloét használt az égési sérülések enyhítésére. A silóban levendula permetezte a levegőt, hogy megnyugtassa.

Sárga és zöld fények. A baleset után és a szobájában látta őket.

Kerekesszék - repült, hogy megmenthesse a kislányt. Amikor elkapó volt, a feneke elhagyta a széket, hogy el tudja kapni a labdát.

A karfák - most pirosak voltak. Nem történt hasonló eset. Nincs magyarázat.

Égő érzés a vállán/tetoválások jelentek meg a vállán. Nincs magyarázat.

A baleset óta nem hitt többé Istenben. Egyetlen isten sem hagyná, hogy egy fa összezúzza a szüleit. Jó emberek voltak, soha nem bántottak senkit. Az, hogy mi történt a lábával, mellékes volt. Bármilyen isten, aki ér valamit, kinyújtotta volna a kezét, és megállította volna, mielőtt megtörtént volna.

Hacsak nem volt isten, akkor talán éppen ebédelni ment. Igen, persze.

Változások történtek a testében, és ő válaszokat akart. Mélyen legbelül tudta, hogy csak úgy kaphatja meg őket, ha visszamegy abba az átkozott silóba - ha létezett.

6. FEJEZET

M ÁSNAP REGGEL E-Z AZ ágya fölött lebegett a levegőben, mivel a szárnyai kihajtottak. Útközben, hogy új függelékét a szekrény tükrében megnézze, majdnem nekiment a falnak.

"Minden rendben van odabent?" Sam a szomszédos szobájából hívott.

"Igen" - mondta oldalra röpködve, miközben megcsodálta újonnan szerzett repülési képességét. A tollas tollazat lenyűgözte. Különösen az, ahogyan előre lendítették, mintha eggyé váltak volna a testével. Inkább érezte magát madárnak, mint angyalnak, és megpróbált visszaemlékezni arra, mit tanult az iskolában az ornitológiáról. Tudta, hogy a legtöbb madárnak elsődleges tollazata van, talán tíz. A primer tollak nélkül nem tudtak repülni. Neki több mint tíz elsődleges toll volt a szárnyán, és több másodlagos is. Megpróbált balra, majd jobbra fordulni, felmérve a manőverezőképességét. Súlytalannak érezte magát, és körberepült a szobájában. A kerekesszék fölött lebegett - amire már nem volt szüksége. Ezekkel a szárnyakkal átrepülhette a világot. Kezét csípőre tette, mint Superman, és az ajtó irányába mutatott. Odaért, amikor Sam kinyitotta.

"Félholtra ijesztettél!" Mondta Sam, majdnem kiugrott a bőréből.

A váratlanul érkező tinédzser megpróbált úrrá lenni a helyzeten. Irányt változtatott, és az ágyhoz akart menni. Az átmenet azonban nem ment olyan könnyen, mint remélte, és szabadesésbe kezdett.

Sam a kerekesszékhez rohant, ide-oda mozgatva azt, hogy az unokaöccse alatt tartsa.

E-Z talpra állt, és újra felment.

"Gyere le ide, most azonnal!" kiáltotta Sam; öklét a levegőbe emelte.

Az ágy felé repült, és biztonságosan landolt. A szárnyai úgy csukódtak, mint egy zenétlen harmonika. "Ez annyira jó móka volt. Alig várom, hogy repülhessek a suliba."

Sam az unokaöccse székébe zuhant. "Mi volt ez az egész? És tényleg azt hiszed, hogy el tudsz repülni azokkal az izékkel az iskolába? Nevetség tárgya lennél."

"Megszoknák, és ahelyett, hogy "fás fiúnak" hívnának - hívhatnának repülős fiúnak. Igen, ez tetszik."

"Ahogy én láttam, ez egy ügyetlen próbálkozás volt. És a légyfiú nevetségesen hangzik."

"Ez volt az első próbálkozásom. Majd belejövök a dologba."

Sam megrázta a fejét, ahogy a kíváncsiság felülkerekedett rajta, és az érzelmei elől menekülni kezdett.

"Megnézhetem közelebbről? Mármint anélkül, hogy felszállnál?" - kérdezte felállva, miközben E-Z felé fordította a testét. "Elmentek. Teljesen. Mármint a tetoválások. Igazi szárnyakkal helyettesítették őket - és tudsz repülni. Ó, fiam!" Leült, mielőtt leesett volna.

"Felébredtem, a szárnyak előbújtak, és a következő dolog, amire emlékszem, hogy repülök."

"Ez varázslat. Biztos az. Vagy talán álmodunk, te az én álmomban vagy én a tiédben, és hamarosan felébredünk, és..." Sam próbált nyugodt maradni az unokaöccse kedvéért, de belülről a szíve hevesen vert.

"Ez nem álom."

"Hogy pattantak ki? Muszáj volt mondanod valamit? Úgy értem, vannak varázsszavak, amiket ki kell mondani?"

"Nem emlékszem, hogy bármit is mondtam volna. Bár azt hiszem, megpróbálhatnám." Néhány másodpercig elgondolkodott, és olyan pózt vett fel, mint Rodin Gondolkodója. "Várj egy percet, hadd próbáljak meg valamit." Pálca nélküli mozdulattal suhintott a levegőbe: "Autem!"

"Mikor tanultál latinul?"

"Van egy ingyenes alkalmazás a telefonomon."

"Én is, franciát tanulok. Próbáld ki az en haut-t."

"En haut!" Még mindig semmi. "Emelj fel! Qui exaltas me!" Bosszúsan keresztbe fonta a karját. "Még jó, hogy bejöttél és láttál repülni, különben nem hinnél nekem!" Kíváncsi volt, hogy PJ és Arden vajon mit csinálhatnak - napok óta nem látta őket. A következő pillanatban kinyíltak a szárnyai, és az ágya fölött lebegett.

"Ro-ro" - mondta Sam, miközben a szárnyak visszahúzódtak, és E-Z a földre zuhant.

"Ez lett volna a legjobb alkalom, hogy megragadd a székemet."

Sam elmosolyodott. "Könnyebb mondani, mint megtenni. Bocsánat. Jól vagy?"

"Nem sérültem meg. Mármint fizikailag, de lelkileg, ki tudja?" A férfi nevetett. "Nem bánod, ha felsegítesz a székembe?"

Sam felemelte, és biztonságosan letette a székbe. Amikor hátradőlt, a szárnyak ahelyett, hogy teljesen visszahúzódtak volna, teljes erőből pattantak vissza. E-Z felemelkedett, és úgy röpködött, mint Tinkerbell.

"Szóval, így megy ez, mi?" mondta Sam.

"Még bele kell jönnöm - nem tudom, miért -, de..."

"Nos, ha készen állsz, gyere le, és elmegyünk reggelizni. Hozom a laptopomat, és kutakodhatunk egy kicsit."

"Uh, ez egy okos ötlet. Elmehetnénk az Ann's Cafe-ba. És én is lejönnék - ha tudnék." A szárnyak visszahúzódtak, amikor E-Z közvetlenül a kerekesszéke fölé ért. "Na, ezt nevezem én kiszolgálásnak" - mondta, miközben óvatosan a székbe pottyant.

Beszélgettek, miközben ő felöltözött. Aztán E-Z kiment a fürdőszobába, míg Sam elkészült.

Ahogy kifelé tartottak a házból, Ann kávézója felé, E-Z két lábbal állt a sarkában. Egyrészt, hogy hiányzott neki az oda járás, másrészt pedig: "Már régen nem jártam ott. Azóta nem, mióta..."

"Tudom, kölyök. Biztos, hogy nem túl korai még?"

A reggeli az Ann's Caféban már hagyomány volt a családjában. Amellett, hogy korán, reggel hatkor nyitott, gyalogosan is elérhető volt. Odabent saját fülkék voltak, műbőrrel díszített, piros kockás terítőkkel. Az apja mindig azt mondta, hogy a helynek "messziről jött" témája volt. A zenegépekből a hatvanas évek zenéje szólt - úgy volt beállítva, hogy az embereknek nem kellett fizetniük. A falakat pedig Marilyn Monroe, James Dean és Marlon Brando poszterei töltötték meg. Az étlap hatalmas volt, a Club szendvicsektől kezdve a sajtburgeren át a fondüig minden megtalálható volt. De a személyes kedvencei az extra vastag shake-ek és az almás palacsinta voltak.

Amint meglátta őket, a tulajdonos Ann azonnal odajött. "Hiányoztál." Átkarolta a férfit.

"Ő az én Sam bácsikám, Ann." Kezet ráztak. "Egyébként köszönöm a kártyát és a virágot, nagyon figyelmes volt."

A lány szeme megtelt könnyel. "Most pedig gyere ide. Van egy tökéletes asztalom számodra."

Egy csendes sarokban volt, így nem kellett attól tartania, hogy a székével útban lesz a konyhai személyzetnek vagy a vendégeknek.

"Azonnal elkészítem a szokásos ételét. Tudja, mit szeretne, Sam, vagy jöjjek vissza?"

"Mit kérsz?"

"Almás palacsintát a la mode. Azok a legjobbak a világon, és Ann mindig hoz extra szirupot és fahéjat."

"Ez jól hangzik, de azt hiszem, én inkább unalmas szalonnát és tojást kérek, gombával."

"Értettem" - mondta Ann. "És te csokis vastag shake-et kérsz?" A férfi bólintott. "Kávét neked Sam? "

"Feketén" - válaszolta. "És köszönöm, hogy ilyen szívesen látott."

"Minden E-Z bácsit szívesen látunk itt."

Miután Ann elment az italokért, a férfi kibökte: "Sam bácsi, azt hiszem, angyallá változom".

"Ahhoz előbb meg kellene halnod" - mondta, miközben Ann letette az italokat az asztalra, és visszament a konyha felé.

"Talán tényleg meghaltam, az autóbalesetben. Néhány percre. Ki tudja, mennyi időbe telik, amíg angyallá válsz? A filmekben, ha eljutsz a Gyöngykapuig, a nagy ember megfordíthatja a dolgokat, és rögtön visszaküldhet ide vissza. Már ha hiszel az ilyesmiben - amiben én nem hiszek."

"Én sem. Angyalok nem léteznek. Sem ördögök. Kivéve mindannyiunkban. Úgy értem, mindannyiunkban van jó, és mindannyiunkban van rossz. Ez tesz minket emberré. Ami a haldoklást illeti, elmondták volna nekem, ha újra kellett volna éleszteniük téged. Semmi ilyesmit nem mondtak."

"Akkor mivel magyarázod a tetoválások hirtelen megjelenését, és most, hogy igazi szárnyakká váltak? Tegnap még nem voltak. Akkor mi történt tegnap és ma között? Semmi, ami indokolná az új függelékek növekedését."

"Semmi, ami eszedbe jutna - mondta Sam. Elnevette magát.

E-Z leszúrt egy palacsintát, és a szájába tömte, hagyta, hogy a szirup végigfolyjon az állán. Ann szűkszavúvá tette magát.

"Hát, mostanában biztosan nem nézel ki túl angyalian" - mondta Sam, miközben felkapott egy villa rántottát. "Mm, ezek nagyon finomak."

Néhány újabb falat után benyúlt az aktatáskájába, és elővette a laptopját. Bekattintotta, és beírta a "definiáld az angyalt" kifejezést. Elfordította a képernyőt, hogy evés közben is elolvashassák az információt.

"Hírvivő, különösen isten küldötte" - olvasta Sam - "olyan személy, aki isten küldetését teljesíti, vagy úgy cselekszik, mintha isten küldte volna".

"Úgy cselekszik, mintha" - ismételte E-Z, miközben még több palacsintát tömött a szájába.

Sam felolvasta: "Egy informális személy, különösen egy nő, aki kedves, tiszta vagy szép. Te elég szép vagy, a szőke hajaddal és a kék szemeddel."

"Pofa be!"

"Hagyományos ábrázolás" - tartott szünetet. " Bármelyik lény, amelyet emberi alakban, szárnyakkal ábrázolnak." Sam újabb kortyot ivott a kávéból, éppen időben, hogy Ann újratöltse a csészéjét.

"Még emésztési zavarokat kaptok, ha egyszerre olvastok és esztek."

E-Z felnevetett.

Sam azt mondta: "Nem, én az informatikában dolgozom, szóval elég jó vagyok a multitaskingban".

Ann kuncogott, és elsétált.

"Mit jelent az, hogy "ezek a lények"?" E-Z kérdezte.

"Azt írja, hogy a középkori angyaltanban az angyalokat rangokra osztották. Kilenc rend: szeráfok, kerubok, trónok, uralmak (más néven uralmak)" - szünetet tartott, ivott egy korty vizet. Aztán folytatta: "Erények, fejedelemségek (más néven fejedelemségek), arkangyalok és angyalok".

"Hűha! Próbáld meg gyorsan tízszer kimondani ezeket." Elmosolyodott. "Fogalmam sem volt róla, hogy ennyi féle angyal létezik."

"Én sem. Ez az étel olyan finom, hogy folyton azon gondolkodom, vajon álmodunk-e."

"Úgy érted, azt kívánod, bárcsak álmodnánk - és eltűnnének a szárnyaim?"

"Olyan gyorsan távoznának, ahogy jöttek." Közelebb húzta a laptopot, és beírta, hogy "Az embernek angyalszárnyai nőnek". E-Z gúnyolódott, de közelebb hajolt, hogy megnézze, mi bukkan fel. Sam rákattintott egy tudományos cikkre.

"Ahogy mondtam, nincs bizonyíték angyalszárnyakra. Nem is gondoltam volna. Szerintem annak az incidensnek, tudod, amikor megmentettem a kislányt - valami köze lehetett ahhoz, hogy megjelentek. Az volt a kiváltó ok, mert az égés rögtön azután kezdődött, hogy hazaértem, és aztán, nos, a többit tudod."

"Hogy vagytok ti ketten itt?" Kérdezte Ann.

"Rendeltem neked még két palacsintát, E-Z, mint mindig. Hacsak nem tudsz többet enni?"

"Tökéletes."

"És mi a helyzet veled, Sam?"

"Csak egy újratöltés" - mondta, és felajánlotta az üres bögréjét, amit a lány elvett, majd visszatért vele csordultig megtöltve. A konyhában csengettek, és a lány elment a palacsintákért.

E-Z juharszirupot öntött rájuk, majd egy dob vajat. "Te vagy a legjobb - mondta Annnek. A nő elmosolyodott, és otthagyta őket, hogy befejezzék az étkezést.

Sam bácsi feszülten figyelte az unokaöccsét. Azt kívánta, bárcsak almás palacsintát rendelt volna, de már jóllakott.

"Mi az?"

"Nem is tudom, olyan, mintha amikor megkóstolod az ételt, az arcod úgy ragyogna, mint egy angyal a karácsonyfán".

E-Z letette a villáját. "Nagyon vicces. Igazi komikus vagy."

Amikor befejezték az evést, Sam megkérdezte: "Szóval, miután olvastál az angyalokról, meggondoltad magad? Úgy értem, még mindig azt hiszed, hogy azzá válsz. És ha igen, mit fogsz tenni ez ügyben?"

"Hogy érted azt, hogy megteszem? Vannak szárnyaim, akár használhatnám is őket."

"Én úgy látom, hogy ha nem használod őket, ha tagadod a puszta létezésüket - akkor el fognak tűnni."

E-Z megrázta a fejét. "Ez nem opció. Láttad, mi történt. Kijöttek, anélkül, hogy bármit is tettem volna, és mondtam neked, amikor ma reggel felébredtem, az ágyam fölött repültem. Kibaszottul LEBEGETTEM."

"E-Z, én a jövőre gondolok. Talán beszélned kell valakivel, beszélnünk kell valakivel erről."

"A baleset több mint egy éve történt, a tanácsadó azt mondta, hogy jól vagyok. Különben is, ez az egész új."

"Lehet, hogy késik. Valami kiválthatta."

"Nézzük át a tényeket. Először is, tetoválásaim voltak, amikor nem tetováltattam. Kettes számú, a székem felemelkedett a földről, és megmentettem egy kislányt - plusz felemelkedtem a székemről, hogy elkapjak egy labdát egy meccsen. Egészen mostanáig tagadtam ezt... Harmadszor, a tetoválások pokolian égtek. Negyedik szám, igazi szárnyak jelentek meg. Ötödik szám: tudok repülni. Ismerős ez neked? Mármint más esetekben."

"Ezt nem értem. Hogyan történhetett ez meg, de az elme egy rendkívül erős számítógép. Ez különböztet meg minket az állatvilágtól, és ez az, ami miatt az ember ilyen sokáig fennmaradt. Hallottam olyan történeteket, ahol egy ember rendkívüli veszélyben volt, és megérkezett a segítség. Vagy, amikor egy ember beszorult egy jármű alá - és egy járókelő képes volt felemelni az autót, hogy megmentse az életét."

"Olvastam erről; hisztérikus erőnek hívják - de még sosem hallottam olyan esetről, amikor szárnyakat növesztettek volna."

"Talán a szárnyak, megjelentek, hogy megmentsenek téged."

"Mitől? A túl sok alvástól?" - nevetett. "Jól jöttek volna a balesetnél. Elrepíthettem volna anyát és apát segítségért, ahelyett, hogy ott vártam volna egy véres fatörzzsel a fejemen. Lefogva engem. Ez nem csoda. Én, nem tudom, mi ez Samu bácsi, csak azt tudom, hogy ez az."

"Beszélgetünk. Értékelünk. Ötleteket cserélünk. Próbálunk válaszokat találni."

"Jó lenne válaszokat kapni, de... ki lenne az a szakértő, akit megkérdezhetnénk ebben a helyzetben?"

"Mit szólnál egy lelkészhez vagy egy paphoz?"

E-Z megrázta a fejét. A szülei temetése óta nem járt templomban.

"Mit veszíthetünk?"

"Azt hiszem, egy próbát megér, de. Ó, ó."

"Mi az?"

"Érzem, hogy nyomja a lapockáimat. Mennem kell, és nem ide autóztunk. Sajnálom, de sietnem kell. Otthon találkozunk." Kiszáguldott a kávézóból, és addig ment, amíg a szárnyai ki nem törtek a kapucnija alól, és fel nem emelkedett a földről. Otthon rájött, hogy nincs nála kulcs, de nem maradhatott a verandán - a szárnyakkal nem. Latinul próbálta rávenni őket, hogy visszamenjenek - de semmi sem segített. Így hát felrepült, és sikerült bejutnia a hálószobája ablakán keresztül anélkül, hogy bárki is észrevette volna.

"E-Z!" Kiáltotta Sam, amikor hazaért. "E-Z!"

"Itt vagyok fent."

"Jól vagy? Jöttem, amilyen gyorsan csak tudtam."

"Gyere be, foglalj helyet. Semmi jele, hogy visszahúzódtak volna - még."

A nyitott ablakot látva. "Gondolom, ide repültél fel?"

"Igen, még jó, hogy tegnap este elfelejtettem bezárni az ablakot. Akár folytathatjuk is a beszélgetést, amíg újra ki tudok menni."

"Ismerek egy papot. Ha valaki tud segíteni, akkor ő az."

Két órával később, miközben a rádióból dallamok szóltak, úton voltak a paphoz. Hozier Take Me to Church című száma töltötte be az étert. Véletlen egybeesés? Azt hitték, nem, és hangosan énekelték a dalszöveget. Szerencsére a felhúzott ablakok miatt senki sem hallotta őket.

A TEMPLOMBAN NEM VOLT kerekesszékkel megközelíthető, és sok lépcsőt kellett megmászni.

"Menjetek át a nagy tölgyfa árnyékába, én pedig megkeresem Hopper atyát - javasolta Sam.

"Ez az igazi neve?" E-Z nevetett.

"Amennyire én tudom. Te maradj itt, én pedig mindjárt jövök."

"Úgy lesz."

A tinédzser elővette a telefonját. Bár élvezte a fa által nyújtott árnyékot - lehetetlenné tette, hogy lássa a képernyőjét. Áthelyezte a székét, és felfigyelt a levegőben lévő szokatlan zümmögésre. Egy zaj, amely mintha magából a fából jött volna.

Felnézett, próbálta megállapítani, hogy madár-e az, amikor a hangmagasság emelkedett, és a hangerő megnőtt. Elnémította a telefonját. A hang véget ért, és egy új hang kezdődött. Ez dallamos volt; megbabonázó, és álomszerű állapotba került.

A feje előrebukott, amíg egy újabb hang fel nem rázta. Suttogás, ami a feje fölülről jött. A fa lombjaiból áradó hangok. Keresztbe fonta a karját, miközben hideg futott át rajta, és szárnyai kitörtek. Mielőtt észbe kapott volna, a széke felemelkedett a földről. Ágakat bújtatott, ahogy a hatalmas tölgyfa szívébe emelkedett.

"Tegyél le!" - parancsolta.

Tovább emelkedett. Ahogy végtagjai összeértek a fával, vér csorgott le az alkarján és a fején.

"Állj! Te ostoba..."

"Ez nem volt szép, bip-bip" - szólalt meg egy pici, magas hang.

"Azt hittem, azt mondtad, hogy szép, amikor ébren van, zoom-zoom" - szólalt meg egy második hang.

"Hűha!" E-Z mondta, próbálta összeszedni magát, és elkerülni, hogy teljesen kiboruljon. Vett néhány mély lélegzetet. Megnyugtatta magát. "Ki, mi és hol vagy?"

"Kik vagyunk valóban, bip-bip."

Ismét ugyanazok a fények, zöld és egy sárga táncoltak a szeme előtt.

Kíváncsiságtól hajtva azt mondta: "Szia".

A sárga fény eltűnt.

Egy sikoly.

Aztán a zöld is eltűnt.

"Mi a fene? Ti ketten, akárkik is vagytok, hagyjátok ezt abba. Tartozol nekem egy magyarázattal. Tudom, hogy követtek engem. Gyertek elő és nézzetek szembe velem!"

POP.

Egy apró, zöld, angyalszerű valami landolt az orrán. Furcsán kellemetlen, már-már limburgeres bűz terjengett az irányába. Letakarta az orrát.

"Jó napot, E-Z, bip-bip - mondta az izé meghajolva.

Amikor kimondta a nevét, elvesztette uralmát a szárnyai felett. Úgy imbolygott és himbálózott a levegőben, mint egy repülni tanuló madár. Akarta, hogy a szárnyai újra előbújjanak, de azok nem törődtek vele. A szék karfájába kapaszkodott, miközben zuhant.

POP!

Most már ketten voltak. Mindegyikük megragadta az egyik fülét, és biztonságosan leeresztették őt és a székét a földre.

"Aú" - mondta E-Z a fülét dörzsölgetve, amikor a pap és a nagybátyja bejöttek a sarkon. "Uh, köszönöm, azt hiszem."

POP.

POP.

A két lény eltűnt.

"E-Z, ő itt Bradley Hopper atya, és nagyon szeretne segíteni."

Hopper kinyújtotta a kezét, E-Z ugyanezt tette. Ahogy a húsuk összekapcsolódott, a tinédzser eltűnt.

Hopper és Sam egymás mellett maradtak, a szemük üveges volt. Mindketten a semmibe bámultak, mint két próbababa egy kirakatban.

7. FEJEZET

E-Z LÁBA FÖLDET ÉRT, és először elvakította a fehérség. Egyik lábát a másik elé tette, először sétált, majd helyben kocogott, végül teljes futásba tört. A falnak vetette magát, pattogva, mintha ugrálóvárban lenne.

POP

POP

Már nem volt egyedül. Előtte két többszárnyú, virágba borult lény állt. Az egyik zöld volt, a másik sárga. Ahogy közelebb lépett, a szárnyaik, mint egy kaleidoszkóp, aranyszínű szemek körül forogtak.

Először a zöld virág sziromszárnyait érintette meg. Még soha nem látott teljesen zöld virágot, nemhogy olyat, aminek szeme is van. A szemeket felismerte a korábbi találkozásukból. A szárnyak megcsiklandozták az ujját, és a zöld virág felnevetett. Kerülte, hogy túl közel kerüljön az orrával, arra számított, hogy valami nyálas szag lengi majd előre - de nem így történt.

A második virágnak, a sárgának, több sziromszárnya volt, mint a másiknak. A szirmok úgy reagáltak az érintésére, mint a korallok az óceánban mozgó korallok. Ennek az aranyszínű szemének határozott szempillái voltak. Közelebb hajolt, hogy közelebbről megnézze.

Ahogy tovább figyelte a kettőt, egy PFFT töltötte be a levegőt. Ezzel együtt erőteljes, émelyítően édes bűz tört elő, amitől a férfi émelyegni kezdett. Hátrált, befogta az orrát, és kitörölte a szúrást a szeméből.

A sárga virág megszólalt. "A nevem Reiki, és mi hoztunk ide téged, bip-bip."

"Pontosan hol van itt? És miért működik a lábam?"

"Nem számít, hogy hol, E-Z Dickens, és az sem, hogy miért vagy olyan, amilyen vagy, beep-beep."

Átment a szobán, és a jobb kezével felvette a sárga virágot, a ballal pedig a zöldet. WHOOSH! Ezúttal csípős köd csapott le rá, és ő tüsszögni kezdett, és tovább tüsszentett.

"Kérem, tegyen le minket, mielőtt leejt, bip-bip."

"Ott van egy doboz zsebkendő, ott, zoom-zoom."

"Ó, bocsánat." Letette őket, felkapott egy zsebkendőt - de már nem volt rá szüksége. Tartotta a távolságot, hátát a fehér falnak támasztva.

"Most hoztunk ide, bip-bip."

"Hadz vagyok, egyébként zoom-zoom."

"Mert tudnod kellett, beep-beep."

"Hogy nem szabad beszélned a papnak a szárnyaidról zoom-zoom."

"Valójában senkivel sem beszélhetsz semmiről, beep-beep."

A falra téve a kezét, sétált, közben gondolkodott. "Először is, miért mondod, hogy "bíp-bíp" és "zoom-zoom"?"

Reiki és Hadz a szemüket forgatta. "Nem hallottál még az onomatopoiáról?"

"Dehogynem, hallottam."

"Akkor tudnod kéne, bip-bip."

"Hogy izgalmat, akciót és érdeklődést ad, zoom-zoom."

"Hogy az olvasó hallja és megjegyezze, bip-bip."

"Mit akarsz, hogy tudjanak, zoom-zoom."

Nevetett. "Ez igaz, ha olvasol valamit, de beszélgetés közben nem szükséges. Én emlékszem arra, amit Reiki mond, mert ő mondja, és emlékszem arra, amit Hadz mond, mert ő mondja. Feltételezem, hogy egyikőtök lány, másikotok pedig fiú - így van?"

"Igen - erősítette meg Hadz. "Én lány vagyok. Hú, de örülök, hogy nem kell folyton azt mondanom, hogy zoom-zoom."

"Én pedig fiú vagyok. Hiányozni fog a bip-bip."

"Mondhatod, ha akarod, de egy kicsit idegesítő, és beszélgetés közben az ismétlődés unalmas lehet."

"Nem akarunk unalmasak lenni!"

"Azzal meghiúsítanánk a célunkat, hogy idehoztunk titeket."

"Oké" - mondta E-Z. "Akkor most térjünk vissza arra, amit mondtál, mielőtt elkezdtünk beszélgetni egy irodalmi eszközről." Bólintottak. "Ha nem mondhatom el senkinek, hogy mi történik velem, akkor egyedül vagyok ebben a dologban - bármi is legyen az. Megmentettem egy kislányt. Gondolom, valami köze volt hozzád?"

"Igen, ebben a feltételezésedben igazad van csipogás, hoppá, bocsánat."

"Tudni akarom, mi ez, és miért történik velem?"

"Csukd be a szemed" - mondta Hadz.

"Meg fogom, de semmi tréfa."

A virágok kuncogtak.

A lába elhagyta a földet, és egy másik szobában landolt. Ebben a szobában is, mint korábban, először elvakította a fehérség. Ahogy a szeme hozzászokott a környezetéhez, észrevette a könyveket. Polcok és polcok, amelyeken égig érő kötetek halmozódtak.

"Ne félj - mondta Hadz.

Nem félt. Valójában el volt ragadtatva. Mert ebben a szobában nemcsak a lábait használhatta, hanem érezte, ahogy a vér lüktet bennük. Érzékei felerősödtek; a régi könyvek illata szállt feléje. Beszippantotta az édes prunus dulcis (édes mandula) illatát. A planifoliával (vanília) keveredve tökéletes anizolt alkotott. A szíve dobogott, a vére pumpált - soha nem érezte magát élettel telibbnek. Maradni akart, örökre.

A cipőjében minden egyes lábujj mozdulata örömet okozott neki. Eszébe jutott egy játék, amivel kisfiúként játszott. Levette a cipőjét és a zokniját, és minden egyes lábujját megérintette, mondogatva a rigmust: "Ez a kismalac elment a piacra".

"Elment az esze" - mondta Reiki, mire E-Z felkiáltott: "Wee!".

"Adj neki egy percet. Ez egy egészen elképesztő hely."

E-Z visszavette a zokniját. Körbecsúszott a szobában a fehér padlón, amely úgy csillogott, mint a jégtábla. Nevetett, ahogy nekilökte magát az első, majd a második falnak, pattogott és a földön landolt. Nem tudta abbahagyni a nevetést, amíg észre nem vette, hogy valami furcsa dolog történik a fölötte lévő könyvekkel. Megrázta a fejét, amikor az egyik a polcról a kezébe repült. Egy könyv volt az őse, Charles Dickens tollából. A könyv magától kinyílt, végiglapozta az elejétől a végéig, majd visszarepült oda, ahonnan előkerült.

"Üdvözöllek az angyalok könyvtárában - mondta Reiki.

"Hűha, egyszerűen hűha! Akkor ti ketten angyalok vagytok?"

"Így van" - mondta Hadz. "És azért vagytok itt, mert minket neveztek ki a mentoraitoknak."

"Kinevezettek? Ki nevezett ki benneteket? Isten?" - gúnyolódott.

Hadz és Reiki egymásra néztek, és megrázták a virágos fejüket.

"A mi rendeltetésünk."

"Az, hogy elmagyarázzuk nektek a küldetéseteket."

"Továbbá, hogy megmutassuk nektek az utat. Hogy segítsünk nektek" - mondták együtt.

"Küldetés? Milyen küldetés?" A gondolatai elkalandoztak. A fejében a Mission Impossible főcímzenéjét hallotta. Látta, ahogy Tom Cruise-t kábelen bedobják egy számítógépterembe. "Hé, várj egy percet! Ti ketten a szobámban voltatok, ugye? És a baleset óta követnek engem."

"A megfelelő alkalomra vártunk, hogy bemutatkozzunk" - mondta Reiki. "Azt reméltük, hogy kevésbé hivatalos módon tehetjük meg, de amikor te voltál...."

"...a pappal akartál beszélni, muszáj volt előre nyomulnunk."

"Hát, biztos, hogy nem siettétek el a dolgotokat. Azt hittem, hallucinálok" - mondta hangosabban, mint szerette volna.

POP.

Reiki eltűnt.

"Most nézd meg, mit csináltál!" Mondta Hadz.

POP.

Mivel eltűntek, és fogalma sem volt, hogy hová, mikor és hogy visszajönnek-e. Mégis, nem akart egy percet sem vesztegetni. Lecsapott a földre, és húsz fekvőtámaszt csinált, majd ugyanennyi ugrálós bakot. A szemét csípte a vakító fény, és azt kívánta, bárcsak lenne nála napszemüveg.

TIK-TOKK.

Egy napszemüveg jelent meg a semmiből. Feltette, miközben a gyomra korgott. Csinált egy szelfit, majd megnézte az időt. Valami furcsa dolog történt az órával. Kezdett megőrülni. És a számok folyamatosan változtak. A gyomra megint korgott.

TIK-TAK.

Egy sajtburger és sült krumpli jelent meg, most már tele volt a keze. Egy csokoládé sűrű shake-re gondolt, maraschino cseresznyével a tetején.

TICK-TOCK.

Egy extra nagy shake érkezett, cseresznyével a tetején, egy fehér asztalra, amely korábban nem volt ott. Vagy mégis? Talán észre sem vette, hiszen mindkettő fehér volt.

Mielőtt enni kezdett volna, ízlelgette az illatát, majd minden egyes falatnál az ízét. Olyan volt, mintha még sosem evett volna sajtburgert vagy sült krumplit. És a cseresznye, olyan édes íze volt, amit a csokoládés csokoládé követett. Állva falta fel az ételt. Állva mindig jobban ízlett az étel. Ez a rendelés annyira jó ízű volt; nevetséges volt.

Amikor végzett, senkinek sem köszönte meg az ételt. Aztán a könyvtár felé fordította a figyelmét, és, egy fehér létra felé, amit eddig nem vett észre. Már a gondolata is elég volt ahhoz, hogy a létra közelebb húzódjon hozzá, mintha hasznát akarná venni. Felmászott rá, és az, mint egy korong az Ouija-táblán, úgy mozgott, könyvekkel teli polcok mellett haladva el. Aztán megállt.

Miközben felmászott, elolvasta a címeket a gerinceken. A közvetlenül előtte lévők Charles Dickens művei voltak, minden kötetnek saját szárnypárja volt.

Az egyik feléje repült, A Christmas Carol. Átlapozott néhány oldalt, hogy megmutassa neki, hogy ez egy Első kiadás, 1843. december 19-én jelent meg. Miközben tovább lapozgatott, megcsodálta az illusztrációkat. Milyen részletesek voltak, ráadásul színesben. És a háttérben, az egyik rajzon, Tiny Tim és családja mögött, valami megmozdult. A szeme. Két pár. Hadz és Reiki! Majdnem elejtette a könyvet. Mivel szárnyai voltak, visszament oda, ahol a polcon lakott. Közben elvesztette az egyensúlyát, leesett a létráról, és kapaszkodott az életéért. Amikor újra stabil volt, fokozatosan ereszkedett lefelé, és szilárdan a földre tette a lábát. Csodálkozott, hogy a szárnyai miért nem pattantak ki, hogy segítsenek neki. Itt minden másnak működött a szárnya, sőt, az angyaloknak több pár szárnyuk is volt. A kinti világban a lábai nem működtek, neki viszont szárnyai voltak, amelyek igen. Itt, bárhol is volt, a lábai működtek, de a szárnyai most nem működtek.

Megvakarta a fejét. Bárcsak Sam bácsi itt lenne. És mégsem tudott vele beszélni. Tilos volt. De miért? Mit tehettek volna vele? Az angyalok a baleset óta üldözték őt. Feltételezte, hogy jó angyalok, hiszen nem bántották - még. A honvágy óriási hullámként rohant rá, és azzal fenyegette, hogy magával ragadja.

"Haza akarok menni!" - kiáltotta, amikor a telefonja rezgett. Mielőtt esélye lett volna kinyitni...

POP.

Reiki megragadta, és odadobta...

POP.

Hadznak, aki a legtávolabbi fehér falhoz vágta. Az visszapattant, a padlóra csapódott, és darabokra tört.

"Tartozol nekem négyszáz dollárral egy új telefonért! Remélem, nálatok, angyaloknál van készpénz."

Hadz odanyúlt, és a szárnyával arcon csapta E-Z-t. A tollak csiklandoztak, ahelyett, hogy fájt volna neki. "Most te, E-Z Dickens, ülj le ide." Egy fehér szék nyomódott a lába hátuljához, kényszerítve őt, hogy leüljön.

"És ne legyél már pöcs" - mondta Reiki.

"Hűha! Az angyalok mondhatnak ilyet? Miféle angyalok vagytok ti egyáltalán? Kiképzésben lévő angyalok? Én vagyok az a fickó, aki segít neked kiérdemelni a szárnyaidat?"

Rájött, hogy már vannak szárnyaik. Sőt, több párnak is. Így a lényeg, amire próbált rávilágítani, okafogyottnak tűnt, ahogy fölötte lebegtek.

"Én vagyok az a fickó, aki segíteni fog neked, vagy neked kell segítened nekem? Mert ha igen, amit mondtál, akkor szörnyű munkát végzel. Egyikőtökért sem fogok egyhamar jó szót szólni."

"Várjuk a bocsánatkérést."

"Nos, várni fognak rá, még jó ideig. Mert én szomjas vagyok."

TIK-TOKK.

Egy korsó gyömbérsör jelent meg egy mázas pohárban. Egy kortyban lehajtotta. "Mert idehoztál, a beleegyezésem nélkül. És..."

"KUSS!" - szólalt meg egy dörgő hang, ahogy az egyik fehér falból kirajzolódott.

Olyan magas volt, mint a mennyezet. Valójában magasabb volt. Görbe volt, mégis hatalmas termetű és hatalmas termetű. Szárnyai súrolták a falakat és a mennyezetet. "TARTOM A NYELED!" - követelte a túlméretezett angyal, és egy suhintással E-Z felé rántotta a szárnyait, amíg egészen az arcába nem ért.

✳✳✳

"E-Z Dickens, téged idéztek ide elém - mondta a hatalmas angyal. "Ophaniel vagyok, a Hold és a csillagok ura. Ők pedig az alattvalóim. NEM bánhatsz velük szemtelenül. Kedvesen és tisztelettel KELL bánnod velük, mert ők a SZEMEMEM és a FÜLÖM a számodra. Nélkülük SEMMI sem vagytok."

Egy érthetetlen mondatot dadogott, és küzdött a menekülés vágyával.

"NE szakítsd félbe, amíg be nem fejezem a beszédemet" - parancsolta Ophaniel.

A férfi bólintott, teste remegett, túlságosan félt ahhoz, hogy egy szót is szóljon.

"E-Z" - dübörgött a hangja. "Megmenekültél. Megmentettünk téged, egy cél érdekében."

Reiki és Hadz közelebb suhantak, és Ophaniel vállára ültek.

"Maradj nyugton" - parancsolta Ophaniel.

Összehajtották a szárnyaikat, és úgy hajoltak előre, hogy ne maradjanak le egy szóról sem.

E-Z mentálisan feljegyezte, hogy megkérdezi tőlük, hogyan tudja olyan hatékonyan összehajtani a szárnyait, mint ők az övéiket. Már ha visszakapja a szárnyait.

Ophaniel folytatta. "Amikor a szüleid meghaltak, E-Z Dickens, neked is meg kellett volna halnod. Ez volt a sorsod. Amit mi megváltoztattunk a mi célunk érdekében. Sikeresen érveltünk az ügyed mellett. Megígértük, hogy figyelemre méltó dolgokat fogsz tenni. Hogy segíteni fogsz másokon. Megmentettünk téged, és tartoztunk neked. Egy adósság, aminek nagy részét teljes egészében kifizetted azzal, hogy átadtad a lábaidat."

Megadta magát? Ez úgy hangzott, mintha lett volna választása. Mintha véglegesen eldöntötte volna, hogy soha többé nem fog járni, ami hazugság volt. Kinyitotta a száját, hogy megszólaljon, de Ophaniel hangja tovább dübörgött.

"Még mindig van egy adósságod, egy adósság, amivel tartozol nekünk."

E-Z nagyot szippantott a levegőből. Beszélni akart, de nem tudott. Az ajkai mozogtak, de nem jött ki hang. Hogy merészel ez, az angyal, döntéseket hozni helyette, és azt mondani neki, hogy adóssággal tartozik?

"Eszközöket adtunk neked - egy hatalmas széket. Ezt, hogy segítsünk neked. Hogy egy nap itt lehess a szüleiddel, és velünk, velük együtt járhass az örökkévalóságban." Ophaniel tétovázott néhány másodpercig, hogy hagyja, hogy ez belemerüljön. "Ma egy kérdést tehetsz fel nekem, de csak egyet. Legyen jó kérdés."

Ahelyett, hogy elgondolkodott volna a kérdésén, E-Z kibökte: "Mikor láthatom újra a szüleimet?".

"Majd ha teljes egészében kifizetted az adósságodat."

"Még egy kérdést, kérem."

"Lesz idő a kérdésekre és lesz idő a válaszokra is. Egyelőre az alárendeltjeim gondjaira vagy bízva. Kérdezhetsz tőlük, és ők válaszolni fognak. Vagy úgy is dönthetnek, hogy nem válaszolnak. Az ő döntésük lesz, hogy igennel vagy nemmel válaszolnak. Ugyanígy nektek is meglesz a választásotok, hogy válaszoltok-e nekik, amikor kérdéseket tesznek fel nektek. Bánjatok velük úgy, ahogyan szeretnétek, hogy veletek bánjanak, és ne fedjetek fel részleteket erről a helyről vagy a találkozónkról. Ne beszéljetek erről, semmiről, egyetlen embernek sem. Ismétlem, ezeket a dolgokat csak magadnak tartsd meg."

Még mindig nem tudott megszólalni. Ophaniel anélkül, hogy megkérdezte volna, folytatta a válaszadást a következő kérdésére.

"Ha megszeged ezt az ígéretedet, a szárnyaid olyanok lesznek, mint a tészta - gyengék -, és soha nem leszel képes visszafizetni az adósságodat."

Egy másik kérdésre gondolt.

"Igen, amikor megmentetted azt a kislányt - az égetés - része volt a folyamatnak. A szárnyaidnak égniük kell, hogy megerősödjenek, hogy hozzád kötődjenek, így, felkészült leszel a következő kihívásra."

Arra gondolt, mi van, ha nem akarom.

Ophaniel felnevetett, és a szoba legmagasabb pontjára repült. Aztán eltűnt a mennyezeten keresztül.

8. FEJEZET

A KÖVETKEZŐ DOLOG, AMIRE emlékezett, hogy újra a kerekesszékében ült, szemben a pappal.

"Uh, Sam bácsi, mennünk kell. MOST."

"Ó" - mondta Sam, miközben nézte, ahogy unokaöccse elgurul. "Elnézést kérek, hogy az idejét vesztegetem, neki, öhm, haza kell mennie." Sam sietett, miközben Hopper a nyomában loholt. Felgyorsította a tempót, utolérte unokaöccsét, és a fogantyúkat kézbe véve tolta a kerekesszéket. Hopper futott, és hamarosan mellettük sétált, bár kifulladva.

"Látom, akkor tényleg nincsenek szárnyaid, E-Z."

Átpillantott a válla fölött, egy színlelt poharat emelt az ajkához, majd megforgatta a szemét.

"Nekem nincsenek alkoholproblémáim" - mondta Sam dacosan.

A tinédzser ismét a szemét forgatta, ahogy közeledtek a parkolóhoz. A pap nem követte őket.

Amikor a kocsihoz értek, Sam, miközben próbált levegőhöz jutni, azt mondta: "Mi a fenéről szólt ez az egész?", miközben kinyitotta az ajtót, és besegítette az unokaöccsét.

"Előbb tűnjünk el innen." Azért húzta az időt, mert nem tudta elmondani neki, mi történt. Ki kellett találnia egy meggyőző hazugságot - és ő sosem volt jó hazudozó. Az anyja mindig lebuktatta, mert mindig vörös lett a füle, ha hazudott.

"Magyarázatot várok - mondta Sam, és szorosabbra szorította a kormánykereket.

A Don't Look Back, a Boston dübörgött a kocsi hangszóróiból.

"Bocsánat, de mennem kellett. Nem hiszem, hogy Hopper tudna segíteni, és nem akartam, hogy többet tudjon, mint amit már elmondtál neki."

"Még mindig nem magyaráztad meg, miért utaltál arra, hogy alkoholproblémáim vannak."

"Ó, azt. Eszembe jutott, és gondolkodás nélkül kimondtam. Sajnálom."

"Büszke vagyok arra, hogy nem fogyasztok alkoholt. Persze, néha-néha megiszom egy sört. Hogy társasági ember legyek egy munkahelyi rendezvényen. De nem vagyok olyan, mint a többi informatikus piás. És soha nem is leszek az."

E-Z nem gondolt arra, amit Sam bácsi mondott. Ehelyett átfutotta azokat az információkat, amelyeket Ophaniel mondott neki. Adós volt, az angyaloknak, amiért megmentették, és elcserélte a lábát az életéért. Az angyalok által kötött alku, a saját céljukat szolgálta - és most elvárták tőle, hogy fizesse meg az adósságot - de hogyan?

Csak azt tudta biztosan, hogy győznie kell. Bármilyen feladatot is állítottak az útjába, le kellett győznie. Reiki és Hadz segítségével - amilyen kicsik voltak, ő meg fogja fizetni, amivel tartozott. Aztán, ha mást nem is, de újra láthatta a szüleit. Feltételezte, hogy ez azt jelenti, hogy meg fog halni, és a mennyországban találkoznak majd, ha létezik ilyen hely. Hamarosan megtudja.

9. FEJEZET

Újra otthon, a tinédzser egyenesen a szobájába ment.

"Ha szükséged van a segítségemre" - volt minden, amit Samnek sikerült kinyögnie, mielőtt unokaöccse becsapta volna az ajtót.

E-Z eltakarta az arcát a kezével. Nem volt semmi, hogy újra visszakapta a lábát. Ököllel a karfára csapott, miközben a szárnyai előbújtak, és az ágyhoz repítették. "Köszönöm - mondta nekik, mintha különállóak lennének, és nem a részei.

"Vigyázz - mondta Hadz, aki a párnáján pihent. Az angyal a lámpatesthez repült, és azt mondta: "Ébredj, hazajött".

E-Z most kényelmesen feküdt az ágyán, csukott szemmel, majdnem elaludt.

"Ma éjjel repülsz" - énekelte az angyal.

"Nézd, kimerítő napom volt, mint tudod, és csak aludni szeretnék".

"Öt percet szundíthatsz" - mondta Reiki.

"Utána pedig felkelni és nekivágni!"

Már majdnem újra elaludt, amikor Sam berobbant. "Bocs, hogy zavarlak, de PJ és Arden azt mondják, egész nap próbáltak elkapni. Lemerült az akkumulátorod?"

"Ööö, nem, elvesztettem a telefonomat" - mondta, és haragosan nézett a két segítőjére.

"Hazug, hazug, lángoló nadrág" - szidták. Sam, mivel nem reagált, nem hallotta a magas hangjukat. E-Z elzavarta őket.

"Ezért kötök mindig biztosítást a tervemhez. Ne aggódj, holnapra szerzünk neked egy pótlást. Amúgy is ideje lenne már frissítened. Ugyanazt a telefonszámot megtarthatja. Majd szólok a srácoknak, hogy akkor majd jelentkezel."

"Köszönöm, Sam bácsi. Jó éjszakát."

"Jó éjt E-Z."

10. FEJEZET

Álmában síelni volt a szüleivel. Ez valójában egy emlék volt, de álomként élte át újra.

E-Z hat éves volt. Őt és az édesanyját egy síoktató tanította meg az összes mozdulatra. Eközben az apja - aki nem volt olyan kezdő, mint ők - lefelé haladt a hóval borított dombon.

A bébi-dombon tanultak meg síelni - így nevezték a tesztdombokat.

"Készen álltok?" - kérdezte az oktató - "hogy nekivágjunk az egyik nagy dombnak?".

Azt mondták, hogy igen. Úgy gondolták, hogy igen. De a mondás és a cselekvés két különböző dolog.

Az első próbálkozásnál nem jutottak messzire, mielőtt egyikük elesett volna. Az anyukája volt az, és amikor kidőlt, nevetve ült a hideg havon. A férfi felsegítette, és újra elindultak.

Ezúttal E-Z volt az, aki lezuhant, arcát a hideg fehér anyagba ültetve. Lerázta magáról, az oktató felsegítette, míg az anyja havat szórva ment el az úton. Ő ezt kihívásnak vette, és vigyorogva száguldott el mellette.

A következő dolog, amire emlékezett, hogy a nő mögötte jött. A lány belecsapott egy kis tömött porhóba - és otthagyta őt porszemnek -, megtalálta a lépteit. Mégis beleásta magát, mindent beleadott, és utolérte a lányt. Lesodródtak, egymás mellett, aztán szét, majd újra együtt. Mindeközben nevettek, mint két kisgyerek.

A domb alján, tetőtől talpig égszínkékbe öltözve az apja állt. Kitűnt; egy szelet kék, szűz hóval körülvéve - egy kerekesszékkel a kezében.

"A hó - mondta E-Z, és belélegezte az újabb mályvacukrot. Még jobb íze volt, teljesen megolvadtan. Aztán jéghidegnek érezte magát, és jéggel körülvéve ébredt a fürdőkádban. Sam bácsi ott ült mellette.

"E-Z, ezúttal tényleg megijesztettél."

"Micsoda? Mi történt?

"Zajokat hallottam, ezért bementem, hogy megnézzelek. Az ablakod tárva-nyitva volt, a függönyök felgöngyölödtek. Megtapogattam a homlokodat, és égettél. Attól féltem, hogy rohamod lesz. Még a szárnyaid is fonnyadtnak tűntek.

"Gondoltam rá, hogy hívom a 911-et, de aztán elálltam tőle. Úgy értem, nem vihettelek volna a sürgősségire, azokkal a szárnyakkal nem. Be kellett ültetnem téged a tolószékedbe, és meg kellett töltenem a fürdőkádat jéggel, hátha le tudom csökkenteni a hőmérsékletedet. Elmentem jégért, és adományokat kértem a környékbeli barátoktól. Rendkívül segítőkészek voltak."

"Most már jobban érzem magam, köszönöm" - mondta, és megpróbált felállni. Nem jutott messzire, mielőtt újra eldőlt.

"El kell mondanod, mi folyik itt."

"Nem tudom Sam bácsi. Bíznod kell bennem."

A tinédzser megpróbált újra felállni. "Várj itt" - mondta Sam, miközben kilépett a fürdőszobából, és visszatért a kerekesszékkel. "Tessék" - tette a lázmérőt az unokaöccse szájába. "Ha normális, akkor beülhetsz a székbe."

Normális volt, így egy köntösbe burkolózva E-Z-t kiemelték a kádból, és beültették a székbe. A szárnyai kitágultak, majd a helyükre ernyedtek, és már nem érezte, mintha lángolnának.

Ahogy elhaladt a nappali mellett, megpillantotta a híreket.

"Tegnap este egy repülőgép lezuhant, és elterelték a figyelmét - mondta a szóvivő. "Csodaszállásnak nevezik, de itt van néhány nyers felvétel, amelyet az egyik nézőnk készített, amikor történt."

Megnézte a klipet, amelyen látszott a repülőgép landolása, de semmi más nem volt - nem volt róla felvétel. Megkönnyebbült, és visszament a szobájába.

"Mindjárt jövök, hogy segítsek felöltözni."

Annyira szerette volna, ha mindent elmondhatna a nagybátyjának - de nem tehette. "Köszönöm" - mondta, miután felöltözött.

"Mindig számíthatsz rám."

"Rögtön visszajövök" - mondta a tinédzser. "Azt hiszem, lemegyek az irodámba, hogy írjak valamit."

"Jó ötlet, vannak házimunkák a ház körül a teendőim listáján, amiket ma szeretnék elvégezni." Elindult kifelé, aztán visszafordult. "Tudod, kölyök, nem kell azonnal megírnod egy regényt. Vezethetsz naplót, vagy naplót. Írd le azokat a dolgokat, amiket egy nap talán elfelejtesz. Például értékes emlékeket."

"Arra gondoltam, hogy írok valamit, és elnevezem Tetováló Angyalnak."

"Ez tetszik."

Az irodájába érve egy pillanatra leült, és elgondolkodott a repülőn - azon, hogyan volt képes megtenni, amit kértek tőle. A hattyú és madárbarátai segítsége nélkül, vagy a széke segítsége nélkül nem tudta volna véghezvinni. Még az a két leendő angyal is segített a maga módján azzal, hogy a háttérben szurkoltak neki.

Az írásra koncentrált, és begépelte a címet: Tetovált angyal.

Az ujjai többet akartak gépelni, de az elméje el akart vándorolni. Hátradőlt a székében, és az üres képernyőt bámulta. Szüksége volt egy

fantasztikus első mondatra, mint amilyet az őse, Charles Dickens írt -
"Megszülettem.

Amikor valamivel később már nem bírta tovább a fehér képernyő látványát, begépelte -

Bárcsak meg se születtem volna.

És tovább gépelt.

Már nem tudok járni.

Soha nem fogok profi baseballozni vagy hokizni, vagy sportösztöndíjat kapni.

Nem tudok futni.

Nem tudok ugrani.

Annyi minden van, amit nem tudok csinálni.

Amit soha nem fogok megtenni.

Abbahagyta a gépelést, mert meglátott valamit a képernyő jobb felső részén, ami lefelé mozgott. Folyik.

Könnyek. Aprócska könnycseppek.

Összeálltak. Egyre nagyobbak és nagyobbak.

Lezúdulnak a képernyőn.

Azt hitte, hall valamit - felhangosította a hangerőt.

"WAH! WAH! WAH!" - énekelte egy magas hang.

Egy második hang is csatlakozott.

"WAH-WAH!

WAH-WAH!

WAH-WAH!"

E-Z kikapcsolta a számítógépet.

Ez csak egy szónoklat volt, és ő jobban érezte magát tőle. Mindenkinek szüksége volt néha egy kis szánalomra. Ez már nem volt a szervezetében.

Egy dolgot biztosan tudott - íróként nem volt Charles Dickens.

Charles Dickens viszont nem tudott repülni.

"ÉBRESZTŐ, IDEJE INDULNI!" REIKI az ablakhoz repült.

Hadz a nyitott ablaknál várta. "Készen állsz?"

Tehát arra számítottak, hogy leugrik, a háza harmadik emeletéről.

"Én nem megyek ki oda! Nézd, milyen magasan vagyunk!"

"Elfelejted, hogy szárnyaid vannak."

"És ha leesel, majd rájössz."

Legalább a ruhája még rajta volt, amikor bedobták a tolószékébe. Reszketve nézett lefelé, és azon tűnődött, hogy a szárnyai hogyan tarthatják őt és a székét is a levegőben.

"És mi lesz a kerekesszékemmel?"

"Emlékszel, mit mondott Ophaniel? Most pedig - kifelé!"

Amint kint volt, a szárnyait teljesen kinyújtotta. A válla fölött láthatta a szárnyakat működés közben.

Az apró, de erős lények felemelték, egyre magasabbra és magasabbra, vezették a tinédzsert az éjszakai égbolton, miközben a ragyogó csillagszemek lestek rá. Amikor úgy gondolták, hogy készen áll, elengedték.

"Tudok repülni - mondta a fiú. "Tényleg tudok repülni!"

"Hagyd abba a hencegést" - mondta Reiki - "és tartsd magad a programhoz".

"Megtenném, ha tudnám, mi az" - kuncogott.

Hadz előre repült. E-Z és Reiki az iskola fölé emelkedett, a baseballpálya mellé. Tovább a városmag felé. A reptér melletti kifutópálya fényei egyenesen versenyeztek a fölötte lévő csillagokkal.

"Nagyon jól csinálod - mondta Reiki.

"Köszönöm."

Egy előttük haladó Jumbojet hajtóművének elhaló hangja vonta magára a figyelmét.

"Nézd csak, az a gép bajban van. Bárcsak itt lenne a telefonom, hogy segítséget hívhassak." A hajtómű zakatolt, és a gép egy kicsit lezuhant, majd kiegyenlítődött.

"Nincs szükséged telefonra. Üdvözöllek a második próbatételeden."

"Azt várod, hogy... mit? A hátamon cipeljem a gépet? Nem tudok megmenteni egy repülőgépet; nincs elég erőm hozzá. Nem tudom megcsinálni."

"Rendben van akkor" - mondta Hadz, akit most értek utol.

"Egy dolgot azonban tudnod kell, ha nem mented meg őket - a fedélzeten mindenki elpusztul."

"Mind a 293 utas. Férfiak, nők és gyerekek."

"Plusz két kutya és egy macska" - tette hozzá Reiki.

A fejét sikolyok töltötték meg, a repülőgépben tartózkodó emberek sikolyaitól. Hogy hallotta őket, a vastag fémfalakon keresztül? A kutyák ugattak, és egy macska nyávogott. Egy csecsemő sírt.

"Hagyd abba, kapcsold ki, majd én megcsinálom".

"Nem fogjuk kikapcsolni."

"De véget fog érni, amint biztonságosan leteszed a gépet a repülőtéren, ott, odaát."

"Hiszünk benned" - mondta Hadz.

"De nem fognak meglátni? Ha meglátnak, akkor vége a játéknak, mármint Ophaniel feltételeivel - soha nem láthatom a szüleimet."

"Látni téged?"

"Ez a legkisebb gondod!"

"Most pedig menj el" - mondta Hadz. "Ó, és erre még szükséged lehet."

Most már volt biztonsági öve, hogy a tolószékben tartsa, miközben az égen száguldott a zuhanó repülőgép felé.

"Figyelni fogjuk" - kiáltották.

"Segítesz nekem, ha szükségem van rád?"

"Ezek a te próbáid, neked és csakis neked tulajdoníthatók. Azért vagyunk itt, hogy szurkoljunk neked. Sok szerencsét!"

"Várjatok csak, nem fogtok nekem rendes leckéket adni? Megmutatjátok, mit kell tennem?"

POP.

POP.

"Köszönöm a semmit!" - kiáltotta.

$$* * *$$

A REPÜLŐTÉREN, A LÉGIFORGALMI irányító toronyban egy légiforgalmi irányító észrevette, hogy a repülőgép bajban van. Mivel nem tudott kapcsolatba lépni a pilótával, egy azonosítatlan repülő tárgyat vett észre a radarján.

Superman és Mighty Mouse ihletésére E-Z felemelte a karját. A hatalmas fémszörny teste alá helyezkedett, és minden erejét összeszedte.

"Gondoltam, jól jönne egy kis segítség - mondta egy átlagosnál nagyobb hattyú. A férfi bólintott, és több irányból is madarak repültek be. Ahogy a dzsumbuj csatlakozott hozzá, az igazi madarak is felsorakoztak. Segítettek neki, hogy stabilan tartsa a gépet. Hogy stabilizálják, hogy ő és a széke teljes súlyával fel tudja venni.

Odabent a dolgok gurultak, mint a golyók. Sietnie kellett, és azt kívánta, bárcsak lenne egy másik szárnykészlete, vagy erősebb szárnyai. Bárcsak a fehér szobában lenne. A feladatra koncentrált, és lelkileg felkészült az ereszkedésre. Lenézve észrevette, hogy a székén is szárnyak vannak, a lábtámlán és a kerekeken. "Köszönöm - suttogta senkinek. Aztán a madaraknak: "Most már megvan, köszönöm a segítségeteket".

Most már készen állt, lehozta a jumbót, egyenletesen és vízszintesen tartva. A gép elejét leérintette az aszfaltra. Aztán, mivel a futómű nem ereszkedett le, el kellett állnia az útból. Kinyújtotta a jobb karját, amennyire csak lehetett, és a székét a gép közepétől távolabbra pozicionálta. Leengedte a gép közepét, majd a farokrészt. Megcsinálta!

Megcsinálta! Elmozdult a minden irányból tűzoltóautók, mentőautók és rendőrautók formájában közeledő, sikoltozó szirénák ijesztő hangjaira.

Mielőtt észrevették volna, elrepült. A bent ülő hálás utasok ujjongtak, fényképeket készítettek és megörökítették őt a telefonjukkal. Hamarosan visszatért Hadz és Reiki mellé.

"Nagyon jól csináltad. Büszkék vagyunk rád, védenced".

Addig mosolygott, amíg a szárnyai úgy nem érezték, mintha valaki felgyújtotta volna őket. A következő pillanatban már égett, és annyira fájt, hogy meg akart halni. A halált kívánta. Vágyott rá. Most már szabadesésben, a székével lefelé fordulva, tágra nyílt szemmel várta, hogy az ajkai megcsókolják a földet. Aztán a két angyal elragadta, hazavitte és lefektette.

A fájdalom nem enyhült, de E-Z tudta, hogy ma nem fog meghalni. Egy újabb napig biztonságban lesz. Egy újabb próbatételre. Csak túl kellett élnie ezt is.

"Mikor kezd el hatni a gyémántpor?" Hadz megkérdezte. "Még mindig iszonyatos fájdalmai vannak."

"Ez egy új kezelés volt, úgyhogy nem tudom megmondani, mikor - de hatni fog - előbb-utóbb."

"Remélem, addig kitart!"

"Sam bácsi segítségével túl fogja élni. Ha egyszer beindul, látni fogjuk a jeleket. Fizikai változásokat."

E-Z tovább horkolt.

POP.

POP.

És ismét eltűntek.

11. FEJEZET

EGY NAPPAL KÉSŐBB E-Z már megtervezte a napját. Először is elő kellett készítenie a hátizsákját a szombati parki kirándulásra. Megreggelizett, írt egy kicsit, aztán elindult. Miközben a hátizsákját készítette, meghallotta Hadz és Reiki magas hangját, mielőtt meglátta volna őket.

"Hallak titeket" - mondta.

POP.

Hadz jelent meg először.

POP.

Aztán Reiki - mindketten teljesen átalakult angyali pompájukban.

"Jó reggelt - énekelték betegesen édes egyetértésben.

E-Z egy jegyzetfüzetet gyömöszölt a hátizsákjába, és néhány tollat, figyelmen kívül hagyva őket. Remélte, hogy a parkban talál valami inspirálót, amiről írhat. Lenyúlt, hogy felhúzza a hátizsákja cipzárját, amikor észrevette, hogy a két angyal a cipzáron ül.

"Ó, bocsánat. Majdnem nem vettem észre, hogy ott vagytok."

"Hú, ez közel volt" - mondta Reiki.

Hadz túlságosan remegett ahhoz, hogy egyetlen szót is ki tudjon ejteni.

A vállára szálltak, ahogy a székét a zárt ajtó felé irányította.

"Beszélnünk kell veled" - mondta Hadz.

"Ez... fontos. Csináltunk valamit..."

"Velem?"

A szeme előtt lebegtek.

"Igen. Amíg te aludtál néhány héttel ezelőtt."

"Néhány héttel ezelőtt! Oké, figyelek..." Igazság szerint próbált nem elszállni. A gondolat, hogy bármit is csinálnak vele. Miközben ő aludt. Az engedélye nélkül. Ez szörnyű bizalomvesztés volt. Ökölbe szorította a kezét. Csend. Keresztbe fonta a karját. Nem akarta megkönnyíteni a dolgukat.

Sam bekopogott az ajtón: "Reggeli E-Z, szükséged van segítségre?".

"Nem, jól vagyok. Pár perc múlva ott leszek." Csend volt, kivéve a hangokat, amiket Sam a konyhába visszatérve hallott.

"Először is - mondta Hadz -, csak azért tettük, amit tettünk, hogy segítsünk neked".

"A vizsgálatokkal. Azért tettünk valamit, hogy segítsünk neked elérni a céljaidat."

"Úgy érted, hogy segíthettetek volna nekem, a repülővel? Biztosan jól jött volna a segítségetek. Szerencsére, annak a hattyúnak és a madaraknak köszönhetően sikerült."

"Ööö, igen, erről jut eszembe, a segítség nem megengedett - sem barátoktól, sem madaraktól. A szóban forgó esetet jelentettük az illetékes hatóságoknak."

E-Z megrázta a fejét, nem hitte el, amit hallott. "Csak azt ne mondja, hogy valaki bántotta a hattyút vagy a madarakat? Jobb, ha ezt nem mondod... Ó, és pontosan miért is beszélt hozzám az a hattyú, angolul. Tudod, hogy ő tette."

"Ez az ügy bizalmas" - mondta Hadz, csípőre tett kézzel az arcához közel lobogva. Reiki ugyanezt a testtartást vette fel, és a szárnyuk a szemhéját érintette.

"Hé, hagyd már abba" - mondta, hangosabban, mint amilyen hangosan szándékában állt.

"Minden rendben van odabent?" Sam kérdezte a csukott ajtón keresztül.

"Jól vagyok" - mondta, és a kezével az arca előtt hadonászva átrepítette a lényeket a szobán. Reiki a falnak csapódott és lecsúszott. Hadz már lejjebb próbálta elkapni Reikit, de túl későn. Mindkét angyal zuhant és a padlón landolt.

"Bocsánat - mondta a tinédzser. Közelebb tolta hozzájuk a kerekesszékét. Azon tűnődött, vajon csillagok járnak-e a fejükben, mint a régi idők rajzfilmfigurái. Régebben imádta, amikor ez Wile E. Coyote-tal történt. Kicsit tántorogtak, ezért letette őket az ágyra. Amikor az angyalok magukhoz tértek, azt mondta: - Még egyszer bocsánat. Nem akartalak megütni titeket. A szárnyatok csiklandozta a szememet."

"De igen, így volt!" Mondta Reiki.

"És mi, nem fogjuk elfelejteni."

Rosszul érezte magát. Olyan kicsik voltak; nem gondolta volna, hogy egy egyszerű suhintás is képes így felrepíteni őket. Olyan volt, mintha kiütötte volna őket a parkból, pedig alig ért hozzájuk.

"Erről jut eszembe..." mondta Reiki.

Hadz közbeszólt: "Amíg aludtál, egy rituálét hajtottunk végre rajtad."

E-Z ismét megőrizte a hidegvérét, de éppen csak hogy. "Egy rituálét mondtál?" Bűnbánóan néztek rá. "Ha emberek lennétek, a szemetekre vetnék, ha bármit is tennétek velem az engedélyem nélkül. Ez egy kiskorú elleni támadás. Börtönbe kerülnél..."

Az angyalok megremegtek, és egymásba kapaszkodtak.

"Nem volt más választásunk."

"A saját érdekedben tettük."

"Ezt értem, de ebben a pillanatban a bocsánatkéréseteket NEM fogadom el."

"Ez így van rendjén" - mondták az angyalok. "Egyelőre." Azt kántálták: "Hatalmakat idéztünk meg, a nagy és illuzórikus erőket feletted és körülötted. Arra kértük őket, hogy adjanak neked segítséget azáltal, hogy növelik az erődet, a bátorságodat és a bölcsességedet. Egyszerűen fogalmazva, úgy véltük, hogy többre van szükséged, ezért megidéztük neked."

"Értem. A bocsánatkérést továbbra sem fogadom el."

"Úgy tettük, hogy a lehető legkisebb kellemetlenséget okozzuk neked" - mondta Hadz.

E-Z átgondolta ezt a legújabb információt. Miközben a kerekesszékét nézte. Most valóban másnak tűnt, eltekintve a karfák nyilvánvaló színváltozásától.

"Mi van mostanában a székemmel?" - kérdezte. "Mintha saját akarata lenne."

Az angyalok ismét megremegtek.

"Mit csináltál? Pontosan mit? Mert gyanítom, hogy nemcsak engem bántalmaztál, hanem a székemet is."

Végül az angyalok mindent elmagyaráztak a gyémántporral és a vérrel kapcsolatban. Azokról az erőkről, amelyekkel felruházta magát és a széket. "Ahogy a feladat nehézségei nőnek, úgy kell majd fokoznod."

"Már tudom, ezért égtek a szárnyaim. Minden feladat után egyre magasabb a hőmérsékletük. De folyton azt mondogatom magamnak, hogy minden megéri majd, ha újra láthatom a szüleimet."

"Ha teljesíted a próbákat a megadott időn belül. És pontosan követed az irányelveket" - mondta Hadz.

"Várj egy percet" - mondta E-Z a karját a karfára csapva. "Senki sem mondta, hogy van határidő. A Fehér Szobában sem. Semmikor sem. És ha van egy szabálykönyv, amit követnem kell, akkor add ide, hogy elolvashassam. Továbbá, egyik fél részéről sem volt semmiféle kötelezettségvállalás. Senki sem mondta, hogy hány befejezett kísérlet szükséges az üzlet megpecsételéséhez. Mindent írásba kell foglalni? Létezik olyan, hogy Angyali Ügyvéd, vagy még jobb esetben Angyali Jogsegély?"

Hadz felnevetett. "Persze, van Angyali Ügyvédünk, de ahhoz, hogy jogosult legyél rá, Angyalnak kell lenned."

Reiki azt mondta: "Az első feladatot senki segítsége nélkül teljesítetted. Megmentetted annak a kislánynak az életét a széked kezdeményezésével, akaraterőddel és szerencséddel. Ezzel a három dologgal csak eddig juthatsz, ezért szereztünk neked több tűzerőt. A legtöbbet, amit kérhettünk."

"A legtöbbet, amit megkockáztathatunk, hogy adjunk neked."

"Hé, mit értesz kockázat alatt? Azt mondod, hogy ez a rituálé árthat nekem?"

"Szívességet tettünk neked. Kockáztattuk magunkat, hogy segítsünk neked. Ha most nem tudsz megbocsátani nekünk, akkor egy nap majd megbocsátasz."

"Beszéljünk arról, hogy kitérsz a kérdésem elől! Gondoltál már arra, hogy angyalpolitikába kezdj - már ha van ilyen?"

Hadz azt mondta. "A környezetedben élők észrevehetnek bizonyos változásokat a fizikai megjelenésedben."

"Igen, lehet" - mondta Reiki vigyorogva.

"Hogy érted azt, hogy fizikai változások?" - kiáltott fel.

POP.

POP.

És eltűntek.

E-Z ismét egyedül volt. Ahogy az ajtó felé tartott, azon tűnődött, vajon mit jelenthetnek. Bármi is volt az, hamarosan megtudja. Addig is arra gondolt, hogy a székében most az ő vére van. Hogy a szék a saját maga meghosszabbítása volt. Elindult a konyhába, ahol Sam bácsi várta.

✳ ✳ ✳

"Hát, ez nem egészen úgy alakult, ahogy terveztük - mondta Reiki. "Eléggé megharagudott ránk. Nem hiszem, hogy valaha is megbízik bennünk."

"Neki nagyobb szüksége van ránk, mint nekünk rá."

"Kitörölhetnénk az elméjét, ahogy a többiekkel tettük."

"Ha nem bocsát meg nekünk, nem tehetünk semmit. Az elméjének kitörlése nem opció. A beleegyezése nélkül, és ha, nem ha rájön, örökre elidegenítenénk tőle. És tudod, kinek nem tetszene ez."

"Igazad van, mint mindig - mondta Hadz.

"Gondolod, hogy bárkinek is feltűnik majd a mai külsejének megváltozása?"

"Észrevettük, ugye!"

"Talán el kellett volna mondanunk neki, legalább a haját. talán megkedveltük volna. Ha elmagyarázzuk."

"Szerintem a változások jobbak lennének, ha nem tőlünk származnának."

"Az emberek nagyon furcsák - mondta Reiki.

"Az bizony azok. De a velük való munka az egyetlen módja annak, hogy igazi angyalokká léptessenek elő minket."

"Szerencsénkre elég kedves."

12. FEJEZET

E-Z BELEDÖFTE A VILLÁJÁT a palacsintával teli tányérba. Éhes volt, mintha napok óta nem evett volna. És szomjas. Egyik pohár narancslevet a másik után dobta vissza. Újratöltötte a tányérját palacsintákkal, és addig evett, amíg el nem fogyott az összes.

Sam felnevetett, amikor meglátta az unokaöccsét, aztán folytatta, hogy egy szelet vajas pirítóst mártogasson a kávéjába.

"Mi olyan vicces?" Kérdezte E-Z.

"Ööö, azt hiszem, semmi."

A konyhában csak a szürcsölés, a vágás és a rágás hangjai hallatszottak. A mögöttük lévő falon ketyegő órán kívül.

"Mi az?" E-Z követelőzött, észrevéve, hogy a nagybátyja vigyorog, és a keze mögé rejti.

"Van valami más a te, hát, tudod, ma reggeli viselkedésedben. Van valami, amit el akarsz mondani? Például, hogy miért?"

A két lény bepattant, és mindketten ráültek E-Z egyik vállára. Hallgatóztak, és egyáltalán nem tetszett neki a hívatlan betolakodásuk, ezért elhessegette őket.

POP.

POP.

Eltűntek.

"Nem tudom, mire gondolsz."

Sam töltött magának még egy csésze kávét. "Ez egy lánynak szól? Mert bármelyik lánynak, el kellene fogadnia téged olyannak, amilyen vagy."

E-Z felnevetett. "Nem lánynak. Teljesen el vagy tájolva."

Mindketten hallgattak még néhány pillanatig bár az óra ketyegett.

"Összepakoltam egy táskát, és elmegyek a parkba, miután ma reggel írtam egy kicsit. Viszek egy jegyzettömböt és néhány tollat, hátha a park inspirál."

"Jól hangzik, de előbb segíts nekem rendet rakni" - mondta Sam felállva az asztaltól.

A tinédzser hátratolta a székét, együtt gyorsan rendet raktak. E-Z bement az irodájába, és becsukta maga mögött az ajtót, amikor megszólalt a bejárati csengő.

Sam beengedte Ardent és PJ-t. "Az irodájában dolgozik. Vár titeket? Ha igen, nekem nem szólt erről semmit."

"Küldtem neki egy sms-t, de nem válaszolt" - mondta PJ.

"Szóval úgy gondoltuk, ma beugrunk hozzá. Hogy biztos legyen egy kis szórakozása. Az a fickó túl sokat dolgozik. Anya azt mondta, hogy ő visz oda minket. Csak meg kell beszélnünk E-Z-vel, aztán felhívjuk."

"Az unokaöcsém lelkesedik ezért a könyvért, amit ír. Lehet, hogy ellenezné."

"Így vagy úgy, de még ma elvisszük innen" - mondta PJ.

"Úgy tervezte, hogy elmegy a parkba, miután írt egy kicsit. De menjetek csak le, majd később találkozunk ott?" Sam visszatért a konyhába, és kivett a fagyasztóból egy kis darált marhahúst. Átnézte a szekrényt szósz, spagetti, tojás, hagyma, zsemlemorzsa és spenót után. Minden megvolt, ami ahhoz kellett, hogy később spagettit és húsgombócokat készítsen.

A két fiú a kabátok felakasztása után a folyosón haladt.

Sam belebújt a kabátjába. Már egy ideje halogatta a fűnyírást. Ma eljött az a nap, amikor meg fog vele birkózni.

E-Z próbált írni, de a kreativitás nem áradt belőle. Amikor megérkeztek a barátai - örült a megszakításnak. Megnyitotta a Facebookot, és úgy tett, mintha a frissítéseket nézné. "Uh, sziasztok srácok." Feléjük fordította a székét.

"Hűha, ember, mi a fene történt a hajaddal? Nélkülünk voltál a szépségszalonban?"

"Mutattál nekik egy fotót, és kértél egy fordított Pepe Le Pew kinézetet?"

"És a szemöldököd is! Nem is tudtam, hogy azokat is lehet festeni?"

E-Z végigsimított az ujjaival a haján, nulla fogalma volt arról, hogy miről beszélnek. Várjunk csak - erre utalt Sam?

"És a szeme is más."

Arden lehajolt: "Igen, aranyszínű pöttyök vannak bennük. Félelmetes!"

"Hé, ember, állj már le, jó?" - mondta E-Z. "Ti ketten a frászt hozzátok rám. Az én térfelemre behatolni nem menő."

"Legalább nem olyan szaga van, mint Pepe-nek" - mondta Arden hátrálva. PJ csatlakozott hozzá a szoba másik oldalán, ahol egymás között suttogtak.

"Nem bánod, ha készítünk egy fotót?"

E-Z elmosolyodott, és azt mondta: "Mozzarella".

PJ megmutatta Ardennek a felvételt, amit készített. "Látod!" - mondták a nagy leleplezést csinálva.

E-Z nem hitte el, amit látott. Szőke hajának közepén fekete csík futott végig, a halántékán pedig szürke pöttyök voltak. Szürke! Ráközelített, igazuk volt, a szemében aranyszínű pöttyök voltak. A gondolatai visszapattantak a gyémántporra, vajon így nézett ki a gyémántpor?

Az a két idióta angyal tette ezt! És jobb, ha tudják, hogyan kell ezt helyrehozni! Ha legközelebb találkozik velük, megfizetteti velük. Addig is megpróbálta eloszlatni a helyzetet.

"Nagy ügy. Kemény éjszakám volt."

Arden megkérdezte: "Mit nem mondasz el nekünk?"

PJ hozzátette: "A hajad őszül, és még mindig középiskolás vagy. Szerinted ez normális?"

"Szerintem igaza van; nagy ügyet csinálunk a semmiből. Mit mondott erről a nagybátyád?"

"Nem vette észre - vagy ha észrevette is, nem szólt semmit."

"Mi? Azt akarod mondani, hogy Sam, észre sem vette?"

"Nyitva volt a szeme?"

E-Z megpróbált visszaemlékezni. Először Sam bácsi kérdezte, hogy van-e mondanivalója. Erre gondolt?

"Csak egy pillanat" - mondta E-Z, miközben a fürdőszobába indult. A tükör tízszeres nagyítását használta, hogy közelebbről megnézze. Elakadt a lélegzete. A csillagok vagy pöttyök a szemében másmilyenek voltak. Nem károsak, sőt, még menőnek is tűntek tőle. Megvizsgálta az ősz hajszálakat a halántékán.

Na és akkor mi van? Sok mindenen ment keresztül a szülei halálával. Plusz a gimnázium mindennapos nyomása. És a tolószékhez való hozzászokás. Nem is beszélve az arkangyalokkal és a próbákkal való foglalkozásról.

Az, hogy a haja idő előtt őszülni kezdett, nem volt probléma. Megmozgatta a tükröt, ujjaival végigsimított a haján. Más volt az állaga, amikor megérintette a fekete csíkot. Durvának, sörteszerűnek érezte. Nem probléma, rácsapott egy kis zselét, és...

Odakint a fűnyíró belerúgott a sebességbe. Sam végre elvégezte a rettegett feladatot. A baleset előtt a fűnyírás volt E-Z legundorítóbb házimunkája.

"YEOW!" Sam felkiáltott, amikor a fűnyíró megállt.

E-Z széke a bejárati ajtó felé bukdácsolt, amely magától kinyílt. Felszállt, lemaradt a lépcsőről, és Sam mögött a gyepen landolt.

"A fenébe!" Kiáltott fel Sam. A fűnyíróval nekiment egy kőnek, ami felrepült és a szeme mellett találta el. Vércseppek csöppentek le az arcán, és összegyűltek a fűben.

A kerekesszék odament, ahol a vér volt, és a kerekekkel felszürcsölte azt.

"Jól vagy?"

"Jól vagyok" - mondta Sam. Beletúrt a zsebébe, előhúzott egy zsebkendőt, és a sebéhez szorította.

Arden és PJ megérkezett. "Hallottuk a sikolyt."

"Jól vagyok, tényleg" - mondta Sam. "Egy kis baleset. Semmi ok az aggodalomra vagy az aggodalomra. Menjünk vissza a házba."

Megragadta a tolókocsi fogantyúit, és tolta. Rendkívül nehéz volt manőverezni vele a füvön.

Arden közben elhozta a fűnyírót, és elrakta a fészerbe.

"Hízott a súlya?" PJ megkérdezte, észrevéve, hogy Samnek milyen nehézségei vannak.

"Ma reggel megettem vagy húsz palacsintát."

"Talán a fekete csík nehezebb, mint a normál hajad?" Arden vigyorogva csatlakozott hozzájuk újra.

"Ó, észrevették" - mondta Sam.

"Igen, azóta piszkálnak emiatt, mióta megérkeztek. Miért nem mondtál semmit?"

Most bent E-Z elővett egy sebtapaszt, és rátette a nagybátyja sebére.

"Finom változás volt" - mondta Sam. "Nem!" - mosolygott a férfi. "Ja, és nem gondoltál arra, hogy ápolói pályára menj? Nagyon finom tapintású vagy."

PJ és Arden gúnyolódtak.

13. FEJEZET

E-Z ÉS BARÁTAI VISSZATÉRTEK az irodájába. Úgy döntött, hogy otthon marad, ha Samnek szüksége lenne rá. Samet túlságosan lefoglalta a vacsora főzése ahhoz, hogy azon gondolkodjon, mi történhetett a fűnyíróval.

"Kész a vacsora" - hívta néhány órával később. "Gyere és hozd el."

E-Z ment elöl: "Finom illata van!"

Leültek, és körbeadták az ételt és a fűszereket.

"Máris szépen csillog a szeme" - mondta Arden Samnek.

Sam, aki eddig nem tudta, hogy látható sebe van, most büszkén viselte. Beledöfött egy újabb húsgombócba, és a tányérjára tette.

"Egyébként mi történt odakint - érdeklődött PJ.

"Egy kő volt. Beleakadt a fűnyíróba, és eltalált." Tovább tologatta az ételt a tányérján. "Hogy megy az írás?" - kérdezte az unokaöccsétől, elterelve a figyelmet magáról.

"Ma reggel nem volt időm belemélyedni."

Sam témát váltott, és megkérdezte, hogy történt-e valami az iskolában vagy a csapatban.

"Ma este edzésünk lesz" - mondta PJ.

"És reméljük, hogy E-Z elkapja a holnapi meccsen."

E-Z határozott nemleges válaszként megrázta a fejét, és folytatta az evést.

"Egy inning, csak egy, és ha nem akarsz tovább játszani, az nekünk megfelel" - mondta Arden.

"Remek ötlet" - mondta Sam bácsi. "Mártogasd a lábujjadat. Ha nem érzed jól, szállj ki. Mit veszíthetsz?"

PJ kinyitotta a száját, hogy mondjon valamit, de úgy döntött, nem teszi. Beszúrt egy húsgombócot a szájába. Rágott, ivott egy kortyot. "Amikor ott vagy, E-Z, mindenkinek feldobod a morálját. A srácok sokat gondolnak rólad. Mindig is így volt, mindig is így lesz."

"Oké", mondta E-Z. "Leülök a kispadra, ha úgy gondolod, hogy az segít. Vacsora után menjünk le a parkba, és gyakoroljunk egy kicsit. Meglátjuk, hogy mennek a dolgok."

"Elég tisztességes" - mondta PJ.

Megköszönték Samnek a fantasztikus vacsorát.

"Te főztél, úgyhogy majd mi takarítunk" - ajánlotta fel Arden.

E-Z és PJ pillantásokat cseréltek.

Amikor Sam már hallótávolságon kívül volt, PJ azt mondta: "Te aztán egy csókos vagy".

Arden egy kis vizet fröcskölt PJ irányába, de E-Z a legtöbbet az arcába kapta.

PJ viszonozta a fröccsöt, ami a konyhapadlón szétfröccsent, és Sam cipőjét találta el.

"A felmosórongy és a vödör a szekrényben van" - mondta, kifelé menet felkapta a kabátját.

Befejezték a takarítást, addigra már nagyrészt megszáradtak, kivéve E-Z-t, aki pólót cserélt. Végül megérkeztek a baseballpályához, és az már foglalt volt.

"Nagyszerű - mondta E-Z. "Gyerünk."

A pálya szélén néhány lány állt az ellenfél csapat szurkolótáborából. Az egyik, egy vörös hajú lány, E-Z irányába pillantott. Csinált egy cigánykereket, és könnyedén landolt.

"Azt hiszem, maradhatunk még egy kicsit" - mondta E-Z.

Átmentek a pályán a padok felé. Legalább köszönniük kellett, különben bunkónak tűntek volna.

A kis vörös hajú lány súgott valamit a barátnőjének, és kuncogtak.

E-Z biztos volt benne, hogy rajta nevetnek.

"Társaságunk van - mondta a vörös hajú lány.

"Igen, egy kerekesszékes, zebraszőrű csávó és két stréber - kiáltotta a harmadik bázisember. Azt várta, hogy mindenki nevetni fog a béna viccén, de senki sem nevetett.

"Ne törődj vele - mondta a vörös hajú lány barátnője. "Szánalmas."

"Kopj le!" - kiáltotta a bal oldali játékos. "Itt nincs hely egy nyomoréknak."

E-Z figyelmen kívül hagyta az összes megjegyzést. A székét azonban nem. Úgy nyomult, úgy pörgött, mint egy bika, aki ki akar törni a karámból. "Hűha!" - mondta, amikor a szék megingott, mint egy vad ló.

Arden megragadta a szék fogantyúit, és a szék újra normálisan működött.

A palánk mögött az elkapó elejtett egy légyottot, és elpuskázott egy dobást. "Látom, szükséged van egy rendes elkapóra - mondta E-Z.

A szurkolólányok kuncogtak.

"Adjatok öt percet a palánk mögött, csak öt percet. Ha minden dobást el tudok kapni, amit felém küldesz, akkor szívességet teszünk neked, és maradunk."

"És ha nem sikerül?" - kérdezte a dobó.

Az elkapó levette a maszkját. "Meghívsz minket hamburgerre és sült krumplira."

"És shake-et" - tette hozzá az első bázisjátékos.

"Áll az alku" - mondta E-Z, miközben a székét előre tolta.

Türelmesen ült, miközben Arden becsatolta a térdvédőjét. PJ a fejére húzta a mellvédőt, és az elkapómaszkot az arcára illesztette. E-Z belegyömöszölte az öklét az elkapókesztyűbe.

"Rendben, dobd ide a labdát - parancsolta E-Z.

"Remélem, tudod, mit csinálsz, haver" - mondta Arden és PJ.

"Bízz bennem - mondta E-Z. A lemez mögé gurult a helyére. "Ütőjátékosok fel!"

A dobó intett Ardennek, hogy üssön. Kiválasztotta az ütőt, és a palánkhoz lépett.

E-Z jelzett a dobónak, hogy dobjon egy magas gyors labdát. Ehelyett a dobó egy görbe labdát dobott, és az pontosan a zónában volt. Arden elhibázta az ütést, de nem teljesen, mivel egy tikket csatlakozott a labdához, és az visszapattant. E-Z felállt a székéből, és felkapta.

"Hűha!" - kiáltotta a dobó. "Szép mentés."

"Szerencsés" - mondta az első alapember.

A szurkolólányok közelebb húzódtak.

Második dobás Ardennek, ő felpattant a jobb mezőre.

PJ lépett az ütőhöz, és kiütötte. E-Z minden labdát könnyedén elkapott, de az utolsó dobás vadul ment, és majdnem elvesztette. PJ az elsőre tartott, de E-Z ledobta a labdát, és kiesett.

Addig játszottak, amíg besötétedett, és már nem lehetett látni a labdát.

A meccs után úgy döntöttek, hogy döntetlen. Elmentek egy közeli vendéglőbe, és mindenki kifizette a saját kaját.

"A holnapi meccsen ki fogunk nyírni titeket srácok" - dicsekedett Brad Whipper, a csapatkapitány.

"E-Z-t játszotok?" Larry Fox, az első alapember kérdezte.

"Ó, ő biztosan játszik" - mondta Arden és PJ.

"Mindenképpen."

A vörös hajú lány Sally Swoon volt, és súgott valamit Ardennek, aki megrázta a fejét. "Kérdezd meg őt magad" - mondta.

"Mit kérdezz meg?"

A lány arca kipirult.

"Tudni akarod, mi történt, ugye?"

A lány bólintott. "Megkérted a fodrászodat, hogy csinálja meg, vagy ők..."

"Hibát követtek el?" - kérdezte a férfi.

A lány bólintott.

"Ma reggel felébredtem, és így nézett ki. Vége a történetnek."

"Húzd meg a másikat" - mondta egy játékos. "Most pedig mondd el, miért ülsz tolószékben."

E-Z elmondta a történetét. Mindenki csendben maradt, amíg ő tette. Senki sem evett vagy ivott. Amikor befejezte, aggódott, hogy mindenki másképp fog vele bánni, de nem tették.

A közelgő világbajnokságról és más sporttal kapcsolatos csevegésről beszélgettek.

Később, amikor a barátai hazakísérték, mindenki csendben maradt. Jó éjszakát kívánt a srácoknak, és visszament a szobájába. Próbált tévét nézni, írni egy kicsit, de bármit is csinált, folyton arra gondolt, amit elvesztett. Visszahanyatlott az ágyra, és a plafont bámulta, végül álomba merült.

14. FEJEZET

E-Z ALUDT, ÁLMODOTT.

"Ébredj fel E-Z! Ébredj fel!" Reiki azt mondta, fel-le ugrálva a mellkasán.

"Hagyd abba!" - kiáltotta.

Hadz egy kis vizet spriccelt az arcára.

Ő lerázta magáról. "Nektek kettőtöknek van mit megmagyarázni, és helyrehozni. Tegyétek vissza a hajamat úgy, ahogy volt. És a szememet is!"

"Nincs rá idő!" - mondták, miközben a széke felborult, beledobta, majd kirepült a már nyitott ablakon.

"Még fel sem öltöztem!" E-Z felkiáltott.

Reiki és Hadz kuncogtak, és azt mondták E-Z-nek, hogy kívánjon, amit fel akar venni. Amikor újra lenézett, farmer, öv és póló volt rajta. A lábára nézett, ahol a futócipője a saját cipőfűzőjét kötötte. Miközben az égen szálltak, E-Z megköszönte nekik.

"Szóval, megbocsátasz nekünk?" Hadz megkérdezte.

"Adjatok neki időt" - mondta Reiki.

E-Z bólintott, miközben a széke egyre magasabbra emelkedett. Egy repülőgép fölött, a repülőgép mellett elhaladva. Nyilvánvalóan nem a célállomásuk. Tovább repültek, amíg a kerekesszéke meg nem dülöngélt, majd lefelé mutatott.

"Ott van - mondta Reiki.

Lent, egy magas irodaház előtt emberek csoportja állt egy csoportban.

"Érzed ezt?" E-Z megkérdezte, észrevéve, hogy a levegő az eset körül más volt. Energiától vibrált.

"Igen - mondta Hadz.

"Jó, hogy ezúttal észrevetted" - mondta Reiki.

"Úgy érted, a többi alkalommal is voltak rezgések?"

"Igen, de ahogy nő az erőd, úgy leszel képes a helyszínekre is ráállni."

"És nem csak te, a széked is érzékeli őket."

"Úgy érted, hogy van egy szuper-duper okoskodó székem? Tudtam, hogy módosították, de ez fantasztikus!"

Az angyalok felnevettek.

A szék száguldott tovább, miközben alattuk lövések dördültek. Embereket láttak futni, sikoltozni, esni.

A zűrzavar felé repült E-Z és a széke, bele a közeledő golyózáporba. Megrándult, ahogy a kerekesszék elterelte őket. Kíváncsi volt, mi történik, ha a szék elhibázza az egyiket.

"Biztosak vagyunk benne, hogy golyóálló vagy - mondta Reiki anélkül, hogy megkérdezte volna. "Ez is a rituálé része volt."

"És a gyémántpornak működnie kell."

"Elég biztos?" - mondta, remélve, hogy igazuk van. "Ha működik, akkor ez jó cserébe a hajam helyzetéért!"

A leendő angyalok felnevettek.

15. FEJEZET

A KEREKES SZÉKE LEFELÉ tolatott, és egy embert vett célba az épület tetején. A lenti tömegbe lőtt, és rájuk, ahogy egyre közelebb értek hozzá. A kerekesszék előrebillent, E-Z furcsa hangot hallott, mintha egy repülőgép tette volna le a futóművét. A kerekesszékből jött, ahogy egy fémláda lezuhant, és a fickó tetején landolt. A fegyver kirepült a kezéből, átrepült a tetőn, mielőtt a szerkentyű megragadta volna. A férfi megpróbálta E-Z-t és a kerekesszéket lefeszegetni a hátáról, de semmi sem használt.

A távolban sziréna szólalt meg, majd egyre hangosabbá vált, ahogy egyre jobban zárta a rést.

"Ha felengedlek - kérdezte E-Z -, akkor viselkedsz majd?"

Bár a férfi beleegyezően bólintott, a kerekesszék nem volt hajlandó elmozdulni.

E-Z-nek hatástalanítania kellett a fegyvert, és eltűnni onnan, mielőtt a rendőrség megérkezik. Kíváncsi volt, megsérült-e valaki odalent. Arra számított, hogy a mentők már úton vannak. A súlyos sérülteket azonban ő és a széke sokkal gyorsabban be tudta repíteni a kórházba.

A tető túloldalán lévő fegyverre meredt. Koncentrált, majd kinyújtotta a kezét. Mintha mágnes lett volna a keze, a fegyver belerepült, és csomóba kötve hatástalanította a fegyvert. E-Z levette az övét, és arra használta, hogy a lövész kezét a háta mögé kösse.

A szék felemelkedett, és rakétaként repült el, miközben a háztetőn lévő ajtók kinyíltak. Az átalakított szerkezet a levegőbe emelkedett, a levegőben lebegve, miközben E-Z figyelte, ahogy egy kommandós csapat a lövöldözőre száll, és őrizetbe veszi. A rendőr arckifejezése, aki megtalálta a csomóba kötött fegyvert, felbecsülhetetlen volt.

Egy-két másodpercig habozott a megbízatását fontolgatva, de odalent sérültek voltak, és ő gyorsabban tudott rajtuk segíteni, mint bárki más, és ezt tette. A következmények miatt majd később aggódik, és reméli, hogy megértik.

E-Z a tömeg közelében landolt. Összeszedte a négy legsúlyosabban sérültet, és mivel eszméletlenek voltak, a szárnya egy részét arra használta, hogy biztonságban tartsa őket a székén, miközben átrepültek az égen.

A szék felszívta a sérült utasok vérét, ahogy az a sebeikből csöpögött. Az ő vérük egyesült E-Z és Sam Dickens vérével. Ez az egyesülés kiszorította a golyókat a testükből, és a sebeik gyógyulni kezdtek.

Néhány percbe telt, mire beértek a kórházba. Mire megérkeztek, minden beteg meggyógyult, mintha a sérüléseik meg sem történtek volna. Átkarolták E-Z-t, és köszönetet mondtak neki.

A kórház parkolójában mindegyikük leugrott a kerekesszékről.

A bejáratnál ápolók álltak készenlétben hordágyakkal.

E-Z az irányukba pillantott. Intett, majd felröppent az égbe. Alatta azok, akiket megmentett, viszonozták az integetést. Remélte, hogy a várakozó kísérők túlságosan bosszúsak lesznek, hogy mégsem volt rájuk szükség.

"Köszönöm - kiáltotta egy fiatalember, és integetett.

"Remélem, még találkozunk" - kiáltotta egy középkorú nő.

"Maga egy igazi hős!" - mondta egy férfi, aki Sam bácsira emlékeztette.

"Az unokámra emlékeztetsz - kivéve a furcsa csíkot a hajadban!" - mondta egy idősebb nő.

A kísérők odaléptek a négyeshez, és megkérdezték: "Kell valakinek segítség?".

A fiatalember azt mondta: "Nem fogják elhinni, de meglőttek - nemrég kétszer is. Azt hiszem, elájultam. Amikor felébredtem - húzta fel a vérfoltos ingének elejét -, "a sebek eltűntek".

Az idős asszony, akinek a ruhája vérfoltos volt, elmagyarázta, hogy a szíve közelében lőtték meg.

"Meghaltam volna, ha az a kerekesszékes fiú nem menti meg az életemet".

A másik két beteg hasonló történeteket mesélt. Dicsérték E-Z-t, és ismét köszönetet mondtak neki. Még akkor is, ha már nem volt velük.

"Azt hiszem, mindannyiuknak be kellene még jönniük a kórházba" - mondta az első ápoló.

A második ápoló azt mondta: "Igen, önök traumatikus élményen mentek keresztül. El kellene menniük orvoshoz, hogy minden rendben legyen".

Mind a négy korábban sérült polgár megengedte a kísérőknek, hogy segítsék be őket. Megpróbálták a négy közül a legidősebbet a hordágyra ültetni.

"Teljesen egészséges vagyok!" - kiáltotta az idősebb nő.

Követték őt a kórházba.

"JOBB, HA MOST AZONNAL csináljuk" - mondta Reiki.

"Bár ez szomorú. Olyan figyelemre méltó dolgokat tett, és most senki sem fog emlékezni rá."

Kitörölték a közelben lévők elméjét.

"Valóban csodálatos munkát végzett."

"Igen, jól választották ki" - mondta Hadz.

E-Z hazatért, olyan gyorsan repült oda, ahogy csak tudott. Tudta, hogy jön a fájdalom, de azt nem, hogy ezúttal milyen erős lesz. Alig jutott át az ablakon és az ágyra, mielőtt a válla lángba borult, amitől elájult.

Az angyalok visszatértek, és nyugtató szavakat suttogtak, amikor álmában felsírt. Amikor a fájdalom túl nagy lett, azzal enyhítették, hogy magukhoz vették.

"Ezzel a harmadik próba befejeződött - mondta Reiki. "Könnyedén átvészeli őket."

"Igaz, de meg kell győződnünk róla, hogy nem azonosítják. Látható, de el kell törölnünk az emlékeket. Aggódom azonban, lehet, hogy valakit kihagyunk."

"Ha kitöröljük a közelben tartózkodók emlékeit, minden rendben lesz."

16. FEJEZET

ÁSNAP REGGEL E-Z ÉPP müzlit evett, amikor Sam bejött a konyhába.

"A kávé illata nagyon jó" - mondta Sam.

A tinédzser töltött a nagybátyjának egy bögrével. "Micsoda?" - kérdezte a déjà vu érzéssel.

"Mi, mi?" Sam megkérdezte, miközben egy kis tejszínt tett a csészébe.

"Te bámulsz engem" - mondta E-Z. Megrázta a fejét. A Mormota napban volt? A filmben, ami arról szól, hogy egy nap újra és újra megismétli önmagát, Bill Murray-vel?

"Ó, az. Van valami, amit szeretnél elmondani nekem?" Egy kockacukrot ejtett a kávéjába.

Nem törődve a nagybátyjával, kukoricapelyhet kanalazott a szájába. "Nem tudom, mire gondolsz."

Sam megvárta, amíg unokaöccse befejezi a reggelit. "Tegnap este benéztem hozzád, és az ágyad üres volt, az ablak pedig nyitva. Hogy hogyan jutottál ki a székeddel, nem tudom. Mindenesetre, ha elmész, szólnod kellene. Én vagyok felelős érted és a hollétedért. Legközelebb ígérd meg, hogy szólsz, hová mész, és mikor jössz vissza. Ez az általános udvariasság."

"I..."

POP.

POP.

Hadz és Reiki megjelentek. Reiki odarepült Samhez, és a szeme előtt lobogott. Néhány másodpercig Sam zombinak tűnt. Aztán folytatta a kávé szürcsölését. Felemelte a poharat, belekortyolt, letette. Megismételte.

E-Z-t egy madárjátékra emlékeztette - ahol a madár belemártja a fejét a pohárba, és iszik. Hogy is hívták azt a valamit?

"Dippi madár - mondta Sam. Az órájára nézett.

Mi a fene? Vajon a nagybátyja most olvasni tudott a gondolataiban?

"Ki nem tud olvasni a gondolataiban?" Hadz vigyorogva mondta.

Sam felállt, és üveges szemmel, robotszerű mozdulatokkal a mosogatóhoz ment, kiöblítette a csészéjét, és betette a mosogatógépbe. Ezután felkapta a kocsikulcsát, és szó nélkül távozott.

E-Z szája tátva maradt, ahogy feldolgozta az információt, majd követelte: - Oké, ti ketten. Mit csináltatok az én Sam bácsikámmal? Nem volt joguk... ahhoz... hogy... azt tegyék, amit tettek". Annyira mérges volt, hogy az arca vörös volt, és ökölbe szorult a keze.

POP.

POP.

Ezt utálta. Minden alkalommal, amikor valami rosszat tettek, eltűntek, és neki kellett bocsánatot kérnie tőlük, hogy visszajöjjenek, pedig nem csinált semmi rosszat.

"Bocsánat - mondta. "Kérlek, gyere vissza."

POP

POP.

"Ami megtörtént, megtörtént" - mondta nyugodtan. "Tényleg olvasott a gondolataimban?"

Reiki azt mondta: "Igen, de ez egy elszigetelt eset volt."

"Az jó. Én soha nem tudnék megúszni semmit."

"Mi vagyunk az erősítésed, a próbák alatt. Rajtunk múlik, hogy megvédünk téged és a barátaidat, beleértve Samu bácsit is."

"Mit csináltatok vele?" - kérdezte újra, amikor megszólalt a csengő. Nem mozdult, várta, hogy válaszoljanak a kérdésére. A csengő ismét megszólalt. "Csak egy pillanat" - mondta. "Mondd el, mit tettél vele. MOST!"

"Kitöröltem az elméjét" - suttogta Reiki.

"Mit csináltál!"

"Muszáj volt, hogy megvédjünk téged és a küldetésedet" - tette hozzá Hadz.

PJ és Arden bejöttek a konyhába. "Az ajtó nyitva volt - mondta Arden.

"Igen, tegnap mondtuk Samnek, hogy ma reggel érted megyünk."

"Nektek is jó reggelt." Ellökte magát az asztaltól.

"Beszélnünk kell, haver. De sietünk."

Felkapta a hátizsákját és az ebédjét. A bejárati ajtóhoz mentek. A lépcső tetején a szék előrebukdácsolt - mintha le akart volna repülni. Megkérte a barátait, hogy segítsenek neki lefelé a rámpán. Arden és PJ besegítettek neki a kocsi hátsó ülésére. Arden a csomagtartóba pakolta a kerekesszéket.

"Jó napot, Lester asszony - mondta E-Z, amikor a három fiú beszállt a kocsi hátsó ülésére.

"Jó reggelt - mondta, majd bekapcsolta a rádiót. A bemondó egy új receptről beszélt.

"Miután már úton voltak", suttogta PJ, "mit csináltál tegnap este?".

"Semmi különöset. Ettem. Aludtam. A szokásos."

"Mutasd meg neki."

PJ átadta a telefonját, és megnyomta a lejátszást.

Egy YouTube-videó volt. Róla, ahogy a kerekesszékében repked az égen, sérülteket cipelve. A széke vérvörös volt, olyan gyorsan mozgott, mint egy lángoló folt. Látszottak a fehér szárnyai. És az a kontraszt, hogy szőke haján fekete csíkok hangsúlyozták a megjelenését.

"Nem értem" - mondta E-Z, miközben vakargatta a fejét, nulla megosztható magyarázattal. Várta, hogy az angyalok megérkezzenek, és kitöröljék a barátai fejéből az agyát - nem tették. Várta, hogy a világ teljesen megálljon - nem állt meg. Azon tűnődött, vajon látja-e még valaha a szüleit? Ez egy próba volt? Becsukta a telefont, és visszatette a kagylót.

"Haver - mondta Arden, miközben az anyja tolatott be egy parkolóhelyre.

"Siess, mert el fogsz késni" - mondta, miközben kinyitotta a csomagtartót.

"Később találkozunk" - mondta Arden, miközben az anyja elhajtott.

A három barát szó nélkül bejutott az iskolába. Az utolsó figyelmeztető csengő bármelyik pillanatban megszólalhatott volna.

E-Z végiggurult a folyosón, mosolygott magában, miközben azon aggódott, hogy ki láthatja még a klipet. Bár elképesztő volt látni magát akcióban. Mint egy menőbb Superman. Egy igazi hős. Embereket mentett meg. Életeket mentett. Ő és a kerekesszéke legyőzhetetlen volt. Egy dinamikus duó voltak. Azon tűnődött, vajon szükségük van-e egyáltalán a két leendő angyal segítségére. Jó érzés volt. Minden egyes pillanatban. A megmentés. A megmentés. Egy újabb próba sikeres befejezése. Félelmetes. Bárcsak beavathatná a legjobb barátait a titkába.

"E-Z Dickens!" Klausné, a tanára kiáltotta.

"Igenis, asszonyom" - mondta E-Z, és lapozgatva elolvasta a leckét. Azon tűnődött, miért veszrtegeti az idejét az iskolában. Már nem volt rá szüksége.

GYEKEZETT NEM ELBÓBISKOLNI AZ óra alatt. Klausné a szokásosnál is jobban rajta tartotta a szemét. Valahányszor elkalandozott; felemelte a hangját, mintha észrevette volna.

Miután megszólalt a csengő, és az óra véget ért, a diákok elváltak, hogy ő legyen az első, aki kimegy az ajtón. Néhány osztálytársára pillantott, hogy megköszönje. Kevesen léptek szemkontaktusba. A legtöbben elfordították a tekintetüket. Nem voltak hozzászokva az új státuszához - még.

A folyosón diáktársak és rajongók tömege várakozott. Villogtak a vakuk, ahogy a fényképezőgépek és kameratelefonok fotókat készítettek. Remélte, hogy az iskolaújság is ott volt. Még cikket is írnának róla. Várjunk csak egy percet. Soha többé nem látná a szüleit - nem, ha mindenki megtudná! Hogy történhetett ez meg!? Végignyomta magát. Tovább tapsoltak, idővel egyre hangosabban. Néhányan azt kiáltották: "Beszédet!".

PJ odalépett, és megkérdezte: "Láttad mostanában a Facebookot?".

E-Z megvonta a vállát.

"Nézd meg a legújabbakat" - mondta PJ, és megmutatta a barátjának a címlapokat.

"Helyi hős kerekesszékben." Megállt a mozgásban, és rákattintott a klipre. Az állt benne, hogy a helyi hős a Connecticut állambeli Hartfordban lévő Lincoln Gimnáziumba járt. E-Z hamarosan rájött, hogy a diákok azt hitték, ő a hős - az is volt -, de ezt nem tudhatták. Semmit sem kellett tudniuk. Ki kellett volna törölniük az agyukat, ahogy Sam bácsival is tették. De ez nem számított - ő nem Hartford Connecticutban élt. Tévedtek. Akkor miért tapsoltak az osztálytársai?

Ő átnyomta, ők meg félreálltak az útból. Egyenesen a zuhogó esőbe ment. E-Z elgondolkodott, vajon a szék újonnan szerzett erejét a saját hasznára tudja-e fordítani. Még ha nem is volt krízis vagy próba, tudna-e varázsolni, vagy rituálisan hazavezetni magát? Ezen gondolkodott, miközben tovább gurult a járdán. A széke egyszer segített neki megmenteni egy kislányt, még mielőtt különleges képességekkel rendelkezett volna.

Olyan varázsszavakra gondolt, mint a bibbidi-bobbidi-boo és az expelliarmus. Mindkettőt kipróbálta a kerekesszékén, de egyik sem használt semmit. Átpillantott a válla fölött, amikor lépéseket hallott a háta mögött. Az egyik barátjára számított - ehelyett egy fiatalabb diák volt az, aki megkérdezte: "Hol vannak a szárnyaid?".

E-Z nevetett: "Nincsenek szárnyaim". A végszóra előbújtak a szárnyai, és az ég felé vitték. Először azt gondolta, ó, ne, de úgy döntött, hogy belemegy, és visszaintegetett a kölyöknek, vissza a járdára. A gyerek annyira izgatott volt, hogy eszébe sem jutott elővenni a telefonját, hogy megörökítse a pillanatot. "Haza!" - parancsolta. Vörös fényvillanás vitte át az égen, egyenesen a háza mellett, mert a széknek máshol volt a helye.

Addig repültek, amíg közvetlenül egy bevásárlóközpont fölé nem értek. Most már érezte, hogy a levegő vibrál, és közelebb húzza őt oda, ahol szükség van rá. A szék lefelé mutatott, egy bankba ejtette, majd megállt a levegőben. A vásárlók odalent továbbra is ott nyüzsgött - ő már nem volt a látóterükben. Még mindig nem tudta, miért van itt.

Ez egy újabb tárgyalás? kérdezte. Várt, de nem jött válasz. Ha ez egy újabb próba volt, akkor egyre kevesebb idő telt el köztük. Hol volt az a két angyal - nem nekik kellett volna fedezniük őt? A többi próbára gondolt. A legtöbbjük éjszaka történt. Sötétben. Mi van, ha a leendő angyalok nem tudtak kijönni a fényre, mint a vámpírok? Nevetett ezen a furcsa összefüggésen, és remélte, hogy igaz. Valahogy nem bánta, hogy ezúttal csak ő és a széke volt ott. E-Z visszatért a pillanathoz. A vásárlók sikoltoztak a bevásárlóközpontban. Előre repült, ki a bankból, be egy közeli áruházba. A hely üres volt.

Leérve a földre, a kerekek maguktól elfordultak, és vezették őt. E-Z megpróbálta átvenni az irányítást. De a kerekesszéke is irányítani akart. Felgyorsult, egyre gyorsabban és gyorsabban. Végül hagyta, hogy uralkodjon, félt, hogy szétmarcangolja az ujjait.

A szék teljesen megállt, amikor a földön előttük, mintegy négy lábnyira a vásárlók terpeszkedtek. A legtöbbjük széttárt karokkal, arccal lefelé feküdt a földön. Néhányan a tarkójukra tették a kezüket, mások a hátuk mögött tartották a kezüket.

A különböző pozíciókban a biztonsági kamerák csak statikus képet mutattak. Nem jó jel.

A kerekesszék ismét előrebillent egy fiatal nő felé. Terepszínű ruhát viselt, a szemére húzott sapkával. Szőke, valószínűleg természetes szőke, kék szemű, modell típus volt. Egyik kezében puskát, a másikban vadászkést tartott. A fegyverekkel hadonászó mozdulatlansága nyugtalanította. Ez, és a túlzott rúzshasználata. Elkenődött, hátborzongató mosolyát fenyegető grimasszá változtatta.

E-Z végiggondolta a földön fekvő veszélyben lévőket. Mióta voltak ott? Mire várt a nő? Pénzt követelt? Ki tudta az üzleten kívül, hogy ez a túszjelenet játszódik, hiszen a kamerák nem működtek?

Az egyik fickó az emeleten megakadt a szeme. E-Z az ajkához tette az ujját. A fickó a másik irányba fordult, ekkor vette észre a padlón a pirosan pulzáló telefont. Az rögzítette a hangot. Remélte, hogy a lány nem veszi észre - úgy nézett ki, mint aki bármelyik pillanatban elveszítheti a fejét.

E-Z széke felszállt, mintha ágyúból lőtték volna ki, és hamarosan a lányon volt. A fegyvere az egyik irányba repült, a kés pedig a másikba. A szék fémburkolata leesett.

"Hívd a 911-et - kiáltotta E-Z. A földön fekvő vásárlóknak pedig azt: "Tűnjetek innen!". Futottak, anélkül, hogy hátranéztek volna. Most már egyedül volt az őrült lánnyal. "Miért csináltad ezt?" - kérdezte.

A lány egy dal szövegét dúdolta, amit már hallott korábban: "Nem szeretem a hétfőket", aztán elvigyorodott, megforgatta a szemét, és azt mondta: "Különben is, ez csak egy játék". Néhány másodpercig csukott szemmel dúdolta tovább a dalt. Aztán kinyitotta őket, és vad szemekkel, nevetve mondta: "Ja, és ha szükséged van egy szakemberre, aki rendesen megfesti a hajad, én ismerek valakit."

"Uh, köszi" - mondta, és végigsimított a haján az ujjaival.

Eszébe jutott egy dal, amit az anyja énekelt. Egy igaz történet, egy lövöldözésről. A zenekar egérről vagy patkányról kapta a nevét.

Megrázta a fejét. Az előtte álló lány, egy olyan játék karakterére hasonlított, amivel már játszott néhányszor. Egészen a maszatos rúzsig. Nem emlékezett, melyikre, de biztos volt benne, hogy a lány egy játékost utánzott. "Játszani egy dolog - senkinek sem esik baja. Ez a való élet. Ha valami nem tetszik - hagyd abba! Ne bánts másokat!"

"Kopj le" - válaszolta a lány, "mintha nekem lett volna választásom".

A rendőrök berontottak, és neki mennie kellett.

Egy játékkonzolnál, a biztonsági folyosón találták meg a lányt a fegyvereit csomókba kötve, biztosítva.

Hazafelé vette az irányt, és várta, hogy a szárnyaitól rettegett égés megcsapja. Egészen odáig eljutott, eddig minden rendben volt. De annyira éhes volt, hogy alig várta, hogy bármit megehessen, ami a kezébe kerül.

A hűtőben készenlétben volt egy fél csirke, amit megevett, miközben várta, hogy a sajt megolvadjon a serpenyőben. Lenyelte a grillezett sajtot. Aztán készített még egyet, miközben egy almát rágcsált. Amikor végzett az almával, fagylaltot kanalazott a kádból. A fájdalom nem jött, de komoly súlyproblémái lennének, ha továbbra is így étkezne.

"Sam bácsi?" - szólította, és ellenőrizte, hogy van-e valahol a házban - nem volt. Bement az irodájába, és megcsinált egy kis házi feladatot, aztán játszott néhány játékot. Samnek még mindig semmi nyoma. Nem küldött SMS-t. Se hívás, se hangüzenet. Sam mindig tudatta vele, ha későn ér haza. Furcsa. Hol volt?

17. FEJEZET

ÉJFÉL UTÁN VOLT, és még mindig nem volt nyoma Sam bácsinak. Ez volt az első alkalom, hogy kihagyta a vacsorakészítést, nemhogy azt, hogy nem mondta E-Z-nek, hol van. Tudta, hogy az unokaöccse mennyire nyugtalan, ha a dolgok kicsúsznak az irányítása alól. Ilyenkor a tinédzser bőre viszketett, mintha a vére forrna a felszín alatt.

A kerekesszékében ülve a járkálással egyenértékű lépéseket tett. Felfelé gurította a székét a folyosón, majd újra lefelé. A trükkös rész a megfordulás volt, amit az irodájában tett meg. Visszafelé, a konyha felé menet bekapcsolta a tévét, hogy némi fehér zajt keltsen. Megállt nézni, mielőtt visszament volna a folyosóra, és egy testen kívüli élmény kerítette hatalmába.

A nappaliban volt a kerekesszékében, és a tévében nézte magát a kerekesszékében. E-Z megrázta a fejét, próbálta értelmezni a dolgot. Miért nem törölte Hadz és Reiki az emlékeit? Aztán megtörtént - a riporter kimondta a nevét és a tényleges címét, beleértve a külvárost is. Ezúttal mindent jól mondott - és nem állt meg itt.

"A tizenhárom éves E-Z Dickens, profi baseballjátékos akart lenni. És megvolt hozzá a képessége. Aztán egy baleset elvette tőle a szüleit - és a lábait. Az árva - szuperhőssé vált - most egyetlen rokonával, Samuel Dickensszel él."

Be akarta rúgni a tévé képernyőjét. Csak úgy kimondták, csak úgy. Mintha minden szuperhősnek árvának kellett volna lennie. Mintha ez előfeltétel lenne. Amikor megcsörrent a telefonja, remélte, hogy Sam az - Arden volt az.

"Te nézed?" - kérdezte. "Mindenkinek elmondták, hogy hol laksz!"

"Tudom" - mondta E-Z. "A legrosszabb, hogy Sam bácsi eltűnt. Mindig felhív, bármi történjék is."

Arden váltott néhány szót az apjával. "Maradj ott, apa és én mindjárt jövök. Maradhatsz velünk, amíg te és Sam kitaláljátok, hogy mit csináljatok. Hagyj neki üzenetet."

"Köszönöm, de itt is megleszek."

"Apa azt mondja, nincs ha, és, és, és, és. Azt mondja, a riporterek úgy fognak rád szállni, mint fehér a rizsre - bármit is jelentsen ez."

"Nem is gondoltam arra, hogy a riporterek idejönnek. Oké, akkor készülődöm."

Elment a szobájába, összepakolt egy éjszakai táskát, majd a konyhába ment, hogy írjon egy üzenetet, és kitegye a hűtőre. Odakint hirtelen megállt egy jármű, és csikorogtak a kerekei. Egy ajtó becsapódott, majd lövések dördültek, miközben üvegszilánkok repültek ki az ablakon. A bejárati ajtó kirobbant a zsanérjaiból, miközben a széke elindult a lövöldöző felé, aki tüzet tartott, ahogy egyre közelebb értek.

"Ő csak egy gyerek - mondta E-Z, kihasználva a tétovázását. Megragadta a fegyvert, csomóba kötötte, és átdobta a gyepen.

A fiú, aki fiatalabb volt E-Z-nél, kihasználta azokat a másodperceket, amíg E-Z eldobta a fegyvert, hogy a földre taszítsa.

"Nem frankó" - mondta E-Z, miközben a székével ellökte magától, és a fémketrecet ráejtette a gyerekre, aki zokogva kérte az anyukáját. "Vissza" - mondta E-Z a széknek.

A gyerek magzatpózba gurult, remegett és sírt. A szék visszahúzta a ketrecet: a fiú nem mozdult.

E-Z, aki most már visszaült a kerekesszékbe, megkérdezte: - Ki hozott ide? És miért ez a sok lövöldözés?"

"Semmi személyes - magyarázta a gyerek. "Nekem kellett megtennem. Egy hang a fejemben azt mondta, hogy meg kell tennem. Különben megölnek engem és a családomat. Ezért loptam el apám kulcsait, és tanultam meg vezetni - gyorsan."

"Még sosem vezettél korábban?"

"Csak játékokban."

Már megint a játékok. "Kire célzol? Hogy hívják őket?"

"Nem tudom. Játszom néhány játékot a neten. Egy nő bejött a játékba, és azt mondta, hogy megöli a húgomat. Átváltottam egy másik játékra; egy másik nő azt mondta, hogy megöli a szüleimet. A mai játékban egy harmadik nő azt mondta, hogy ha nem ölök meg egy gyereket, aki ezen a címen lakik, annak szörnyű következményei lesznek." A kölyök nekifutott E-Z-nek, de nem jutott messzire. A szék fellökte, és leengedte a gémeket.

"Vigyen ki innen!" - követelte a kölyök.

E-Z felnevetett; a kölyöknek tökös volt. "Állj le" - mondta a széknek, és talpra segítette a kölyköt. A kölyök azzal köszönte meg, hogy az arcába köpött. Összeszorította az öklét, és fontolóra vette, hogy letépi a kölyök rohadt fejét, de nem tette. Ehelyett inkább megölelte. A kölyök újra sírni kezdett, könnyei E-Z vállára és szárnyára hullottak.

"Köszönöm, haver - mondta a gyerek. Hátralépett, a kezét a szíve fölé tette, és eltűnt.

Amikor a rendőrség végül megérkezett, E-Z a járdaszegélyen ült a székében. Aztán már nem volt ott. Ismét a silóban volt, klausztrofóbiásan érezte magát a teljes sötétségben.

K ORÁBBAN, AMIKOR A FÉMKONTÉNERBEN volt, képes volt mozogni. Most a kerekesszékben ült, és alig tudott mozogni. Megpróbálta megmozgatni a lábujjait a cipőjében - nem érezte őket. Ha a lábai itt nem működtek, akkor örült, hogy a kerekesszékben ül. Egy csapat voltak: mint Batman és a Batmobil. Gondolataira válaszul a kerekesszék úgy dülöngélt előre, mint egy pórázon tartott masztiff.

"Vigyen ki minket innen" - parancsolta E-Z.

Mozgást érzett maga fölött. Fényváltozást, mintha egy felhő haladt volna előre az égen. Bárcsak felrepülhetne, és a tetőn keresztül menekülhetne, de a szárnyai nem fértek ki.

A bőre buborékosodni kezdett, és viszketni kezdett. Hol volt már az a nyugtató levendulaspray?

PFFT.

"Ööö, köszönöm - mondta. Most még ez a valami is tudott olvasni a gondolataiban.

A vállai elernyedtek, miközben megfogalmazta a követelések listáját:

Első számú. Mindent el akart mondani Sam bácsinak. És mindent komolyan gondolt. Semmit sem hagyott ki.

A második. Azt akarta, hogy PJ és Arden tudja. Nem mindent, mint Sam bácsi. De eleget ahhoz, hogy megértsék, mekkora nyomás alatt volt. Eleget, hogy támogathassák és bátoríthassák. Utált hazudni nekik. Tudniuk kellett a megpróbáltatásokról. Hogy miért csinálja őket. Mintha lett volna választása a dologban.

Három. Azt akarta, hogy engedélyt kérjenek tőle, mielőtt elrabolják. Így tudta volna, mire számíthat. Utálta, hogy beledobták ebbe a dologba.

A negyedik. Tudni akarta, hol van. Miért dobták mindig ugyanabba a konténerbe. Miért működtek néha a lábai, néha meg nem. Miért volt vele néha a széke, néha pedig nem.

"A várakozási idő tizenkét perc - mondta egy női hang. "Szeretne egy italt?"

"Vizet" - mondta, amikor a tőle jobbra lévő fém kiköpött egy polcot, rajta egy pohár vízzel. "Köszönöm." Visszadobta. A pohár ismét a tetejéig telt. Letette későbbre.

Most már sokkal nyugodtabb volt, egy dal pattant a fejébe. Az apja szerette. A kerekesszék előre-hátra ringatózott, miközben énekelte a szöveget. A szék lendületet vett - mintha ki akart volna törni.

Másodpercekkel később már otthon volt, a hálószobájában, ahol mindenütt törött üvegek hevertek. Kék és vörös fények lüktettek a falakon. Most a betört ablaknál nézett ki.

"Odafent van!" - kiáltotta egy riporter.

"Ne már megint!" - kiáltotta, most már újra a fémtartályban. "Vigyetek ki innen!" Lábával a siló falába rúgott. "Aú!" - kiáltotta. Aztán elmosolyodott, örült, hogy újra érzi a lábát, és felállt. Öklét a levegőbe emelte: "Mit képzelsz, ki vagy te, hogy idehozol engem, minden szeszélyedre!".

"A várakozási idő most hat perc, kérem, maradjanak ülve."

Szíjak bújtak ki a falból előtte, mögötte, mindkét oldalán. Megkötözték a helyére. Küzdött, hogy kiszabaduljon, de a bőrszíjak csak szorosabbra húzódtak. Hamarosan már csak a fejét és a nyakát tudta mozgatni.

PFFT.

"Á, levendula - mondta. Alatta a kerekes széke remegni és remegni kezdett. "Minden rendben lesz." "Ti gyávák túlságosan féltek lejönni ide, hogy szembenézzetek velem?"

PFFT.

PFFT.

A férfi elszállt.

J ÓL ALUDT, AMÍG A siló teteje fel nem nyílt, mint a houstoni Astrodome. És egy valami elnyelte a fényt. Érezte, mielőtt láthatta volna. Elvette a fényt a világából. Alatta megremegett a kerekesszék, ahogy a dolog odafent szabadesésbe kezdett.

Teljesen megállt, mint egy pók a kötél végén.

Lucifer?

Sátán?

Várt, túlságosan félt ahhoz, hogy megszólaljon.

"Helló - o - o - o - o - o - üvöltött a szárnyas lény, a hangja visszaverődött a falakról.

Annyira szerette volna befogni a fülét.

A lény vigyorgott, pengeszerű fogakat mutatott, miközben bűzös, rothadó bűzt árasztott magából.

Fuldoklott, köhögött, és azt kívánta, bárcsak az orrát is eltakarhatná.

A szörnyeteg üvöltve felnevetett, ami úgy dübörgött fel-alá a fémbörtönében, mintha popcornt pattogtatna. Közelebb hajolt a tinédzser arcához, és azt köpte ki: "Nem beszélem a nyelvét, uram?".

E-Z nem válaszolt. Nem is tudott. Nagyon nem érezte magát hősiesnek. Az a tény, hogy a kerekesszéke megremegett alatta, nem növelte az önbizalmát.

"Maga nem ért engem?" - harsogta a dolog, alapjaiban rázva meg a fémbörtönt. A lény még közelebb lépett: "MEGÉRZEM. TE. NEM. HALLJ. ÉN?"

Olyan volt, mint egy beszélő felhő, amelynek a közepén egy fej volt, és arra készült, hogy mennydörgéssel és villámlással zúduljon rá. A körmeit a karfába vájva találta meg a bátorságot, hogy kimondja: "Igen". Fejben átfutotta a követelések listáját.

A fenevad felüvöltött, és tűz repült ki a szájából. E-Z szerencséjére a hő felemelkedik. Hirtelen nagyon éhesnek érezte magát, szalonnára.

"Szeretem a szalonnát - vallotta be a lény.

E-Z azon tűnődött, vajon hangosan kimondta-e a szalonnáról szóló dolgot. Még a felgyorsult félelem szintjén is tudta, hogy nem mondta ki. Ez egy dolgot jelentett, mindenki tudott olvasni a gondolataiban! Kiegyenesedett, és megpróbálta megvédeni magát azzal, hogy bezárta az elméjét. Gondolatai az ételek felé száguldottak, palacsinta az Ann's Caféban, egy sűrű csokis shake, vajas sirup. Bármi, ami távol tartja a félelmet és a szorongást. Ez kínszenvedés volt, az a valami olvasni tudott a gondolataiban, és örökre bebörtönözte. Volt valami Szuperhősök Szövetsége, amelyhez csatlakozhatott volna?

"Bah, ha, ha!" - üvöltötte a dolog nevetve.

E-Z annyira szerette volna elérni a fülét, de mivel nem tudta, azzal vigasztalódott, hogy legalább van humorérzéke. "Miért vagyok itt?"

A dolog nem válaszolt azonnal, ezért megpróbálta egy bámulással pszichésen kioktatni. Különösen nehéz volt a szemkontaktust tartani, mivel a szék folyton megpróbálta kidobni belőle. Ökölbe szorította az öklét, és vért húzott.

A lény kígyószerű fürgeséggel mozgott, habos nyelve ide-oda spriccelt, miközben E-Z öklét nyalogatta.

"Fúj!" - kiáltotta. "Ez annyira undorító!"

"Még többet kérek!" - követelte a lény, miközben a nyelvén a vér úgy csillogott, mint az esőcseppek.

E-Z már korábban is megijedt, de most már messze túl volt a rémületen. Inkább megkövült - de hát ő egy szuperhős volt. Valahonnan erőt kellett gyűjtenie - még ha a szék használhatatlan is volt.

"Nah, nah, nah, nah, nah, nah, nah" - énekelte a dolog, miközben közelebb suhant, majd távolabb zippantott, aztán megint közelebb. Visszapattant a falakról.

Néhány pillanat múlva a lény elhelyezkedett. A levegőben keresztbe tette a lábát. Aztán hosszú, csontos ujját az arcára tette. Úgy tűnt, mintha baráti beszélgetésre számított volna.

"Hadz és Reiki lekerült a táskádból - suttogta a lény. "Az a kettő idióta volt. A haszontalanabbnál haszontalanabbak. Én vagyok az új mentorod."

A sötét lény feloldotta magát. Fölrepült, egy félmeghajlást végzett egy lendülettel, és feljebb emelkedett a konténerben.

E-Z néhány másodpercig gondolkodott, mielőtt válaszolt. Az a két lény hűséges volt hozzá. Segítettek neki, és vigyáztak rá - és ami a legfontosabb, nem ittak emberi vért.

"Megbeszélhetnénk ezt?" kérdezte E-Z. Megpróbált mosolyogni. Nem tudta, hogyan néz ki a másik oldalon.

"NEM!" - mondta a dolog, és közelebb lendült a kijárathoz.

E-Z figyelte, ahogy felfelé sodródik. Tehetetlenül. Reménytelen.

"Várj!" - kiáltotta, a dolog félig bent, félig kint volt a konténerben. "Megparancsolom, hogy várj!" E-Z azt mondta, ahogy a tető záródni kezdett, majd a dolog egy szempillantás alatt az arcában volt.

"Y-E-S?" - kérdezte az.

"Beszélni akarok a főnököddel, hogy visszaszerezzük Reikit és Hadzot. Ők jobban megfelelnek az én, az én próbáimnak. A próbák sikeréhez."

"Nem tetszem neked?" - rikoltott a lény olyan hangon, mint körmök a krétatáblán.

"Állj! Kérem!"

"Arról, hogy visszahozzuk azt a két idiótát, szó sem lehet - pörgött a lény, mint egy hörcsög a kerékben.

"Hagyjátok abba! Megszédítesz! Vigyél ki innen!"

"Rendben" - mondta az, keresztbe fonta a karját, és úgy pislogott, mint a nő a régi Jeannie-álom című tévésorozatban.

A siló eltűnt, míg E-Z és a széke a földre zuhant.

"Ahhhh!" - kiáltotta.

Aztán eltűnt a kerekesszéke.

És miközben tovább zuhant, öklét rázta a fölötte lévő lény felé. Megerősítette magát a zuhanásra.

"Egyébként a nevem Eriel."

"Arrggghhhh!" - kiáltott fel.

Az újra a tolószékében ült, és az életéért kapaszkodott. Még mindig zuhantak.

18. FEJEZET

C RASH!

Egyenesen a háza tetején keresztül. A kerekes széke előrebillent, és az ágyra borította. Aztán legurult a padlóra. Mindketten jól voltak. Semmi rosszabbat nem láttak.

Fölötte a lyuk, amit csináltak, megjavította magát.

"Ó, hát itt vagy!" mondta Sam. "Isten hozott itthon."

E-Z észre sem vette őt. Mélyen aludt a sarokban álló székben.

Sam kinyújtózott és ásított. Aztán átbotorkált a szobán, ahol egy kancsó víz várta. Lenyelt egy pohárral, majd egy pohárral az unokaöccsének is megkínálta.

"Mi van azzal a gonosz teremtéssel, Eriel!" Mondta Sam.

E-Z majdnem kiköpte a vizet.

"Ki? Micsoda?"

Sam folytatta. "Az az Eriel, a legocsmányabb, legundorítóbb, legundorítóbb túlnőtt repülő teremtmény, akit csak remélni tudnék!" Ökölbe szorította az öklét. "Remélem, hallasz engem, bárhol is vagy! Nem félek tőled!"

E-Z állkapcsa majdnem a padlóra esett.

Sam folytatta. "Az az izé egy fémtartályban tartott. Most már tudom, miért volt rossz álmod. Tényleg olyan volt, mint egy siló. Azt mondta, hogy át kell adnom neki a gyámságodat, különben lelőnek."

"Ó, az - mondta E-Z. "Gondolom, láttad a sok törött üveget. Egy kölyök volt, megpróbált megölni."

"Mindent tudok róla. Mindent a siló belsejéből figyeltem. Tudtad, hogy volt odabent egy nagyképernyős tévé? És egy jó hangrendszer is ."

"Micsoda? Én csak ott voltam, és Eriel nem mondott nekem semmit rólad vagy a gyámság átvételéről." Átment a szobán, felnézett a plafonra: "Ez egy teszt Eriel? Ha mondok valamit, visszamondod az jánlatot? Adj egy jelet."

"Kivel beszélsz? Eriel nincs itt. Ha itt lenne, mérföldekről éreznénk a bűzét. Nem, egyedül vagyunk - hiába emeltem felé az öklömet. Nem számítottam rá, hogy meghallja."

"Valószínűleg mindenhol van szeme és füle."

"Azt mondják, Istennek mindenütt van szeme és füle. Ha létezik."

"Mit mondott még rólam?"

"Azt mondta, hogy a szüleiddel együtt kell meghalnod. Ő és a társai megmentettek téged - és most egy sor próbát kell teljesítened."

"Így van. Titoktartásra esküdtem fel, ezért kíváncsi vagyok, miért fedte fel ezt az információt előtted."

"Először megpróbált megfélemlíteni, de te kikerültél a sráccal a szorult helyzetből. Visszatett ide a házba, és sehol sem találtam téged."

"Igen, mert a konténerben tartottak nála."

"Párszor ki-be dobott, de nem voltam hajlandó lemondani a gyámságodról. A második vagy harmadik alkalom után azt mondta, hogy te kérted, hogy mindent elmondj nekem, és..."

"Tényleg kitaláltam, hogy ezt megkérdezem tőle. Nem mondtam el neki, hogy mi az - de ő, mint mostanában szinte mindenki más, tud olvasni a gondolataimban."

"Hogy érted, hogy mindenki más?"

"Uh, Eriel előtt volt két wannabe angyal, akiket Hadznak és Reikinek h
ívtak."

"Ó, tényleg két idiótát említett. Azt mondta, lefokozták őket, hogy a
gyémántbányákban dolgozzanak."

"A mennyországban vannak bányák?"

"Kétlem, hogy az a dolog a mennyből jött volna - már ha létezik ilyen."

"Nem bánod, ha bemegyünk a konyhába egy kis harapnivalóért?"
E-Z megkérdezte. Végigmentek a folyosón, Sam bekapcsolta a
grillsütőt, és sajtos-vajas kenyeret készített. "Amíg aludtál, kutattam
egy kicsit Erielről. Kicsit ásni kellett, hogy megtaláljam, de miután
leszűkítettem a keresést, aranyat találtam." A szendvicseket tányérokra f
ordította, és az asztalhoz vitte őket.

"Köszönöm, alig várom, hogy mindent megtudjak róla. Nem bánod,
ha rögtön beleásom magam?"

"Nem, nyugodtan." Sam végignézte, ahogy az unokaöccse négy
falatot eszik, aztán a szendvics eltűnt. Átadta a sajátját, nem érezte
magát éhesnek. "A keresést Eriel beütésével kezdtem. Semmi sem jött
elő. Így aztán beírtam, hogy Arkangyalok, és az Uriel név volt az oldal t
etején."

"Szerinted ezek ugyanazok?" Újabb falatot harapott.

"Először én is erre gondoltam. Aztán találtam egy listát az
arkangyalokról és a Radueriel nevet a zsidó mitológiában. Amikor
utánanéztem a leírásának, azt írja, hogy egy egyszerű kimondással képes
volt alacsonyabb rendű angyalokat teremteni."

"Úgy érted, mint Hadz és Reiki? Várjunk csak, ha ő teremtette őket,
akkor valószínűleg ezért tudta őket a bányákba küldeni."

"Pontosan erre gondoltam. Szóval, azt hiszem, ezen információk
alapján most már tudjuk, hogy Eriel, alias Radueriel egy arkangyal."

E-Z bólintott.

"Szóval, folytattam az ásást, és ezt találtam. "Egy herceg, aki titkos helyekre és titkos rejtélyekre tekint. Továbbá a fény és dicsőség nagy és szent angyala."

"Hű, ő aztán egy igazi vagány!

"Emellett képes valamit a semmiből létrehozni, a levegőből manifesztálva azt."

"Szóval, ebből azt veszem ki, hogy meg tudja változtatni a saját külsejét, plusz másokét is."

"Így van. És leírtam néhány szót." Átnyomta a papírdarabot az asztalon. "De ne mondd ki őket hangosan. Ha megteszed, megidéznéd őt." A szavak a papíron a következők voltak:

Rosh-Ah-Or.A.Ra-Du,EE,El.

"Jegyezd meg a szavakat ezen a papíron, arra az esetre, ha valaha is magadhoz kell idézned őt."

"Honnan tudjuk, hogy működni fognak?"

"Csak akkor használjátok őket, ha muszáj. Nem érdemes idehívni őt - hacsak nem végső esetben."

"Egyetértek." Ahogy újra és újra elismételte őket a fejében, megnyugtatta a tudat, hogy az arkangyal nem olvas folyamatosan a g ondolataiban.

"Eriel azt mondta, hogy segítsek neked a próbákban. Gondolom, annak a kislánynak a megmentése volt az első, amit meg kellett t enned."

"Eddig többször is elvégeztem. Az elsőt, igen, a kislányt. A második, amikor megmentettem egy repülőgépet a lezuhanástól."

"Hűha! Szeretnék többet tudni arról, hogyan csináltad. Meglep, hogy nem szerepeltél a hírekben."

"Ott voltam, de nem lehetett tudni, hogy én voltam. A harmadik alkalommal egy belvárosi épület tetején állítottam meg egy lövöldözőt.

A negyedik, egy másik lövöldöző egy bevásárlóközpontban túszokkal, az ötödik pedig a srác odakint, aki megpróbált megölni."

Sam felvette a tányérokat, és a mosogatógéphez vitte őket. "El sem tudom mondani, mennyire büszke vagyok rád. Ez az egész történik, és nekem fogalmam sem volt róla."

"Titoktartásra esküdtem fel. Ha bárkinek elmondanám, akkor..."

"Biztosra mennek, hogy soha többé nem látod a szüleidet - igen, mondta. Ez nekem egy kicsit gyanúsan hangzik. Eriel nem az az érzelgős típus; olyan volt, mint egy nagy dühgolyó, ami célpontra vár."

"Megbántottam az érzéseit, amikor azt hitte, hogy nem kedvelem őt."

Sam gúnyolódott. "Képzeld el, hogy annak a valaminek vannak érzései." Felállt. "Kérsz egy kis kávét?"

"Inkább kakaót szeretnék." A férfi ásított. "Nagyon hosszú napom v lt."

"Erről majd reggel beszélhetünk bővebben, de mit gondolsz a határidővel kapcsolatban? Hány nap alatt végeztél öt próbát?"

"Véletlenszerűek voltak. Nem tudok semmit a határozott határidőről."

"Eriel azt mondta, hogy harminc nap alatt tizenkét próbát kell teljesítened. Ha már két hete benne vagy, akkor fel kell gyorsítaniuk a tempót - jócskán."

"Ezt most hallom először."

"Azt mondta, ha nem fejezed be őket időben - meg fogsz halni."

"Micsoda?"

"És azt is, hogy mindenki, akit megmentettél, el fog pusztulni. Sam szünetet tartott, a gondolat, hogy most veszíti el, amikor még csak most kezdték el. Az élete megint üres lenne, csak munka, haza, munka, haza. E-Z bámult rá, várakozva. "Bocsánat, csak arra gondoltam, hogy mennyit jelentesz nekem, kölyök. De még valamit mondott nekem; azt mondta, hogy a szüleiddel együtt fogsz meghalni. Ez azt jelentené, hogy minden, amit tettünk, minden idő, amit együtt töltöttünk, eltűnne. És nem azt mondom, hogy valaha is átvehetném vagy átvenném a szüleid helyét, de érted, miről beszélek, ugye? Szeretlek, kicsim!"

"Én is szeretlek" - mondta E-Z. Meg akarta ölelni Samet, és Sam is meg akarta ölelni őt, ezt ő is látta, és mégis megmozdultak. Mély levegőt vett: "Ez durva volt. Bár ez inkább Erielre vall."

"Még valami, azt mondta, minden alkalommal, amikor teljesítesz egy próbát, a lelked növekszik. Mire eléri a tizenkettőt, már optimális értéken lesz. Lélekpénz, amit arra használhatsz, hogy újra láthasd és beszélhess a szüleiddel."

E-Z széke hátratolta magát az asztaltól, miközben a bejárati ajtó kirepült a zsanérokból, és az égbe lőtt.

"Arrgghhhhhhh!" Sam felsikoltott a háta mögül. Úgy kapaszkodott a székbe és unokaöccse szárnyaiba, mint egy elszabadult sárkány.

"Kapaszkodj!" E-Z mondta. "Azt hiszem, Eriel hív."

Tovább repültek.

19. FEJEZET

"T arts ki - leszálláshoz készülünk." A kerekes széke elindult lefelé.

"Bárcsak nekem is lenne biztonsági övem!" Kiáltott fel Sam, és átkarolta unokaöccse nyakát.

"Ne aggódj, biztonságos leszállás lesz."

"Ha addig nem engedem el! Arrgghhh!"

Ahogy lefelé haladtak, E-Z megpillantott egy szoborcsoportot. Mivel nem volt más dolga, megszámolta őket - száz volt, valamivel a közepén. Furcsa, rengetegszer járt már a belvárosban, de erre a betontömbökből álló csoportra nem emlékezett. A szék kerekei földet értek, de Sam még m indig kapaszkodott.

"Most már minden rendben van - mondta E-Z. "Kinyithatod a szemed."

A fiú kinyitotta. "Legközelebb megölöm azt az Erielt, ha meglátom!"

"Shhhh. Lehet, hogy hamarabb lesz, mint gondolnád." Amit a szobrok közepén kiszúrt, az Eriel volt emberi alakban, fizikai vonásaiban, de nem méreteiben. Mi több, egy kerekesszékben ült, amely úgy lebegett, mint egy mágikus trónus.

Haja koromfekete volt, és a válla fölött a derekáig omlott. A szemei olyanok voltak, mint a szén, az arcbőre pedig olyan, mint az alabástrom. Az állát borosta borította, mintha hat órai árnyékot vetett volna, pedig közelebb volt délhez. Az ajkai nagyon vörösek voltak, mintha friss rúzst kent volna fel. Míg az orra úgy nézett ki, mint egy focistáé, akinek nem egyszer törték el. Ruházatnak fehér pólót, fekete farmert, lábán pedig egy pár jezsuita szandált viselt.

E-Z körbefordult, és újra végignézett a száztíz emberen. Mindannyian modern ruhát viseltek. A legtöbben szemüveget és erőnléti öltönyt viseltek. Ekkor tudta meg az igazságot: Eriel száztizenegy élő, lélegző embert változtatott szoborrá.

És ez még nem volt minden. Rájött, hogy bár a központi üzleti negyedben vannak, nem hallatszottak a szokásos hangok. Egy átlagos napon a dugóban elakadt autók dudálnának, és a kipufogógázok töltenék meg a levegőt.

A csend zavaró volt, de a friss, tiszta levegő miatt mélyebben beszívta a levegőt. Ez megnyugtatta. Tudta, hogy ez a vihar előtti csend.

Felnézett az égre. Egy utasszállító repülőgép állt meg a levegőben. Mellette madarak álltak, amelyek abbahagyták a repülést. Háttérnek felhők. Mozdulatlanul. Állók.

Aztán minden kékről feketére változott fölötte.

És az egykori hátborzongató csend elszakadt.

Helyette nyögések hallatszottak. Nyögések. Ahogy a fák gyökereit kihúzták a földből. És a levegő besűrűsödött, és a torkuk köré tekeredett. Elvéve a lélegzetüket.

És a lábuk alatt a talaj remegni kezdett. Széttört. Egy földrengés. Szaggatott. Szaggatott.

És a nap, a hold és a csillagok együtt ragyogtak, de csak egy másodpercre. Aztán szétszakadtak és millió darabra törtek.

"Miért változtattad az embereket szoborrá? És miért akarod elpusztítani a világot?" kérdezte E-Z. "És miért lebegsz ott fent egy kerekesszékben?"

"Jaj, ne!" - kiáltotta Sam, öklét a levegőbe lóbálva.

Eriel felnevetett: "Épp ideje volt, hogy ideérj védenced. Hogy merészelsz hozzám szólni, kérdéseket feltenni. Én vagyok a nagy és a hatalmas, de igazi vagyok, nem hamis, mint OZ varázslója. Te csak azért létezel, mert úgy döntöttem, hogy megmentelek."

"Amikor Ophaniel beszélt hozzám az Angyali Könyvtárban, még csak meg sem említett téged."

Eriel felnevetett, és egy csontos ujjal rámutatott, amely lefelé nyúlt, és megérintette E-Z orrát. "A te ügyedet rám bízták, miután az a két idióta, Hadz és Reiki nem teljesítette a feladatát."

"Ne érj hozzám!" Az ujj visszahúzódott. "Újra megkérdezem, mit keresel itt az én területemen - és miért vagy tolószékben?"

"Mindent meg fogok magyarázni" - mondta Eriel. Felemelte a lábát, és rámosolygott. "Tetszik ez a cipő; nagyon kényelmes."

"Ezek nem cipők, hanem szandálok" - mondta Sam, és közelebb lépett a lebegő székhez.

"Várj, Sam bácsi, állj mögém."

Eriel hátravetette a fejét, és felnevetett. "Az igazság kutyát kell kennelbe zárni" - ez egy Shakespeare-idézet, ami azt jelenti, hogy a bácsikádat meg kell szelídíteni."

"Miért pont te!" Sam felkiáltott, és a levegőbe emelte az öklét.

" Nehéz legyőzni azt, aki soha nem adja fel' - ez egy idézet Babe Ruth-tól, minden idők egyik leghíresebb baseballjátékosától." E-Z széke felemelkedett a földről, és közelebb repült Erielhez.

"A baseball az egyensúly játéka" - mondta Eriel. "Ez egy idézet Stephen King írótól." Tétovázott, aztán olyan széles vigyorral vigyorgott, hogy az arca, összeeshetett volna, amikor E-Z széke úgy esett le, mintha ólomból lett volna. "Hoppá" - mondta Eriel, miközben felbőgött a nevetéstől.

Nem kellett sok idő, hogy E-Z visszanyerje uralmát a széke felett, és az úgy emelkedett, mint egy lift. Megpróbálta a szárnyait a helyzet irányítása alá vonni. De nem volt rá ideje, mivel forgószárnyasba változott, és k örbe-körbe forgott.

"Arrgghhhhh!" - kiáltotta, és körmeit a szék karfájába vájta. A pörgés abbamaradt, a szék ismét ólomlufiként zuhant, majd megállt.

Újra megpróbálta működésre bírni a szárnyait. Nem akartak együttműködni, és a következő pillanatban már megint pörgött. De ezúttal az óramutató járásával ellentétesen.

"Hhhhgggggrrraaa!" - kiáltotta.

Eriel olyan hangosan nevetett, hogy a földet is megrázta.

Lent Sam köveket szedett fel a járdáról, és Eriel felé dobálta őket, aki a legtöbbjük elől kitért és lebukott. Az egyik nagy kő azonban a lény orrát találta el. "Válassz valakit, aki közelebb áll a korodhoz!" Kiáltotta Sam.

Miközben a vér végigcsordult az arcán, Eriel helyére tette E-Z nagybátyját.

"Neeeeeeeee!" Kiáltotta E-Z, miközben tovább pörgött. Amikor megállt, fejjel lefelé, amit lent látott, nem lehetett eltéveszteni. Sam bácsi most az egyik szobor volt a körben: ott állt százegy ember. Annyira szédült, mégis eszébe jutott egy idézet, és mivel ez volt minden, amit tudott, olyan hangosan kiabálta, ahogy csak tudta: "Nincs vége, amíg n incs vége!".

POP.

POP.

Hadz a tinédzser egyik vállára ült, Reiki a másikra.

"Ez egy idézet Yogi Berrától, ez pedig, tőlem és Sam bácsitól!"

A kezében most a világ legnagyobb ütőjét tartotta, Babe Ruth 54-es ouncerének másolatát, és gyémántporral káprázott. Fogalma sem volt róla, hogy ez milyen nehéz, amikor lendített egyet Eriel felé a kerekesszékes trónján, és végigrepítette őt. Elénekelte, hogy "köszönj a holdbeli embernek, ha találkozol vele!".

A távolban Eriel visszhangzó hangja azt mondta: "Próba befejezve!".

Hadz és Reiki megtapsolták. Akárcsak a százegy ember, akik visszatértek emberi formájukba, beleértve Sam bácsit is.

"Persze, tudod, hogy vissza fog jönni - mondta Hadz. "És nagyon dühös lesz!"

"Köszönöm a segítséget!" E-Z azt mondta, ahogy Sam és ő hazarepültek.

Reiki és Hadz kitörölték a száztizenegy elméjét, majd folytatták a munkát a bányában, és remélték, hogy senki sem veszi észre, hogy kitalálták, hogyan szökjenek meg.

Eriel továbbra is irányíthatatlanul pörgött, miközben a bosszú tervét fogalmazta meg.

EPILÓGUS

Néhány mozgalmas nap után E-Z végre jól aludt. Baseballról álmodott, és másnap Arden és PJ eljöttek hozzá, hogy elvigyék egy meccsre. "Ma nem akarok játszani, de a morál kedvéért elkísérem" - mondta.

"Persze" - válaszolták a barátai.

Miután kivitték E-Z-t a pályára, ragaszkodtak hozzá, hogy játsszon. Szükségük volt rá, hogy elkapja a labdát, és ő beleegyezett. Amikor eljött az első alkalom, hogy ütőállásba kerüljön, Ő maga akart ütni. Felkapta kedvenc ütőjét, és odatekerte magát a dobóhelyhez. Az első dobás magas volt, és elhibázta. A dobási zónája nagyon összezsugorodott, mivel ült.

"Első ütés" - kiáltotta a bíró.

E-Z elgurult a dobótáblától. Vitt még néhány próbalengést, aztán visszament. A következő dobásnál összekapcsolódott vele, és a labda kifulladt.

"Kettes ütés" - szólt a bíró.

"Nincs ütő, nincs ütő" - csiripelték a srácok a pályán.

A dobó dobott egy görbe labdát, és E-Z belehajolt a dobásba, és csatlakozott. Elrepült, ki a pályáról. A kerítés fölött. Ki a parkból.

"Vegyétek el a bázisokat" - mondta a bíró. "Megérdemled, kölyök."

E-Z megkerülte a bázisokat, visszatartva a székét a repüléstől. Amikor a széke a céltáblához ért, a csapattársai éljenezve gyűltek köré. Élvezte, míg tartott.

Egészen addig, amíg újra a fémkonténerben landolt - csakhogy ezúttal egy labdába göngyölödve -, és szék nélkül maradt. Mint egy újszülött csecsemő, mélyeket lélegzett, hiszen ez volt az egyetlen dolog, amit tehetett. Várj, a csecsemők is meg tudtak fordulni. Csak koncentrálnia k ellett, összpontosítania.

Igen, sikerült neki. Csak az volt a baj, hogy semmivel sem volt jobban. Még mindig összecsavarodva, a sötétségben volt. Bezárva egy olyan térben, ahol nem volt fény, és ahol alig volt lehetősége mozogni. Sőt, a fémtartály alakja ezúttal más volt. Az egyik végén karcsúbb volt, golyó lakú.

Ennek tudata nem segített, mivel klausztrofóbiája és szorongása nagy sebességbe kapcsolt. Azon tűnődött, vajon meddig tud még lélegezni ebben a szűk térben. Nem sokáig. Hamarosan elfogyna a levegője, és meghalna. Mélyeket lélegzett be, próbálta csökkenteni a szorongás s zintjét.

Egy dolog biztos volt, Eriel semmiképp sem fért be vele együtt ebbe az izébe. Hacsak nem robbantja szét a falakat - ami talán nem is lenne olyan r ossz ötlet.

E-Z kopogtatott a falakon és a mennyezeten. Kiabált. Sikoltott. Eszébe jutott a telefonja. El tudta érni? Nem volt ott. A sporttáskába tette, hogy betartsa a pályán tilos telefonálni szabályt.

A konténeren kívül nyugtalanító hangok hallatszottak. Kaparászás. Patkányok? Nem, nem patkányok. Sok mindennel tudott bánni, de patkányokkal nem. "Engedjetek ki!" - kiáltotta.

Egy motor beindult. Egy régebbi jármű, mint egy teherautó. A padló alatta remegni és zörögni kezdett, ahogy a golyó előre gurult és pattogott.

Odakint a konténer pattogott a falakról. Odabent olyan szűk helyen volt, hogy nem sok mozgás volt. Ez volt az egyik előnye annak, hogy egy g olyó csapdájába esett.

A jármű nekicsapódott valaminek, és E-Z feje összeért a tetejével. Felkiáltott, de a hang elhalt. A fémkonténer ismét megmozdult, oldalra. Nekiment valaminek, majd visszatért eredeti helyzetébe. A válla fájt az ütközéstől.

E-Z elgondolkodott, vajon ez egy Eriel-feladat-e, de úgy döntött, hogy nem lehet az. Kezdett arra következtetni, hogy elrabolták, és fogva tartják. De miért pont most?

"Hé!" - kiáltotta, amikor a fémtárgy megperdült, és a lapos fenéken landolt - ahol az ő feneke volt. Most a súlya egyenletesebben oszlott el. Kényelmesen érezte magát. Vagy legalábbis annyira kényelmesen, amennyire az adott körülmények között lehetett. Szóval, egészen addig mozdulatlan maradt, amíg a jármű meg nem állt, és ő maga n em borult a tetejére.

Mély levegőt vett, elcsendesedett, és hangosan kimondta a szavakat,

"Roch-Ah-Or, A, Ra-Du, EE, El."

Miközben várt, megkérdezte: "Hol vagy, Eriel?

Roch-Ah-Or, A, Ra-Du, EE, El?"

"Te idéztél meg?" Eriel azt mondta. A hangja éles és tiszta volt, de nem volt látható.

"Igen, Eriel, azt hiszem, elraboltak. Egy konténerben vagyok. Tudsz segíteni?"

"Mindig tudom, hol vagy" - mondta Eriel. "A kérdés, amit fel kellene tenned, az az, hogy AKAROK-e segíteni neked."

"Nem tudtam, hogy éjjel-nappal megfigyelés alatt tartasz!" E-Z felkiáltott, és minden pillanat múlásával egyre dühösebb lett. Vett néhány mély lélegzetet, és megnyugodott. Szüksége volt Eriel segítségére, és az arkangyal nem akarta megkönnyíteni a dolgát. "Nem látom ennek az izének a vezetőjét, és nem tudom kinyújtani a szárnyaimat. És hol van a székem? Kezd elfogyni itt a levegőm. Ha azt akarod, hogy befejezzem neked azokat a próbákat, akkor jobb, ha kiviszel innen, m éghozzá gyorsan."

"Először megsértesz azzal, hogy megkérdőjelezed, hogy angyal vagyok-e vagy sem, aztán könyörögsz, hogy segítsek neked. Az emberek valóban nagyon ingatag teremtmények."

"Tudom. Sajnálom. Kérlek, segíts nekem."

"Gondoltál már arra, hogy - javasolta Eriel. "Hogy ez egy próba? Valami, amit neked magadnak kell leküzdened?"

"Azt akarod mondani, hogy ez határozottan egy próbatétel?"

"Nem azt mondom, hogy az. És azt sem mondom, hogy nem az" - mondta Eriel kuncogva.

E-Z füstölgött. Annyira hiányzott neki Hadz és Reiki.

"Olyan szomorú, hogy még mindig arra a két idiótára gondolsz. Na, E-Z, ha ez egy tárgyalás lenne, akkor hogyan szabadulnál ki belőle?"

"Először is, ők álltak ki értem, amikor majdnem megölted a Földet. Másodszor, ez nem lehet próba, mert nincs senki, akin segíthetnék."

Eriel felnevetett. "Senkinek sem tartod magad?" Eriel szünetet tartott. "Ma önmagadat és csakis önmagadat mented meg. Használd a rendelkezésedre álló eszközöket." Tétovázott, majd ismét felnevetett. "Gondolkodj a fémtartályon kívül." Olyan hangosan nevetett a fémgolyóban, hogy E-Z fülét bántotta. Letakarta őket. Aztán nem h allotta többé Erielt.

E-Z behunyta a szemét és koncentrált. Úgy döntött, hogy ökölbe szorítja az öklét, és megpróbálja szétnyomni a falakat. Bármennyire is próbálkozott, azok nem mozdultak. A B terv az volt, hogy megidézi a székét, amit meg is tett. Elképzelte, hogy nincs messze. Talán ott lebegett a magasban, és arra várt, hogy E-Z előhívja? Annyira a szék hívására koncentrált, hogy észre sem vette, hogy valaki kint járkál. Lépések a járdán

. Egy férfi, csizmája dübörgött. A férfi megkerülte a járművet, és hátrafelé tartott. Egy kulcsot dugott be. Az ajtó felhúzódott.

"Itt gurult befelé" - mondta a férfi.

Egy nevetés. Nem Eriel nevetése. Egy másik férfi nevetése.

Aztán egy sikoly.

Aztán még több sikoly.

Aztán futás. Menekülés.

Újabb sikolyok.

Aztán mozgás. A konténer mozog. Beemeltek a tolószékébe.

Aztán felfelé, egyre feljebb és feljebb. El a biztonság felé.

"Köszönöm - mondta E-Z a székének. "Most pedig vigyél haza Sam bácsihoz."

E-Z tudta, hogy Sam bácsi ki tudja majd szedni őt a konténerből. Szüksége lenne egy óriási konzervnyitóra, de ha lenne ilyen, Sam bácsi m egtalálná.

A kerekes széke azonban az ellenkező irányba száguldott.

KETTEDIK KÖNYV: A HÁROM

1. FEJEZET

MESSZE, MESSZE ATTÓL A helytől, ahol E-Z Dickens élt, egy kislány táncolt. Balettórákat vett egy kis stúdióban, Hollandia központi üzleti negyedében.

Szép gyermek volt, aranyszínű hajjal, és szeplősor húzódott az orrán és az arcán. Legemlékezetesebb vonásai a mogyorózöld szemei voltak. A színe pontosan olyan volt, mint a nagymamájáé. Az volt az álma, hogy egy nap Hollandia leghíresebb balett-táncosa legyen.

Rózsaszín tütüje tüllből készült. Ez egy hálószerű, könnyű anyag volt, amelyet a tervezők a hivatásos táncosok számára használtak. A tütüt a dadája tervezte és varrta neki. A jelmez - önmagában is egy műalkotás - olyannyira, hogy az osztályban minden gyerek akart egyet.

Hannah, Lia dadája sok kérést kapott más szülőktől, hogy a lányaiknak is készítsenek ugyanilyen tütüt. Határozottan közölte a gyerekekkel, szüleikkel, tanáraikkal és sokakkal, hogy nincs ideje vállalni a pluszmunkát. Pedig jól jött volna neki a pénz.

Mindent, amit Hannah tett, azért tette, mert szerette a gyámságát, Liát. Liát, akit kleintje-nek hívott, ami lefordítva azt jelenti, hogy k icsike.

Miután a balettóráknak (fordításban: balettóráknak) majdnem vége volt, Lia elpakolta a cipőjét. Megdörzsölte fájó lábát.

Minden balett-táncosnak - még az olyan hétéveseknek is, mint Lia - legalább heti húsz órát kellett edzenie.

Ez a plusz munka a teljes iskolai tanterv mellett odaadást és elkötelezettséget igényelt. Aki nem tudott lépést tartani, annak azonnal ajtót mutattak. Nem számított, hogy a szüleik mennyi pénzt ajánlottak fel, hogy a programban tartsák őket.

Lia remélte, hogy egy nap találkozhat példaképével, Igone de Jongh-gal, minden idők leghíresebb holland balett-táncosával. Mióta példaképe visszavonult, Lia a televízióban nézte az előadásait.

Hétköznapokon Hannah vigyázott Liára. Lia édesanyja, Samantha hét közben üzleti úton volt.

A táncstúdió előtt Hannah és Lia beültek a Volkswagen Golfba. Hamarosan hazaindultak.

"Van házi feladatod?" Hannah megkérdezte.

Lia bólintott.

"Goed", azaz jó. "Menj, és kezdd el, amikor elkészítem a vacsorát" - mondta Hannah.

"Oke", azaz rendben, válaszolta Lia.

Lia azonnal a szobájába ment, ahol felakasztotta a balettruháját, majd nekilátott az íróasztalának.

Az iskolában éppen A boszorkányfa legendájáról tanultak. A feladatuk az volt, hogy lerajzolják a fát, és valami varázslatosat alkossanak róla. Ő krétával szándékozott körvonalat rajzolni. Aztán csőtisztítót használt volna a gyökerekhez, és csillámporral a leveleken varázslatos elemet.

Bár született tehetsége volt a művészethez, nem élvezte az alkotást. Inkább a táncot kedvelte. Nem panaszkodott, és nem utasította el azokat a feladatokat, amelyeket nem szeretett különösebben. Nem volt a természetében, hogy engedetlen vagy bomlasztó legyen.

Bár Lia a hollandiai Zumbertben élt, nemzetközi iskolába járt. Az angolja kiváló volt. Zumbert maga Vincent Van Gogh szülőhelyeként volt világszerte ismert. Lia mindent tudott Van Gogh-ról, hiszen ugyanaz a vér folyt az ereikben, mint az övéiben.

Miután befejezte a házi feladatát, kinyitotta a számítógépét. Bekapcsolt és játszott egy játékot. A következő szint elérése csak néhány pillanatot vett igénybe. Hannah hamarosan le fogja hívni avondetenre (vacsorára).

Senkinek sem kell megtudnia, mondta egy aprócska hang az elméje hátsó részében. Lia hallgatott a hangra, de hogy biztosan ne tudja meg senki, becsukta a hálószobája ajtaját.

Ahogy az ujjai kattogtak a billentyűzeten, az íróasztala fölött pukkanással kialudt a villanykörte. Becsukta a laptopot, és újra kinyitotta az ajtót. Lenézett a folyosóra, ahol a tartalék halogénizzók voltak. A dadus a lépcső tetején lévő ágyneműszekrényben tartotta a készletet. Liának csak annyi volt a dolga, hogy kimegy, elhozza az egyiket, visszajön, és maga c seréli ki az izzót. Így több ideje maradt a játékára.

Visszatérve a szobájába, felmérte a helyzetet. Fel kellett állnia az íróasztali székére - amely görgőkön állt. Erősen nekinyomta az ágynak, hogy rögzítse. Igen, ez működni fog.

A széket a lámpatest alá rögzítve felmászott rá. Az új villanykörtét az álla alá tartva kicsavarta a régit. A kiégett villanykörtét az ágyra dobta. Az álla alól kivette a másik villanykörtét, és becsavarta.

KATT!

Az új villanykörte felrobbant.

Többnyire apró üvegszilánkok szóródtak ki belőle. A kislány arcába és szemébe.

Lia nem sikított azonnal, mert kék fény töltötte be a szobát, amitől megállt az idő. A fény körülvette a lányt, ahogy az arcával egy magasságba k erült.

SWISH!

Egy apró angyali lény jelent meg, aki megvizsgálta a kislány szemét. Majd úgy döntött, hogy azok menthetetlenül megsérültek, és azt suttogta: "Te leszel, a három közül az egyik?".

"Ja" - mondta Lia igennek fordítva, miközben az idő megállt.

Az angyal, akinek a neve Haniel volt, megérkezett. Nyugtató altatódalt énekelt Liának, miközben eltávolította az üveget.

Angolul így szólt a dal szövege:

"Egy szomorú szomorú kislány leült...

A folyóparton.

A kislány sírt bánatából

Mert mindkét szülője meghalt."

Hollandul a dalszöveg így hangzott:

"Asn d'oever van de snelle vliet".

Eeen treurig meisje zat.

Het meisje huilde van verdriet

Omdat zij geen ouders meer had."

Szerencsére a kis Lia aludt, így nem ijedhetett meg az altatódal szavaitól.

Amikor Haniel végzett Lia sebeinek legsúlyosabb részével, csípőre tette a kezét, és abbahagyta az éneklést. A feladat majdnem teljesítve, már csak annyit kellett tennie, hogy megalapozza védence új szemét.

Lia két kis keze gömbölyűre gyűrődött. Szoros kis ökölbe szorult. Haniel hagyta, hogy szárnyai gyengéden megsimogassák a zárt ujjakat, és rábeszélje őket, hogy kinyíljanak.

Amikor Lia tenyerei kinyíltak, Haniel angyal a mutatóujjával mindkét tenyéren egy-egy szem alakját vázolta fel. Az ujjakra egy-egy egyetlen vonalat rajzolt, amely a tenyértől az ujj végéig vezetett. A feladatát elvégezve, Haniel angyal gyengéden homlokon csókolta Liát, majd egy SWISH!

eltűnt.

Az idő újraindult, és a mi bátor kis Liánk még mindig nem sikoltott. A sokk ezt teszi a testeddel, mint egy védekező mechanizmus, és az idő megállításával a fájdalom is megállt. Amikor Lia végül felsikoltott, nem tudta abbahagyni. Akkor sem, amikor a mentő megérkezett. Vagy amikor hordágyon emelték ki a járműbe, ahol a sziréna is csatlakozott a sikolyok kórusához. Vagy amikor hordágyon tolták be a kórházba. Akkor sem, amikor egy nagy lámpával világítottak az arcába, amit ugyan é rzett, de nem látott.

Akkor hagyta abba a sikoltozást, amikor elaltatták. Aztán a legmodernebb technológiával eltávolították a maradék üveget. Azonban már minden üvegdarabot eltávolítottak. A sebészek előrementek és bekötötték a szemét, majd bevitték a szobájába, hogy f elépüljön.

A műtét után megérkezett Lia édesanyja, Samantha. Londonból érkezett a vörös szemű járattal. Találkozott a sebésszel, miközben a lánya t ovább aludt.

"Sajnálom, de soha többé nem fog látni" - mondta.

Lia anyja ökölbe szorította a száját, és visszaszorította a sírásra való k észtetést.

Az orvos azt mondta: "Megtanulhatja a Braille-írást, és járhat egy látássérültek iskolájába. Kiváló korban van a tanuláshoz, és magába szívja majd a tudást. Hamarosan a jelelés második természetévé válik számára."

"De a lányom balett-táncos akar lenni. Látott vagy hallott már vak hivatásos táncosról?"

"Alicia Alonso részben vak volt. Nem hagyta, hogy ez visszatartsa."

Lia édesanyja megveregette alvó lánya kezét. "Köszönöm, majd az interneten utánanézek a részleteknek róla. Hét éves kora még túl fiatal ahhoz, hogy lemondjon egy álomról."

"Egyetértek. Most pedig pihenj te is egy kicsit. Lia hamarosan felébred, és szüksége lesz rá, hogy erős légy mellette. Arra, amikor elmondod neki. Ha szeretnéd, hogy én is itt legyek, csak szólj."

"Köszönöm, doktor úr, előbb megpróbálom magam megoldani."

Amikor az ajtó becsukódott, Lia édesanyja megérintette a lánya arcán lévő nyomokat. A hátrahagyott lenyomatok úgy néztek ki, mint a dühös esőcseppek. Aztán Lia alvó dadájára, Hannára nézett. Amikor elment mellette, hogy vizet hozzon, véletlenül szándékosan belerúgott a bal cipőjébe, hogy felébressze. "Kifelé!" - mondta, amikor Hannah ásított.

Most az előszobában Lia anyja, Samantha visszafogottság nélkül szabadjára engedte az érzelmeit. "Hogy hagyhattad, hogy ez történjen a kisbabámmal? Hogy tehetted ezt!? Az egyik percben még üzleti megbeszélésen voltam - a következőben pedig meg kellett szakítanom az üzleti utamat, és el kellett érnem az első londoni járatot! Mi történt? H ogy történhetett ez?"

"Épp akkor tértünk haza a balettóráról. Éppen vacsorát készítettem, Lia pedig a házi feladatát fejezte be. Biztos kiégett a villanykörte. Hozott egy másikat az előszobai szekrényből, és megpróbálta maga kicserélni, de az felrobbant. Amikor felsikoltott, pillanatok alatt ott voltam, és a ziekenwagen (mentőautó) pillanatok alatt megérkezett. Imádkoztam, h ogy a szeme rendben legyen, hogy rendbe jöjjön."

"Akkor álmában imádkozol, ugye?" Samantha megkérdezte, anélkül, hogy megvárta volna a választ. "Az artsen (orvosok) azt mondják, hogy soha többé nem fog látni" - mondta Samantha kíméletlen méreggel a s zavaiban.

Özben Lia álmában egy angyallal repült. Átkarolta a férfi nyakát, ahogy a mellkasához bújt. A kerekesszék mozgása a levegőben ringatta és vigasztalta.

Aztán az elméje megfordult, és egy fémkonténert nézett felülről. A konténer egy szárnyas kerekesszék ülésén ült. Éppen szállították, hogy hová, azt nem tudta.

Felemelte a jobb kezét, majd itt a balját, és azokkal láthatta, hogy egy angyal/fiú van benne rekedve. Kedves arca volt, szemei kékebbek, mint az égbolt, aranyszínű pöttyökkel, amitől még a sötétben is csillogtak. A haja, többnyire szőke volt, kivéve némi őszülést a halántékánál. De a legfurcsább dolog egy fekete csík volt a közepén. Et től a fiú idősebbnek tűnt.

A kerekesszék ülésén utazó angyal/fiú a konténerben közelebb repült az álmában lévő kislányhoz. A lány megérintette a konténert, és amikor megérintette, érezte és hallotta a benne lévő angyal/fiú szívverését. Nem csak ezt, hanem olvasni is tudott a gondolataiban és érzelmeiben.

Lia felébredt és felkiáltott: "Anya! Hannah! Gyere gyorsan!"

"Itt vagyok, drágám" - mondta az anyja, miközben visszament a lánya ágyához.

Hannah megtörölte a szemét, és újra belépett a szobába.

"Nincs időd, anyám, hogy Hannah-t hibáztasd. Ez egy baleset volt. Különben is, szükség van a segítségünkre. Kérlek, keress nekem papírt és ceruzát - MOST".

"Félrebeszél!" Samantha felkiáltott. Megnézte a lánya homlokán a lázat. Úgy tűnt, rendben van.

Hannah elővette a táskájából a kért tárgyakat, és Lia kezébe nyomta őket.

Lia habozás nélkül rajzolni kezdett. Úgy kapargatta a papírt, mint egy ihletett művész. Samantha és Hannah kíváncsian nézte.

Az első kép, amit rajzolt, egy fiút ábrázolt egy fémgolyó alakú tartály belsejében. A tartály egy kerekesszék ülésén pihent, a kerekesszéknek pedig szárnyai voltak. Angyalszárnyak. Lia lapozott, és egy második képet rajzolt, amelyen egy fiú/angyal volt benne minden szögből. Minden oldalról. Az első kép után mániákusan még sokkal többet rajzolt, majd a l evegőbe dobta őket.

A képek, mintha szélroham kapta volna el őket - körbetáncolták a szobát, felszálltak, aztán fel, le, majd körbe. Mintha varázslatos varázslat alatt álltak volna. Az egyik kép megkergette a dadát, aki sikoltozva rohant k i a szobából.

Lia szorosan összezárta az öklét, majd néhány hallhatatlan szót m ormolt.

"Hívjam a doktort?" - kérdezte a hisztérikus anyja. "A kisbabám, ó, ne, szegény kisbabám!"

Hannah reszketve tért vissza, miközben végignézte, ahogy Lia visszaaludt.

A két nő a gyermek ágya mellett ült. Nézték, ahogy a kislány békésen alszik, míg végül ők is álomba merültek.

Lia nem látott azzal a mogyorószínű szemmel, amivel született. Ezeket a tenyerén lévő szemekkel helyettesítették.

Az új, tenyérre helyezett szemei minden normális részen egy szemet tartalmaztak. Ilyen volt a pupilla, az írisz, a szklera, a szaruhártya és a könnycsatorna. Minden tenyérnyi szemnek volt egy szemhéja. A teteje ott kezdődött, ahol az ujjak végződtek. Az alsó ott végződött, ahol a c sukló kezdődött.

Ami a szempillákat illeti, minden ujjra egy-egy hajszálvessző volt tetoválva. A szemhéj tetejétől addig a pontig, ahol a köröm kezdődött, akárcsak a hüvelykujjé.

Ami jó dolog volt, hiszen egyetlen fiatal lány sem akarná, hogy az ujjakon szőr nőjön.

Különösen nem egy olyan kislány, mint Lia, aki azt remélte, hogy egy nap nagy balett-táncosnő lesz.

2. FEJEZET

AMIKOR FELÉBREDT, A TENYERE nagyon viszketett. Sőt, jobban viszketett, mint valaha is viszketett. Erről eszébe jutott valami, amit a nagymamája mondott egyszer. Nagymama azt mondta, hogy ha viszket a jobb kezed, az azt jelenti, hogy pénzt fogsz kapni, méghozzá sokat. Ha a bal kezed viszket, az azt jelenti, hogy pénzt veszítesz. Azt nem mondta, hogy mi történik, ha mindkét tenyér egyszerre viszket.

A konténerbe zárt angyal/fiú felvillanása visszarántotta a valóságba. Kinyitotta a tenyerét, felkészülve a vakarózásra. Ehelyett megdöbbenve látta, hogy saját maga tükröződik bennük. Elmosolyodott, mintha egy sz elfihez pózolna.

Még mindig nem volt száz százalékig biztos benne, hogy álmodik-e, mindkét tenyerét elfordította magától. Az volt a szándéka, hogy panorámaképet készítsen a szobáról.

Úgy volt berendezve, mintha egy akváriumban úszna. Bohóchalak és aranyhalak szorgalmasan kergették egymás farkát. Tovább mozgatta a kezét a szobában, amíg meg nem találta Hannah-t. Aztán megtalálta az anyját. A lány felsikoltott örömében.

Lia édesanyja, Samantha felugrott, akárcsak Hannah.

"Mi az, kicsim?"

"Anyu? Látlak téged."

"Persze, hogy látod, drágám."

"Hiszel nekem?"

"Igen, persze, hogy hiszek neked. De mondj valamit, előtte miért rajzoltál egy kerekesszéket szárnyakkal? A kerekesszékeknek nincsenek szárnyaik."

Nem látja az új szememet, gondolta Lia. "Szeretlek, anyu, de néhány kerekesszéknek van szárnya, és néhány angyal szárnyas kerekesszékben repül."

"Én is szeretlek, kicsim" - válaszolta. "Milyen fiú/angyal? Álmodtál valamit?"

"Van egy fiú angyal" - mondta Lia.

"Egy fiú/angyal? Hol, kicsim?"

Lia kinyitotta a tenyerét, és az angyalfiúra gondolt. Annyira erősen gondolkodott, hogy látta őt, hallotta őt, érezte a jelenlétét a fejében. "Az angyal/fiú idejön hozzám" - mondta.

"Ide, drágám?" - kérdezte az anyja, és a dajka irányába pillantott, aki megvonta a vállát.

"Igen, az angyalfiúnak szüksége van a segítségemre. Egészen Észak-Amerikából jött hozzám."

"Amikor a képeket rajzoltad - kérdezte Hannah -, az angyalfiú/angyalka emlékeiből rajzoltál?".

"Vagy egy álomból?" - kérdezte az anyja.

"Álomnak indult, de most már ébren is látom őt".

"Ha látsz engem, kicsim, akkor mi van rajtam?"

"Látlak anyu, nem a régi szememmel. Hanem az új szemeimmel. Egy piros ruhát viselsz, gyöngyökkel a nyakadban."

Egy idősebb beteg, aki elhaladt a szobája előtt, megállt, amikor meglátta a gyermeket, aki a tenyerét széttárt kézzel tartotta maga előtt. Ez ő, gondolta, és hogy ezt megerősítse, nem kellett sokáig várnia. Lia ugyanis, megérezve egy másik személy jelenlétét, bal tenyerét az ajtó

irányába fordította. Az öregember látta, hogy a tenyere villog, majd k
ilépett a lány szeme elől.

"Találgat - javasolta Hannah, elfordítva Lia figyelmét az ajtóról.

Egy nővér érkezett, és Lia, aki még sosem látta őt, így szólt: "Üdvözlöm,
Vinke nővér".

"Találkoztunk már korábban?" Heidi Vinke nővér kérdezte.

Lia kuncogott. "Nem, de el tudom olvasni a névtábláját."

"Azt mondja, lát, az új szemével" - mondta Lia édesanyja.

"Jól van, jól van" - válaszolta Vinke nővér, a kislány helyett az anyát
ápolva. A gyerek nem bánta, amikor Vinke nővér kivitte az anyját, hogy
négyszemközt beszélhessen vele.

"Ilyen körülmények között normális, hogy a lánya használja a
fantáziáját, elvesztette a látását. Boldog kislány, még akkor is, ha szörnyű
dolog történt vele".

Samantha bólintott, és mindketten visszatértek Liához.

"Fáradt lehetsz, gyermekem - mondta Vinke nővér, miközben
megmérte a kislány pulzusát.

"Nem vagyok - mondta Lia. "Most ébredtem fel, és nem akarok újra
elaludni. Ha most elalszom, lehet, hogy lemaradok róla."

"Kicsoda hiányzik?" Vinke megkérdezte, betakargatva a kislányt.

"Hát a fiú/angyal" - mondta Lia. "Most már egyre közelebb jön. Már
majdnem itt van - és szüksége van a segítségemre. Alig várom, hogy
találkozzam vele. Hosszú, hosszú utat tett meg, csak hogy láthasson en
gem."

"Jól van, jól van, gyermekem" - nyávogott Vinke. Egy altatóval töltött
tűt nyomott Lia karjába.

Lia tiltakozott, de aztán azonnal elaludt.

"Jó éjt, jó éjt, kicsim" - huhogta az anyja.

AZ IDŐS FÉRFI VISSZATÉRT a szobájába, és felvette a telefont. Aztán külső vonalat kért.

"Itt van - suttogta a telefonba. "A saját szememmel láttam - itt a kórházban, a szobámtól a folyosó végén".

Csend volt, aztán kattanás a másik végén. Az öregember bebújt az ágyba. A távirányítóval bekapcsolta a tévét.

A kedvenc műsorát: Most vagy Sohaország (más néven Félelemfaktor) éppen kezdődött. Látni akarta, mire készülnek azok az őrült bolondok az e heti epizódban.

3. FEJEZET

E-Z MÉG MINDIG AZ ezüst golyó belsejében szorongott, de már nem érezte magát olyan egyedül. Mert gondolatban egy kislánnyal beszélgetett.

A lány egy fényvillanás és egy sikoly kíséretében jelent meg az elméjében. Megsérült. Figyelte, ahogy Haniel angyal segít neki. Hallgatta, ahogy Haniel egy dalt énekelt a kislánynak, miközben eltávolította az üveget.

Ami ezután következett, az váratlanul érte. Haniel angyal vonalakat rajzolt a kislány tenyerére és ujjaira. Haniel újfajta látással ajándékozta meg a gyermeket. És tenyérnyi szemet.

Azonnal tudta, hogy a kislány sorsa összekapcsolódik az övével.

Eleinte, bár gondolatban látta a lányt, képtelen volt kommunikálni vele. Olyan volt, mintha egy tévéműsort nézett volna az elméjében, hang nélkül. Aztán, amikor a gyermek álmodott, a lány odament hozzá, és a kezét a golyóra tette, amelybe bele volt szorulva. Akkor a férfi tudta, amit a lány tudott, és a lány tudta, amit a férfi tudott, és összekapcsolódtak.

Az első szavak, amiket a lány mondott neki, ezek voltak: "Nem szeretem a sötétséget".

E-Z azt válaszolta: "Ne félj. Én itt vagyok. A nevem E-Z. És téged hogy h ívnak?"

"A nevem Cecilia" - válaszolta a gyermek. "De a barátaim Lia-nak hívnak. Te is szólíthatsz Liának. Hétéves vagyok. Te hány éves vagy?"

E-Z azt hitte, hogy a gyerek fiatalabb. "Tizenhárom éves vagyok" - mondta. "Észak-Amerikából származom."

"Hollandiában élek" - mondta Lia.

Mindketten elhallgattak, miközben Lia a tenyérnyi szemével az acélgolyó belsejébe nézett.

"Mit csinálsz odabent?" - érdeklődött.

E-Z elgondolkodott, mielőtt válaszolt volna. Nem akarta megijeszteni a gyereket, azzal az igaz történettel, hogy őt próbaképpen elrabolta egy arkangyal. El akarta mondani neki az igazat, de nem volt biztos benne, hogy a kislány el tudja viselni az i gazságot, hiszen még olyan fiatal volt.

Azt mondta: "Nem vagyok benne biztos, hogy miért kerültem ide, de azt hiszem, azért kerültem ide, hogy találkozzam veled". Tétovázott, megvakarta a fejét, és megkérdezte: "Ismered Erielt?"

Lia hízelgőnek találta, hogy a férfi eljött hozzá, de aggódott, hogy a kedvéért szállították ide. "Nagyon sajnálom, ha akarata ellenére kényszerítik, hogy errefelé utazzon, hogy találkozzon velem. Ó, és nem, ezt a nevet nem ismerem."

E-Z nagyon kíváncsi volt Liára. Mivel a lány azt mondta, hogy holland, rendkívül lenyűgözte, hogy milyen kiválóan beszél angolul.

"Éreztelek, de nem láttalak, amíg a szemem, az új szemem meg nem nőtt. Azelőtt tudtam olvasni a gondolataidat. Te el tudtad olvasni az enyémet? Ó, és köszönöm, ami az angolomat illeti".

"Láttam, mi történt veled, a baleset. Mélységesen sajnálom, hogy megsérültél. Nem tudtam segíteni neked, emiatt a dolog miatt." Ököllel a falhoz csapott. Befogta a fülét, ahogy a dörömbölő zaj visszhangzott. "Amikor álmodtál, velem voltál. A fejemben."

Lia összezárta a jobb öklét, a bal öklét nyitva hagyta, és a külső falhoz érintette. A tenyere kinyílt, majd összecsukódott, kinyílt, majd

összecsukódott. Nem szólt semmit, csak bámult maga elé, mint aki t
ranszba esett.

E-Z ekkor döntött úgy, hogy elmeséli neki a történetét.

"A szüleim autóbalesetben haltak meg. Én pedig elvesztettem a
lábam."

Itt megállt. Azon töprengett, mennyit mondjon el neki.

Ez a tétovázás meghozta számára a döntést.

A lány mélyen aludt.

4. FEJEZET

A KÓRHÁZBAN ÚJ ORVOS volt szolgálatban. Röviden átnézte Lia kórlapját. Látta, hogy Cecelia még mindig alszik, és odasúgta az nyjának.

"Le kell vinnünk a lányát a második emeletre, egy újabb vizsgálatra."

"Ez sürgős?" Kérdezte Lia édesanyja. "Olyan békésen alszik, kár lenne felébreszteni."

Az orvos, akinek névtábláját orvosi kabátjának gallérja eltakarta, elmosolyodott. "Nem kell felébreszteni. Becsúsztathatjuk a gépbe, amíg alszik. Néhány beteg, különösen a fiatalabbak, jobban szeretik ezt az utat."

Samantha az órájára nézett. "Persze, lemegyek vele."

"Nem szükséges" - mondta az orvos. "Pillanatokon belül jönnek az asszisztenseim. Használja ki az időt, és szerezzen magának egy szendvicset vagy egy csésze kamillateát - a feleségem esküszik rá. Segít neki ellazulni é s elaludni."

"Köszönöm" - mondta Samantha, amikor két asszisztens érkezett. A két testes, utcai ruhába öltözött férfi leemelte Liát az ágyról, és egy kerekes hordágyra helyezte. Az orvos előhúzott egy takarót a hordágy alól, és ráterítette Liára. "Melegen tartjuk, és pillanatokon belül visszajövünk. Ne felejtse el kihasználni ezt az időt arra, hogy meghívja magát egy teára v gy kávéra."

Miközben Hannah tovább aludt, Samantha figyelte az ápolókat és az orvost, ahogy a lányát végignyomják a folyosón. Most a liftnél várakozva még jobban figyelt. Amikor a liftajtók becsukódtak, végigkanyarodott a folyosón, figyelmen kívül hagyva egy zsigeri érzést, ami piszkálta. Elhessegette, azt mondván magának, hogy éhes, és elindult az étkezde felé. Nagyon nagy volt a nyüzsgés. Főleg műtősruhás dolgozókkal.

Miközben elkészítette és belekortyolt a teájába, eszébe jutott, hogy a személyzet egyetlen tagja sem viselt utcai ruhát.

"Elnézést" - szólította meg az egyik orvost. "Mi van a második emeleten? Ott készülnek a röntgenfelvételek és a testfelvételek?"

A férfi megrázta a fejét: "A második emeleten van a szülészet."

Samantha felállt a székéről, közben felborította a forró teáját, és az ölébe löttyintette. Minden irányból jöttek a segítők, amikor felsikoltott.

"A lányom!" - kiáltotta. "Egy orvos két asszisztenssel épp most vitte el a lányomat, Liát egy hordágyon. Azt mondták, hogy a második emeletre viszik néhány vizsgálatra. Ha a második emelet a szülészetnek van, miért v itték el?

A kirohanása túl nagy feltűnést keltett. Ezért az orvos, akit először megszólított, kivezette.

Visszatértek Lia szobájába. Samantha mindent részletesebben elmagyarázott. Még jó, hogy megnézte az óráját, így pontosan meg tudta mondani, mikor történt az egész.

"Ez komoly dolog - mondta Brown doktor. "Hagyja csak rám. Az egész kórházban biztonsági kamerák vannak. Talán félreértette a második emeletet? Lehet, hogy a hetedik emeleten van, és épp most vizsgálják, miközben beszélgetünk. Bízza csak rám. Maradjon itt, és amint lehet, v isszajövök."

Samantha leült, és mindent elmagyarázott Hannah-nak. Megosztoztak a tonhalas szendvicsen, és igyekeztek nem aggódni.

AMÍG LIA TOVÁBB ALUDT, a férfi, aki valójában nem is orvos volt, és a gyakornokok, akik nem voltak gyakornokok, elhagyták az épületet. Egy várakozó autóhoz mentek. A hordágyat a parkolóban h gyták.

Dr. Brown megbeszélést hívott össze az adminisztrátorral. A videokamerás megfigyelés segítségével szemtanúi voltak Lia elrablásának. Riasztották a rendőrséget, és megadták a jármű leírását. Sajnos a kamerák nem vették fel a rendszámtábla adatait.

"Várjunk egy kicsit" - mondta Helen Mitchell, a kórházi adminisztrátor. Alig néhány nap múlva nyugdíjba vonult. "Mielőtt tájékoztatnánk a kislány édesanyját. Nem akarjuk aggasztani őt."

"Ezt nem tehetem" - mondta Brown doktor.

"A rendőrség talán pillanatok alatt visszahozza a gyereket."

"Remélem, hogy igaza van. Mégis, ez aggasztó. Remélhetőleg nem jutnak messzire."

Megcsörrent a telefon, a rendőrség volt az. Kiadtak egy körözést (APB) a kislányról. Kértek róla egy friss fényképet.

"Egy friss fényképet akarnak" - mondta Helen Mitchell.

"Az egyetlen módja annak, hogy kapjunk egyet, ha megkérdezzük az édesanyját" - mondta Dr. Brown.

Helen bólintott, miközben Brown elfordult, hogy távozzon.

"Mondja meg nekik, hogy minél hamarabb átfaxoljuk."

"Felküldök valakit a traumatológiáról" - mondta Helen. Aztán a rendőrségnek a telefonba: "Vak és csak hétéves. Mi a csudáért megy ez a három férfi ilyen bonyolult dolgokra, hogy csak így elvigyék a kórházból?"

"Nem tudom megmondani" - mondta a rendőr a másik végén.

5. FEJEZET

E-Z azonnal tudta, hogy valami nincs rendben új barátjával, Liával. A kórházi ágyában kellett volna aludnia, de az ágya mozgásban volt. Mi a fene?

Fontolóra vette, hogy felébreszti, de mit tehetne a lány, még ha ezt meg is tenné? Nem, jobb, ha tovább alszik - amíg meg nem találja és meg nem menti. Így is szorgalmasan álmodott magáról, amint balett-táncot jár. Eddig nem sokat foglalkozott a balettel, de úgy tűnt neki, hogy ez a kislány tehetséges. És a kezében lévő szemeket használva táncolt, m iközben a színpadon mozgott.

E-Z gondolatban különösebb erőfeszítés nélkül a lány helyére transzportálta magát. Ott volt, mélyen aludt egy mozgó jármű hátsó ülésén. Olyan békésnek tűnt, mert gondolatban éppen azt csinálta, amit s zeretett - táncolt.

Kitágította a látóterét, és három fejet látott. Az egyik, amelyik vezetett, normális méretű és termetű volt. Míg a másik két férfi úgy nézett ki, mint a focisták.

"Gyorsabban!" E-Z utasította a székét, de az már megtette.

Hogyan segíthetett volna rajta, ha még mindig az ezüstgolyó belsejében rekedt? Darabokra kellett törnie - és inkább minél előbb, mint később. Eddig minden próbálkozás, hogy összetörje, nem járt sikerrel.

Azon tűnődött, vajon miért vitték el a férfiak. Vajon tudtak az erejéről? Honnan tudhatták volna? A legtöbb kórházban volt térfigyelő kamera, lehet, hogy figyelték őt? Ennek azonban semmi értelme nem volt. Ő egy hétéves vak kislány volt. Mit akartak tőle?

Miközben E-Z gyorsasággal égett az égen, nem tudott nem elgondolkodni azon, hogy miért rabolták el a lányt. Váltságdíjat akartak k övetelni?

Mindenesetre, ha ez volt a céljuk, akkor ennek több értelme volt számára. Jobb, mintha tudták volna, hogy látják. Ráadásul különleges képességekkel. Még mindig az volt az első számú prioritása, hogy kijusson golyóból.

Sikoltott. Ahogy már sokszor tette korábban is: "SEGÍTSÉG!"

POP.

"Helló - mondta Hadz, miközben E-Z vállára ült. "Mi a fenét keresel te itt? Ez a hely túl kicsi neked." Hadz megforgatta a szemét.

E-Z több mint egy kicsit izgatott volt, hogy Hadzot látja. Megragadta a kis lényt, és szorosan a mellkasához ölelte.

"Ööö, vigyázz a szárnyakra" - mondta Hadz.

E-Z elengedte a lényt. "Köszönöm, hogy eljöttél és válaszoltál a hívásomra. Teljesen szükségem van rád, hogy segíts kitalálni, hogyan jutok ki ebből az izéből. Tudom, hogy eltávolítottak az ügyemtől, de van egy Lia nevű kislány, aki veszélyben van, és szüksége van rám. Egyszerűen segítened kell. Biztos vagyok benne, hogy Eriel meg fogja érteni."

"Ó, szóval akkor nem akarsz benne lenni ebben az ügyben?" Hadz megkérdezte.

"Nem, nem akarok itt lenni. Ki akarok szállni, de hogyan?"

"Csak tedd meg" - mondta Hadz.

"Már mindent megpróbáltam. Az oldalak nem mozdulnak. Idehívtam Erielt, hogy segítsen, de azt mondta, hogy itt egyedül vagyok."

"Á, ez nem tetszene neki. Nem szabadna segítenem, de egy dolgot mondhatok neked: vedd figyelembe a környezetedet."

"Ez nem segítség" - mondta E-Z, és igyekezett nem teljesen elveszíteni a türelmét. "Megkértem a széket, hogy vigyen el Sam bácsihoz. Ő biztosan kiszabadítana ebből az izéből. De a szék figyelmen kívül hagyta a kívánságomat. Most egy kislány bajban van, és szüksége van a segítségemre. Ha nem tudok kijutni, akkor nem tudok segíteni magamon, és ha nem tudok segíteni magamon, akkor nem tudok segíteni rajta. Kérem, kérem, kérem. Mondd meg, hogyan jutok ki innen. Zapolj ki , vagy valami."

A lény megrázta a fejét, majd felrepült a golyó tetejére. Megérintette a hegyét. "Vegyük figyelembe a fizikát. Ha egy golyó belsejében vagy, amire ez a dolog hasonlít, akkor ki kell, hogy ürülj. Kilőve. Helyes?"

E-Z mérlegelte a lehetőségeit. Mondhatta volna a széknek, hogy ejtse le, és lője a föld felé. A föld megtörné a zuhanását. Vajon a golyót is széttörné? Úgy döntött, megéri a kockázatot. "Oké - mondta E-Z -, rá kell vennem a széket, hogy ejtsen le, igaz?"

A lény felnevetett. "Vicces vagy, E-Z. Ha ebből a magasságból leesnél, ez az izé beágyazódna a földbe. Feltéve, ha nem robban fel a becsapódáskor. És veled együtt." Megint felnevetett. "Vagy nem haltál bele a zuhanásba. Ha meghaltál, nem tudtad volna megmenteni a kislányt. Hé, amúgy milyen kislányról beszélsz?"

"Ceceliának hívják, Lia, és Hollandiában van, nem messze onnan, ahol most vagyunk."

Hadz megtapogatta a tartály hegyét, amelyet E-Z nem látott, és nem is ért volna el. A lény meglökte. A henger elernyedt, és kipattant, mint egy tulipán. Hadz kisegítette E-Z-t a golyóból, és hamarosan már a székében ült, ölében tartva a valamit. E-Z szárnyai kinyíltak. Jó érzés volt k inyújtóztatni őket.

E-Z felszállt az égen, kezében a hengerrel, amelyet az Északi-tengerbe d obott.

A trió, E-Z, a szék és Hadz nagy sebességgel repült, és Észak-Hollandia felé repült, ahol az autó száguldott.

"Köszönöm - mondta E-Z.

"Szívesen" - válaszolta Hadz. "A közelben maradok, ha szükséged lenne r ám."

"Király!"

6. FEJEZET

E-Z FELZÁRKÓZOTT AZ AUTÓHOZ, amely már Zaandam felé közeledett. Megnézte, és Lia még mindig ott aludt a hátsó ülésen. Bár már nem álmodott, ezért aggódott, hogy hamarosan felébred.

A kerekes széke irányt változtatott, felgyorsult, és lenullázta az autót, majd föléje lebegett. Az álorvos, aki vezetett, az oldalsó tükörben kiszúrta a mögöttük lévő kerekesszéket.

"Wat is dat vliegende contraptie?" - kérdezte. (Fordítás: "Ez a kerekesszékes autó egy szerencsétlen...") Mi az a repülő szerkezet?"

A két gengszter elfordította a fejét.

Az egyikük azt mondta: "Ik weet het niet, maar versnel het!" (Fordítás: "Én nem látom, de megnézem!"): Nem tudom, de gyorsítsd fel!""

A második gengszter nevetett, majd kivett egy pisztolyt a műszerfalkastélyból. (Lefordítva: kesztyűtartó.) Megnézte, hogy van-e benne töltény. Becsukta, és lecsattintotta a zárat.

E-Z kerekes széke egy csattanással landolt a kocsi tetején.

A sofőr erősen fékezett, amitől a kerekesszék előrecsúszott. Lecsúszott a szélvédőn előrefelé, majd a motorháztetőn keresztül.

E-Z felemelkedett, lebegett, és szembefordult velük.

"Mi a...?" - kiáltotta a sofőr, miközben elvesztette az uralmát a kocsi felett, amitől az megcsúszott és cikcakkban haladt.

E-Z és a kerekesszék felemelkedett, visszatért, és megragadta az autó lökhárítóját, amitől az teljesen megállt.

Azonnal kinyílt az utastér, és lövések dördültek.

A hátsó ülésen Lia horkolt tovább.

A fegyveres gengszter kigurult az ajtón, majd térdre ereszkedve készült lövést leadni E-Z-re.

Hadz a semmiből bukkant elő, és kiütötte a pisztolyt a gengszter kezéből. Ezután a férfi kezét a háta mögé, a lábát pedig a háta mögé kötözte, mintha borjú lenne a rodeón.

A második gengszter egyenesen E-Z felé indult, aki lasszóval elkapta az övével. A gengszter eldőlt, így könnyen a lábai köré tudta tekerni az övet.

A fickó megpróbált elugrani, de nem jutott messzire. Most, hogy megállították, a szék ketrecmechanizmusát használva az orvosra mentek. Az orvost elkapták és mozgásképtelenné tették.

Lia végigaludta az egészet, még akkor is, amikor Hadz kiemelte a járműből, és biztonságba vitte.

E-Z a három férfit egymás mellé helyezte a kocsi hátsó ülésére.

"Kinek dolgoztok?" - követelte.

Hadz odarepült: "Nem értenek angolul". A férfiaknak lefordította E-Z kérdését. Miután az álorvos válaszolt, Hadz fordított. "Azt mondja, nem tudják, kinek dolgoznak".

"Ez nevetséges. Elraboltak egy gyereket a kórházból. Kérdezd meg tőlük, hogy akkor hová viszik? És honnan szereztek tudomást róla?"

Hadz fordított. Az álorvos ismét így válaszolt: "Azt mondták, hogy vigyük a kikötőbe, és ott valaki várni fog rá. Ez minden, amit tudunk."

E-Z nem hitt nekik, de Hadz megerősítette, hogy valóban igazat mondtak. "Mit akarnak velük csinálni?" - kérdezte.

"Ki tudod törölni az elméjüket? És azoknak az elméjét is, akikhez kapcsolódnak, Ez a három csak fogaskerék a gépezetben. Ki akarjuk törölni a dokkoknál lévő személy elméjét. Így mindannyian elfelejtik őt - ö rökre."

"Rendben" - mondta a nő.

"Hű, de gyors vagy!"

E-Z és Hadz a székben visszaindultak a kórházba, éppen akkor, amikor Lia ébredezni kezdett. Megmozdította a fejét, érezte, ahogy a szél fújja a haját, és E-Z mellkasához bújt. Kinyitotta a jobb tenyerét, és a barátjára, a fiúra/angyalra nézett. Elnevette magát, és szorosan átölelte. Amikor észrevette a kis tündérszerű lényt E-Z vállán, tenyérszemével ránézett.

"Olyan kicsi és aranyos vagy" - mondta.

"Örülök, hogy örülök neked" - mondta Hadz. "És köszönöm."

A kórház felé repültek.

"Most már biztonságban vagy - mondta E-Z.

"És te már nem vagy abban az izében" - mondta Lia.

"Hadz segített kijutni - mondta E-Z a szárnyaival csapkodva.

"Honnan szerezted azokat?" Lia megkérdezte. "Kaphatok én is?"

E-Z elmosolyodott. Nem volt biztos benne, hogy mennyit mondjon el a lánynak. Aggódott, mit szólna Eriel, ha túl sokat árulna el. "A szüleim halála után kaptam őket."

"De miért?" - érdeklődött a kis Lia.

"Elkezdtem embereket menteni" - mondta E-Z.

"Úgy érted, nem én vagyok az első ember, akit megmentettél?"

"Nem, nem vagy az."

Hadz megköszörülte a torkát, ami jelzés volt E-Z-nek, hogy ne beszéljen.

Csendben repültek tovább. A kislány E-Z mellkasát ölelte. A kerekesszék tudta, hová kell mennie. Hadz megint úgy érezte, hogy szükség van rá.

E-Z elmerült a gondolataiban. Azon tűnődött, vajon Lia megmentése volt-e a főpróba. Vagy a golyóból való kijutás teljesítette a feladatot. Talán kettő az egyért! Hányan lettek volna akkor? Le kellett írnia őket, hogy számon tartsa. Ezt tette a naplójában, de mostanában nem sok ideje volt arra, hogy feljegyezze a dolgokat.

"Hallom, hogy gondolkodsz - mondta Lia. Mindkét tenyerét nyitva tartotta. Kívülről figyelte E-Z-t, miközben hallgatta, mit gondol a férfi belülről. "Többet akarok tudni ezekről a próbákról. És tudni akarom, miért látok a kezemmel a szemem helyett. Gondolod, hogy ez az Eriel tudni fogja?"

POP

Hadz nem várta meg a választ.

"A kórház lent van - mondta E-Z.

A szék lassan leereszkedett, és bementek a kórházba. E-Z és a szék szárnyai eltűntek. Végiglépkedett a folyosón, és megtalálta Lia szobáját. Az anyja ott várta.

"Tartóztassák le ezt a fiút - kiáltotta Lia anyja.

E-Z megdöbbent. Miért akarta, hogy letartóztassák? Hiszen épp most mentette meg a lányát.

"De anyuci" - kezdte Lia.

A rendőrök bejöttek. E-Z mögé nyúltak, és bilincsbe verték a kezét.

Mielőtt becsukták volna, Lia felsikoltott. Aztán kinyitotta a tenyerét, és maga elé tartotta. A tenyérnyi szeméből vakító fehér fény tört elő, amitől a szobában mindenki, kivéve őt és E-Z-t, időben megállt. A kis Lia megállította az időt.

"Király! Ezt meg hogy csináltad?" E-Z felkiáltott, miközben a bilincsek egy csattanással a padlóra hullottak.

"Én, nem is tudom. Meg akartalak védeni. Megmenteni téged." Megállt, figyelt. "Valaki jön, el kell tűnnöd innen. Érzem, hogy jön még valaki, és neked el kell tűnnöd."

"Valaki?" E-Z kérdezte. "Tudod, hogy ki?"

"Nem tudom. Csak azt tudom, hogy valaki más jön, és neked menned kell - azonnal."

"Leszel, rendben? Bántani fognak?"

"Nem lesz semmi bajom - érted jönnek - nem értem. Tűnj el innen, most azonnal."

"Mikor látlak újra?" E-Z megkérdezte, miközben betörte a kórház ablakát, kirepült, és várta a lány válaszát.

"Mindig látni fogsz engem, E-Z. Össze vagyunk kötve. Barátok vagyunk. Tűnj el innen, a többit majd én elintézem." A nő csókot lehelt a férfinak.

Lia bebújt az ágyba, nyakig felhúzta a takarót, és úgy tett, mintha mélyen aludna, mielőtt ismét mozgásba hozta volna a világot.

"Mi történt?" - kérdezte az anyja.

Ismét minden rendben volt. Lia sértetlenül feküdt az ágyban.

A világ ugyanúgy folyt tovább, mint korábban, miközben E-Z ismét hazaszárnyalt.

"Köszönöm, Hadz, hogy segítettél - mondta E-Z, bár már elment. Valahogy tudta, hogy bárhol is van, a lány hallja őt.

7. FEJEZET

AHOGY E-Z AZ ÉGEN repült, rájött, hogy éhezik. Alatta volt a Big Ben. Úgy döntött, leszáll, és vesz magának egy kis angol halat és chipset.

Ahogy a szék leereszkedett, észrevett egy fehér furgont, amely gyorsan haladt az úton. Egy iskolával párhuzamosan haladt. Látta, hogy a szülők járműveken és gyalogosan várakoznak, hogy felvegyék gyerekeiket.

Ahogy a furgon befordult a sarkon, felgyorsult.

A kerekes széke előrebillent, és a jármű mögé esett. A vezetés egyre vakmerőbbé vált, ahogy közeledett az iskola felé. Gyerekek kezdtek kijönni.

E-Z megragadta a furgon hátulját. Minden erejét bevetve, csikorogva húzta megállásig.

A sofőr rálépett a gázra, megpróbált elhúzni. Nem volt szerencséje. Nem láthatták, mi vagy ki tartja vissza őket.

E-Z feltörte a csomagtartó zárját, benyúlt, és kihúzta az indítókábeleket. A szék előrebillent, és a jármű tetején landolt. E-Z az átkötőkábelekkel lekötözte a vezetőfülke ajtaját. A sofőr nem tudott k iszállni.

Szirénák hangja töltötte be a levegőt.

E-Z felszállt, és észrevéve, hogy többen is fotózzák a telefonjukkal, egyre magasabbra és magasabbra repült.

A gyomra korgott, és eszébe jutott a fish and chips. Mivel nem rendelkezett brit valutával, úgysem tudta volna kifizetni őket, így hazafelé vette az irányt.

Arra gondolt, hogy a nagybátyja csodálkozik, hogy merre jár, ezért úgy gondolta, hagy egy üzenetet, és nekiállt: "Úton vagyok hazafelé".

Kattints!

"Hol vagy?" Kérdezte Sam bácsi.

E-Z örült, hogy ez nem üzenet volt!

"Éppen Nagy-Britannia fölött repülök. Kellemes nap ez a repüléshez, nem gondolod?"

"Mi? Hogyan?"

"Ez egy hosszú történet, majd elmagyarázom, ha visszajöttem."

"Repülőn ülsz?"

"Nem, csak én és a székem."

Lent E-Z látta, hogy az emberek fényképeket készítenek róla. Amikor meglátott egy helyi légitársaság 747-esét, amely feléje tartott, rájött, hogy bajban van. Mielőtt még esélye lett volna magasabbra repülni, kamerák fotózták és posztolták őket a közösségi médiában.

"Bocsánat Eriel" - mondta, és magasabbra emelte magát. "Ismered a mondást, miszerint minden nyilvánosság jó hírverés? Hát..." E-Z nevetett. Ha Eriel minden nap és minden órában láthatta őt, akkor miért kellett őt segítségül hívnia? Valami nem állt össze. Nem én, az arkangyalok akarták, hogy befejezze a próbákat.

Hidegrázás futott át rajta, ahogy az égbolt megváltozott, fekete felhők kavarogtak és lüktettek körülötte. Repült tovább, próbálta felvenni a tempót, de aztán elkezdődtek a villámok, és ki kellett őket kerülnie. Aztán eszébe jutott a repülőgép. Látta, hogy sikeresen landolt, és az emberek sértetlenek voltak. Folytatta útját hazafelé.

A vihar után előbújtak a csillagok. Széke folyamatosan csapkodta a szárnyait, miközben E-Z szundikált.

"E-Z?" Lia szólalt meg a fejében. "Ott vagy?"

Felriadt, elfelejtette, hogy a székben ül, és kiesett. Zuhanni kezdett, de a szárnyai beindultak, és hamarosan újra a székben volt.

"Minden rendben van, kicsim?" - kérdezte.

"Igen. Azt hiszik, hogy az egész csak álom volt, hogy beszéltem hozzád. Képeket rajzoltam rólad. Anyu tudja az igazságot, de nem akar szembenézni vele."

"Ó, és ez aggaszt téged?"

"Nem. Az erőm egyre növekszik. Érzem őket, és tudom, hogy valami közeleg. Valami, amiben szükséged lesz a segítségemre. Hamarosan hazamegyek. Megkérdezem anyut, hogy meglátogathatunk-e téged. Hamarosan."

"Micsoda? Anyukád hívja fel Sam bácsikámat, és beszélgethetnek?"

"Igen, ez egy okos ötlet. Anya látta a képeket, és találkozott veled, de nem emlékszik. Mintha kitakarították volna az elméjét, vagy mintha az emlékei rólad aludnának."

"Biztos vagy benne, hogy ez a helyes dolog?"

"Biztos vagyok benne. Ott kell lennem, ahol te vagy. Segítenem kell neked."

E-Z elméje kiürült. Lia eltűnt.

A tinédzser arra gondolt, hogy Lia Észak-Amerikába jön. Kislány volt, látott a kezével, igen, de hogyan segíthetne neki? Segített neki megszökni, de zavarban volt a részvételével kapcsolatban. Nem akarta veszélybe sodorni a lányt. Újra Erielhez szólt. Megidézte a kántálást, de nem történt semmi.

Szemügyre vette a tájat, egy pillanatra elterelve gondolatait a kislányról. Már majdnem otthon volt. Hála az égnek, hogy a székét átalakították, és F-A-S-T utazhatott!

8. FEJEZET

ÉPPEN ELŐTTÜNK E-Z KISZÚRTA a partot. Megkönnyebbülten felsóhajtott, amíg észre nem vette, hogy egy nagy madár egyenesen felé tart. Ahogy közeledett, rájött, hogy egy hattyú. De nem egy átlagos méretű hattyú. Hatalmas volt, és a szárnyfesztávolsága is, amelyet több mint százötven centire becsült. Ugyanaz a hattyú volt, aki korábban beszélt hozzá. És nem csak ezt, hanem azt is észrevette, hogy a madár v állán egy fényes vörös fény pislákol.

A hattyú megfordult, majd nehézkesen a vállára szállt. Stoppolt egy k ört.

"Hát, helló - mondta E-Z, és felpillantott a gyönyörű teremtményre, miközben az megnyugodott.

"Húúúú" - mondta a hattyú. Aztán megrázta a fejét, kinyitotta a csőrét, és azt mondta: "Helló E-Z".

"Azt hiszem, köszönettel tartozom neked" - mondta.

"Ó, nagyon szívesen. És remélem, nem bánod, hogy stoppal jöttem" - mondta a hattyú, és felborzolta a tollait.

"Ööö, semmi gond - felelte E-Z.

"Ő a mentorom, Ariel - mondta a hattyú.

WHOOPEE

Egy angyal váltotta fel a vörös fényt.

"Helló - mondta, és leült E-Z térdére.

"Ööö, örülök, hogy megismerhetlek - mondta a férfi.

"Miben lehetek a szolgálatodra?" - kérdezte.

"Remélem, hogy te és a barátom, a hattyú itt, képesek lesztek egy társulást kialakítani".

"Hogyan?" - kérdezte a férfi.

"A pártfogoltam sok mindenen ment keresztül. Majd beavat a részletekbe, ha úgy érzi, készen áll, de egyelőre arra van szükségem, hogy segíts neki azzal, hogy megengeded neki, hogy segítsen neked a próbákban. Rád férne egy kis segítség, ugye?"

"Ha jól értem - mondta Arielre célozva. Aztán a hattyúhoz: "Semmi bajom veled, pajtás". Most Arielhez: "az, hogy senki sem segíthet nekem a próbáimban. Ez egyenesen Erieltől és Ophanieltől j ött."

"Ezt már tisztáztam velük. Szóval, ha ez az egyetlen ellenvetésed" - tartott szünetet, majd

WHOOPEE

és már el is tűnt.

Ezután E-Z és a hattyú folytatták útjukat az Atlanti-óceánon át Észak-Amerikába. Mivel mindig is látni akarta a Grand Canyont. Majd máskor megnézi. A hattyú horkolt és E-Z nyakához simult.

E-Z a zsebébe nyúlt, és elővette a telefonját. Szelfit készített a hattyúval. A telefonját a kezében tartotta, és azt tervezte, hogy legközelebb, amikor a hattyú megszólal, felveszi. Bizonyítékra volt szüksége, hogy nem veszítette el az eszét.

Valamivel később E-Z lenullázta a házát. Iskolai nap volt, de túl fáradt volt ahhoz, hogy elmenjen. Amikor a szék ereszkedni kezdett, a hattyú felébredt. "Ott vagyunk már?"

"Igen, a házamnál vagyunk" - mondta E-Z, és megnyomta a telefonján a felvétel gombot. "Valahol szeretnéd, hogy kitegyelek?"

"Nem, köszönöm. Veled maradok" - mondta a hattyú, miközben megnyújtotta a nyakát, hogy megnézze a házat, ahol lakni fog. "Neked és nekem, beszélnünk kell."

E-Z megnyomta a lejátszást, de nem volt levegő. A hattyút nem lehetett felvenni. Furcsa.

A bejárati ajtó előtt szálltak le. E-Z bedugta a kulcsát a zárba, de mielőtt kinyithatta volna, Sam bácsi már ott is volt. Megölelte unokaöccsét, és azt mondta: "Isten hozott itthon". Megvakarta az állát, és kissé aggódva nézett, amikor meglátta E-Z társát, egy kivételesen nagy hattyút.

"Örülök, hogy visszajöttem" - mondta E-Z, és elindult befelé.

A hattyú követte, úszóhártyás lábaival a háta mögött taposott.

"És ki a te... tollas barátod?" kérdezte Sam bácsi.

E-Z rájött, hogy még a hattyú nevét sem tudja.

A hattyú azt mondta: "Alfréd, a nevem Alfréd".

E-Z hivatalosan is bemutatkozott.

A hattyú ezután végigszaladt a folyosón, be E-Z szobájába, és felrepült az ágyára, hogy jól megérdemelt szundikáljon.

E-Z bement a konyhába Sam bácsival a kerekein.

"Mi a fenét keres itt az a hattyú?" Megállt, kivett egy kis tejet a hűtőből. Teli töltött egy pohárral az unokaöccsének. "Nem maradhat itt. Be kellene tennünk a fürdőkádba. Már ha befér. Ő a legnagyobb hattyú, akit valaha láttam. Hol találtad, és miért hoztad ide?"

E-Z visszanyelte a tejet. Letörölte a tejbajuszát. "Nem én találtam, hanem ő talált meg engem. És tud beszélni. Ez, ő, ott volt, amikor megmentettem azt a kislányt, és amikor megmentettem azt a repülőt. Azt mondja, beszélnünk kell."

Sam bácsi válasz nélkül lesétált a folyosóra. E-Z szorosan követte, anélkül, hogy megszólalt volna.

"Beszélj!" Sam bácsi követelte.

Alfréd, a hattyú kinyitotta a szemét, ásított, majd újra elaludt anélkül, hogy egy hangot is kiadott volna.

"Azt mondtam, beszélj - próbálkozott Sam bácsi újra.

Alfréd a hattyú kinyitotta a csőrét és horkantott.

"Semmi baj, Alfréd - mondta E-Z. "Ez az én Sam bácsikám."

"Ő nem ért engem. És nem hiszem, hogy valaha is képes lesz rá. Én érted vagyok itt, és csakis érted" - mondta Alfréd, a hattyú. Horkantott, aztán bebújt a paplanba, és ismét álomba merült.

Samu bácsi csak nézte, miközben a hattyú megélénkült, és feszülten nézte E-Z-t.

Kifelé menet Sam bácsival becsukták az ajtót, és visszamentek a konyhába beszélgetni.

E-Z olyan fáradt volt, hogy alig tudta nyitva tartani a szemét.

"Nem várhat ez reggelig?" - kérdezte.

Sam megrázta a fejét.

"Oké, akkor tessék. Először is, kiütöttem egy baseball-labdát a parkból. Aztán körbefutottam vagy körbekerekeztem a bázisokat. Aztán csapdába estem egy golyó alakú konténerben, ahonnan nem volt kiút. Aztán beszélhettem egy hollandiai kislánnyal. Odamentem, hogy megmentsem őt. A neve Lia, és az anyja hívni fog téged. Megállítottam egy járművet, hogy ne ártson gyerekeknek, Londonban, Angliában. Aztán találkoztam Alfréddal, a trombitás hattyúval. És most, hogy már képben vagy - m ehetek aludni, kérlek?"

"És mit mondjak, amikor felhív?" Sam érdeklődött. "Még csak nem is ismerjük ezeket az embereket, de hagynunk kellene, hogy itt lakjanak velünk a házban. Velünk és Alfréddal, a hattyúval?"

"Igen, kérlek, menjetek bele. Itt egy terv van a háttérben, és még nem ismerem az összes részletet. Liának képességei vannak, szemei a tenyerében, és képes olvasni a gondolataimban és megállítani az időt. Alfrédnak, a hattyúnak is vannak képességei, tud olvasni a gondolataimban és tud beszélni. Azt hiszem, mi hárman valamilyen módon kapcsolatban állunk, talán a próbák miatt. Nem tudom. Bármi megtörténhet, ha Eriel éjjel-nappal kémkedik utánam - mondta E-Z.

A folyosón haladva hallották a hattyú lábának csattogását, ahogy végiggázolt. "Túl éhes vagyok ahhoz, hogy aludni tudjak - mondta A lfréd, a hattyú.

"Milyen dolgokat eszel?"

"A kukorica jó, vagy kiengedhetsz hátra, és szerzek magamnak egy kis f üvet."

"Van kukoricánk?" E-Z megkérdezte.

"Csak fagyasztott" - mondta Sam bácsi. "De a magokat meleg víz alatt megfuttathatom, és egy pillanat alatt kész lesz."

"Mondd meg neki, hogy köszönöm" - mondta Alfréd, a hattyú. "Ez nagyon kedves tőle."

Sam bácsi egy tányérra tette a kukoricát, és Alfréd megette, amit kínált. Bár még mindig éhes volt, és ki kellett ürítenie a hólyagját, ezért kérte, hogy mégiscsak kimehessen. Amíg kint volt, részt vett a gyepen.

E-Z és Sam bácsi néhány másodpercig figyelte a hattyút.

"Remélem, a szomszéd csivava nem ugrik be látogatóba - mondta Sam bácsi. "Az a hattyú akkora, hogy a frászt hozná rá."

E-Z nevetett. "Képzeld el, mit tenne, ha a kutya úgy értené, mint én?"

Alfréd, a hattyú otthon érezte magát. Biztos volt benne, hogy boldog l esz itt.

9. FEJEZET

Később Alfréd, a hattyú kérte, hogy négyszemközt beszélhessen E-Z-vel.

"Itt bármit elmondhatsz" - mondta E-Z. "Sam bácsi nem ért téged, emlékszel?"

"Igen, tudom. De ez csak illem kérdése. Az ember nem beszélget valakivel, amikor egy másik jelen van, különösen, ha vendégként van a másik otthonában. Az, nos, eléggé udvariatlan lenne. Sőt, nagyon is u dvariatlan."

E-Z csak most vette észre, hogy Alfréd, a hattyú brit akcentussal beszélt.

"Megbocsátana?" kérdezte E-Z.

Sam bácsi bólintott, és E-Z bement a szobájába, Alfréd, a hattyú pedig követte.

"Oké" - mondta E-Z. "Mondd el, miért küldött ide Ariel, és pontosan mit szándékozol tenni, hogy segíts nekem?"

Most, hogy E-Z az ágyában feküdt, a hattyú körbe-körbe suhant, miközben a paplanba gyűrődött, és próbálta magát kényelembe helyezni.

"Alhatsz az ágy alján - mondta E-Z, és odadobott egy párnát.

"Köszönöm - mondta Alfréd, a hattyú. A párnára battyogott, és addig püfölte úszóhártyás lábával, amíg kényelmesen elhelyezkedett. Aztán l eguggolt.

"Most pedig kezdjük el - mondta Alfréd.

E-Z, most már pizsamában hallgatta, ahogy Alfréd elmeséli a történetét.

"Egyszer én is ember voltam."

E-Z zihált.

"Jobb, ha nem szakítasz félbe, amíg be nem fejezem" - szidta a hattyú. "Különben a mesém csak folytatódik, és egyikünk sem fog aludni."

"Bocsánat" - mondta E-Z.

A hattyú folytatta. "A feleségemmel és két gyermekemmel éltem. Hihetetlenül boldogok voltunk, amíg egy vihar át nem fújt rajtunk, és le nem rombolta a házunkat, és mindannyiukat meg nem ölte. Túléltem, de nélkülük nem akartam. Aztán eljött hozzám egy angyal, Ariel, akivel találkoztál, és azt mondta, hogy még egyszer láthatom mindannyiukat, ha beleegyezem, hogy segítek másokon. Szeretek másokon segíteni, és ez célt adna nekem. Emellett nem volt más l ehetőségem, ezért beleegyeztem."

"Neked vannak próbáid?" E-Z megkérdezte. Tévesen azt feltételezte, hogy Alfréd meséje már befejeződött.

"Az én történetem még nem ért véget" - mondta Alfréd, a hattyú, meglehetősen haragosan. Aztán folytatta. "Ez a történetem lényege. Nekem nincsenek próbáim, mert nem vagyok kiképzés alatt álló angyal. Az én szárnyaim nem olyanok, mint a ti szárnyaitok. Én egy hattyú vagyok, bár a szokásosnál nagyobb hattyú. A fajtám neve Cygnus Falconeri, amit óriáshattyúnak is neveznek. A fajom már régen kihalt. A célom meghatározatlan volt. Megrekedtem a kettő között, sodródtam az időben, mert hibát követtem el. De erről most nem akarok beszélni. Amikor láttam, hogy megmentetted azt a kislányt, felhívtam Arielt, és megkérdeztem, hogy a szolgálatodra lehetek-e. Megszidott, amiért megszöktem, és visszakerültem a köztes világba. Onnan ismét megszöktem, és segítettem neked a repülővel, Ariel pedig megkérte O

phanielt, hogy adjon még egy esélyt. Most már van célom - segíteni n
eked."

"És Ophaniel beleegyezett? De mi a helyzet Eriellel?"

"Eleinte nem voltak. Azért, mert Hadz és Reiki feljelentett, amiért
segítettem nektek azzal, hogy megidéztem a madárbarátaimat. Amikor
hallottam, hogy a bányákba küldték őket, és újra megszöktek, Ariel
felvetette az ügyemet, és Ophaniel beleegyezett. Erielről nem tudok. Ő
mentorod?"

"Igen, ő vette át Hadz és Reiki helyét. Ők ki-beugráltak, ő viszont azt
mondja, mindig látja, hol vagyok, és mit csinálok."

"Ez túlzásnak hangzik. Mégis, egyszer szeretnék találkozni vele.
Egyelőre egy csapat vagyunk. Segíthetek neked, hogy egy nap én is újra a
családommal lehessek. Szóval, ahová te mész E-Z, oda megyek én is."

E-Z a párnára hajtotta a fejét, és lehunyta a szemét. Hálásnak érezte
magát minden segítségért. Elvégre a hattyú segített neki a múltban a r
epülővel.

"Nem állok az utadba - mondta Alfréd, a hattyú. "Tudom, azt
gondolod, hogy egy logikátlan páros vagyunk, és amikor Lia megérkezik,
még logikátlanabb trió leszünk, de..."

"Várj" - mondta E-Z. "Te tudsz Liáról? Honnan?"

"Ó igen, mindent tudok rólad és mindent tudok róla, és még többet
is tudok. Hogy mi hárman össze vagyunk kötve. Előre elrendelt, hogy
együtt dolgozzunk." Kinyújtotta az állkapcsát, ami úgy nézett ki, mintha
ásítani próbálna. "Túl fáradt vagyok ahhoz, hogy ma este tovább
beszélgessek." Nemsokára Alfréd, a hattyú horkolt.

E-Z átfutott fejben mindent, amit a hattyúkról tudott. Ami nem volt
sok. Reggel majd utánanéz Alfréd fajának.

Kíváncsi volt, hogy PJ és Arden mit szólnak majd Alfrédhoz. Be kell-e
mutatnia őket, vagy Alfréd lehet titok?

Ököllel felborzolta a párnáját, és felkészült az alvásra.

Felébresztette Alfrédot, és nyűgös volt emiatt.

"Muszáj ezt csinálnod?" Kérdezte Alfréd.

"Bocsánat" - mondta E-Z.

10. FEJEZET

ÁSNAP REGGEL E-Z ARRA ébredt, hogy Sam bácsi dörömböl az ajtaján. "Ébresztő E-Z! PJ és Arden már úton vannak, hogy elvigyenek az iskolába".

E-Z ásított és kinyújtózott. Felöltözött, majd a székébe manőverezte magát. Mivel Alfréd még aludt, iskola után kiosont hozzá.

"Nélkülem nem mehetsz sehova!" Alfréd azt mondta. Tollait összevissza rázta, majd leugrott a padlóra.

"Nem mehetsz velem az iskolába. Háziállatokat nem lehet bevinni."

"E-Z, gyere már, fiam!" Kiáltott Sam bácsi a konyhából. "Különben lemaradsz a reggeliről."

E-Z gyomra korgott, amikor a pirítós illata feléje szállt. "Jövök!"

Mivel nem volt ideje vitatkozni, E-Z kinyitotta az ajtót. Épp akkor ért be a konyhába, amikor Arden és PJ megérkezett. Odakintről dudálás adta tudtára, hogy ott vannak.

"Jól van, jól van!" Kiáltotta E-Z, miközben felkapott egy szelet pirítóst. Végigment a folyosón, miközben új pókhálós társa a háta m ögött haladt.

PJ kiszállt a kocsiból, hogy besegítsen E-Z-nek, és rögzítette a kerekesszékét a csomagtartóban. Miközben becsukta, észrevette, hogy Alfred megpróbál beszállni a járműbe.

"Uh, az a valami nem fér be a kocsiba" - kiáltotta PJ.

Arden letekerte az ablakot.

"Ez meg mi a fene? Lemaradtam egy emlékeztetőről, amiben azt írták, hogy ma Show and Tell-t tartunk?" Elvigyorodott.

"Az egy hattyú?" Mrs. Handle PJ anyja érdeklődött.

"Vagy ez az izé a rajongói klubod elnöke?" PJ vigyorogva kérdezte.

A kocsiban ülve E-Z válaszolt. "Túl öregek vagyunk a mutogatásokhoz" - nevetett. "A hattyú az én projektem. Egy kísérlet, mint a vakvezető kutya egy vak embernek. Ő a kerekesszékes társam." Becsatolta Alfrédot a biztonsági övbe.

PJ elment, hogy elöl üljön az anyja mellé.

Alfréd, a hattyú azt mondta: "Nem akarsz bemutatni?".

Mrs. Handle kihúzta a kocsit, és elindultak az iskola felé.

"Alfréd - nézett E-Z a barátaira -, ismerd meg Mrs. Handle-t. És a két legjobb barátom, PJ és Arden. Mindenki, ő itt Alfréd, a trombitás hattyú". E-Z keresztbe fonta a karját.

Alfred azt mondta: "Húúúú". E-Z-nek azt mondta: "Hihetetlenül örülök, hogy megismerhetlek. Fordíthatsz nekem."

"Honnan tudod a nevét?" PJ megkérdezte.

"Ugye nem váltál át, hogy is hívták, a fickóvá, aki tudott beszélni az állatokkal, ugye E-Z? Kérlek, mondd, hogy nem. Bár, igazi pénznyerő tehén lehet belőle. Értékesíthetnénk a tehetségedet. Kérdezzünk, és tegyük fel a válaszokat a saját YouTube csatornánkra. Hívhatnánk E-Z Dickensnek, a hattyúsuttogónak."

"Kiváló ötlet!" Mondta PJ, amikor az anyja megállt egy zebránál. "Néhány évvel ezelőtt valószínűleg milliókat kerestünk volna az interneten. Manapság az online pénzt keresni durva dolog. Nagyon m egszorongatták."

"Ne légy udvariatlan" - mondta Mrs. Handle, miközben továbbhajtott.

"A személy, akire ő utal, Doktor Dolittle" - ajánlotta fel Alfred. "Ez egy tizenkét könyvből álló regénysorozat volt, amelyet Hugh Lofting írt. Az első könyv 1920-ban jelent meg, és a többi követte, egészen 1952-ig. Hugh Lofting 1947-ben halt meg. Ő is brit volt. Berkshire-i születésű és n evelt ember."

"Tudom, kire gondolnak" - mondta E-Z Alfrednak. "És nem, én nem vagyok az."

Arden azt mondta: "Remélem, a hattyútársad ma nem lopja el tőlünk az összes lányt. Tudod, hogy a lányok mennyire szeretik a tollas dolgokat."

Mrs Handle megköszörülte a torkát.

"Az én időmben eléggé nőcsábász voltam" - mondta Alfred, amit egy újabb "Húúúúú!" követett, amit PJ-nek és Ardennek címzett.

PJ azt mondta: "A hattyútársad nagyon megörült nekem".

Arden megkérdezte: "Melyik madárfilm nyert Oscar-díjat?".

PJ azt válaszolta: "A szárnyak ura".

Arden megkérdezte: "Hová fektetik a madarak a pénzüket?".

PJ így válaszolt: "A gólyapiacon!"

"A barátaidat könnyű szórakoztatni" - mondta Alfréd. "Ők két tökfilkó, ugyanabból a ruhából faragták őket. Már értem, miért kedveled őket. Nekem meg Mrs. Handle tetszik. Csendes és kiváló sofőr."

E-Z nevetett.

"Örülök, hogy élvezed a reggeli humort" - mondta PJ.

"Nem igazán" - mondta Alfred. "Különben is, ti ketten igazi bunkók vagytok."

Arden és PJ kétszer is megnézte magát.

E-Z is kétszeresen nézte a kettős nézésüket. "Micsoda?"

"Nem hallottátok?" - mondták mindketten egybehangzóan. "A hattyú tud beszélni - méghozzá brit akcentussal. Ó, ember, a lányok nagyon fogják szeretni."

Mrs. Handle megrázta a fejét. "Ne játsszátok a buta koldusokat, ti k etten!"

E-Z Alfrédra, a hattyúra nézett, aki zavarodottnak tűnt.

Alfréd megpróbálkozott egy saját viccel, hogy lássa, tényleg értik-e őt. "Miért zümmögnek a kolibrik?" - kérdezte.

A három fiú nézte, egyértelmű volt, hogy most már Arden és PJ is érti őt.

Alfréd mondta a poént: "Mert persze nem ismerik a szavakat".

PJ és Arden nevetett, mondhatni, de leginkább kiakadtak.

"Hogy lehet, hogy most már ők is értenek téged?" Kérdezte E-Z. "Először nem tudtak, most meg tudnak. Azt hittem, azt mondtad, hogy csak én. És Sam bácsi miért nem tudott megérteni téged?"

Most, hogy ők is megértették őt, Alfréd öntudatosnak érezte magát. E-Z-nek suttogta: "Őszintén szólva nem tudom. Hacsak, amiért itt vagyok, annak is van valami köze hozzájuk."

"És nem tartozik bele Sam bácsi? Vagy Mrs. Handle?"

"Talán nem" - válaszolta Alfréd.

"És hol, hol találtad ezt a beszélő hattyút?" Arden megkérdezte.

"És miért hozod őt az iskolába?" PJ kérdezte.

Mrs. Handle felszisszent. "Mindannyian nagyon buták vagytok. E-Z azt mondja, hogy ő egy társas hattyú. Nem tud beszélni."

"Először is, ő nem csak egy hattyú, hanem egy Cygnus Falconeri. Más néven óriáshattyú, és egy olyan faj, amely évszázadok óta kihalt."

"Nem sok hattyút láttam a valóságban" - mondta Arden. "Amiket a természetcsatornán láttam, azok nem tűntek olyan nagynak, mint ő. Hatalmasak a lábai! És mi történik, ha, tudod, vécére kell mennie?"

"Az átlagos óriáshattyúnak 190-210 centiméter között van a csőr és a farok hossza" - ajánlotta fel Alfréd. "És ha mégis, akkor a füvet fogom használni - a sportpályának elegendő helyet kell biztosítania ahhoz, hogy etessem és elvégezzem a dolgomat, ha és amennyiben szükség van rá."

"Úgy érted, hogy megeszed a füvet, és utána a fűre mész?" PJ azt mondta.

"Fúj!" Mondta Arden.

Most már szörnyen közel voltak az iskolához, ezért E-Z elmagyarázta. "Nem tudok részleteket mondani, mert nem igazán ismerem őket. Csak annyit tudok biztosan, hogy Alfréd azért van itt, hogy segítsen nekem, és sokat fogsz vele találkozni."

"Nem hiszem, hogy beengedik az iskolába" - mondta Arden.

"Nem lesz gond, hiszen én vagyok a társad" - mondta Alfréd.

PJ, Arden és Alfréd nevettek, amikor a kocsi megállt az iskola előtt.

"Hívjatok, ha szeretnétek, hogy iskola után értetek menjek - mondta Mrs. Handle.

"Köszönöm - válaszolták.

Miután E-Z székét kivették a csomagtartóból, Mrs. Handle elhúzott a járdaszegélyről.

A barátai segítettek neki beülni, Alfred pedig felrepült, és a vállára ült. Az iskola bejárata felé vették az irányt, ahol Pearson igazgató úr épp a diákokat uszította befelé.

"Jó reggelt, fiúk - mondta hatalmas mosollyal az arcán. Egészen addig, amíg észre nem vette Alfrédot, a hattyút. "Mi ez az izé?" - kérdezte.

"Ő egy társas hattyú" - mondta E-Z.

"Pontosabban egy Cygnus Falconerie" - mondta Arden.

"Velünk van - mondta PJ.

Pearson igazgató keresztbe fonta a karját. "Az az izé, a Cygnus micsodamacallit nem jön be ide!"

Alfred azt mondta: "Semmi baj, E-Z. Ne csináljunk jelenetet. Itt leszek, amikor vége az óráitoknak. Később találkozunk." Alfréd felrepült, és leszállt az épület tetejére. Megnézte a kilátást, mielőtt lerepült volna a focipályára. Rengeteg fű volt, amit rágcsálhatott. Amikor jóllakott, keresett egy árnyékos helyet egy fa alatt, és elszundított.

Pearson igazgató megrázta a fejét, majd tartotta az ajtót E-Z-nek és a barátainak. Odabent megszólalt az ötperces figyelmeztető csengő.

Ez az iskolai nap E-Z és barátai számára eseménytelenül telt.

Erielről még mindig nem érkezett hír az újabb próbákról.

11. FEJEZET

Alfréd belerázódott az új rutinjába. Az iskolában a gyerekek megismerték - bár csak E-Z és a barátai tudták, hogy tud beszélni.

Ezen a napon az iskola előtt Alfréd várta E-Z-t, és megkérdezte: "Beszélhetünk?".

E-Z körülnézett; még mindig nem akarta, hogy a többi diák meghallja, amint egy hattyúval beszélget. Azt suttogta: "Uh, nem várhat ez, amíg h azaérünk?".

"Ó, értem" - mondta Alfréd. "Még mindig öntudatosnak érzed magad, amikor beszélgetünk. Ami érthető, de a gyerekek szeretnek itt engem. Sorban állnak, hogy megsimogassanak, hogy megetessenek. Különben is, Sam bácsi nem lesz itthon? Négyszemközt kell beszélnem veled."

"Mivel ő még mindig nem ért téged, akkor is egyedül beszélgetsz velem, amikor otthon vagyunk."

"De ez az ügy némi aggodalomra ad okot, és meglehetősen időigényes" - mondta Alfréd.

PJ lehúzódott mellettük a járdaszegélyre. Arden megkérdezte, nem akarják-e, hogy hazavigyék őket.

"Ööö, srácok. Sajnálom, de ma gyalog megyek haza Alfréddal. Fontos információkat kell átadnia nekem."

PJ és Arden megrázták a fejüket. Arden azt mondta: "Arra számítottunk, hogy egyszer átdobnak minket egy lányért - nem egy madárért". Kuncogott.

"És mi lesz a játékkal?" Arden megkérdezte.

"Ma van a mai nap, a játék pedig csak holnap lesz. Bocs, srácok."
E-Z felvette a tempót. A kocsi elkúszott mellette, majd a kerekek
csikorogásával elrobogott.

"Plonkers" - mondta Alfréd.

"Jót akarnak. Most mi olyan fontos?"

"Hallottál mostanában valamit Liáról? Aggódom érte." Alfréd E-Z
mellett battyogott, és menet közben lecsipkedte egy pitypang fejét.

"Miért aggódsz? Ha nincs hír, az jó hír, nem igaz?"

"Nos, valójában hallottam felőle, és történt egy... nos, egy zavarba ejtő
új fejlemény."

E-Z megállt. "Mesélj még."

"Menj tovább" - mondta Alfréd, most éppen egy margaréta fejét csípte
le. "Lia és az anyja már úton vannak ide. Valamikor holnap érkeznek m
eg."

"Mi ez a nagy sietség? Úgy értem, igen, ez egy meglepetés. Tudtuk,
hogy hamarosan jönnek. Mi ebben a zavarba ejtő?"

"Nem ez a zavarba ejtő."

"Ne húzd az időt, és köpd ki!"

"Lia már nem hétéves - most már tízéves."

"Micsoda? Az lehetetlen."

"Gondolod, hogy hazudna?"

"Nem, nem hiszem, hogy hazudna, de - ennek semmi értelme. Az
emberek nem nőnek hétről tízévesre hetek alatt."

"Azt mondta, hogy elment aludni. Másnap reggel bement a konyhába
reggelizni, és a dadus sikoltozni kezdett. Így jött rá, hogy egy éjszaka alatt
három évet öregedett."

"Hűha!" E-Z felkiáltott.

"És van még más is."

"Több is. El sem tudok képzelni ennél többet."

"Sikerült meggyőznie az anyját, hogy nem volt szükség arra, hogy az egész látogatás alatt itt maradjon. Elfoglalt üzletasszony. Elég sok győzködés kellett hozzá. Lia azt mondta, hogy jobban járna, ha figyelembe venné Sam tapasztalatait veled és a próbákkal kapcsolatban. Az anyja beleegyezett, néhány feltétellel."

"Például?"

"Hogy kedveli Sam bácsit."

"Mindenki szereti Sam bácsit."

"Továbbá, hogy magyarázd meg neki, hogyan öregedhetett meg a lánya így egyik napról a másikra."

"És pontosan hogyan kellene ezt megtennem?"

"Hogy őszinte legyek," mondta Alfréd, "fogalmam sincs. Ezért akartam négyszemközt beszélni veled. Úgy értem, Sam bácsi tudja, hogy Lia jön, ugye?"

E-Z bólintott: "Azt hiszem, igen, ha már úton vannak."

"De ő egy hétéves kislányra számít, amikor egy tízéves fog megjelenni a küszöbén."

E-Z ismét megállt. Samu bácsi. Eszébe sem jutott, hogy Sam bácsinak egy tízéves kislánnyal kell foglalkoznia. "Nem vagyok benne biztos, hogy valaha is említettem neki Lia korát!"

Alfréd tovább nyúlkált. "Hallottam már arról, hogy az emberek gyorsan öregednek. Van egy Progeria nevű betegség. Ez egy genetikai betegség, elég ritka és elég halálos. A legtöbb gyerek nem éri meg a tizenhárom évet, Lia pedig már tíz éves, úgyhogy ki kell derítenünk, mi helyzet."

"Hogy van az a dolog, amit mondtál."

"Progeria."

"Igen, Progeria, hogyan fertőződik?" E-Z kérdezte.

"Úgy tudom, hogy az első pár évben történik. És a gyerekek általában eltorzulnak."

"Lia az üveg miatt torzult el, nem betegség. Van rá gyógymód?"

"Nincs gyógymód. De E-Z, van még valami más is. Valami köze van a kezében lévő szemekhez. Újak, és a betegség is új. Túl nagy véletlen, nem gondolod?"

E-Z elgondolkodott ezen, és úgy döntött, Alfrédnak igaza van. Túl nagy véletlen egybeesés volt. De mit akart tenni ez ügyben? Hívja fel Erielt? "Ismered Erielt?"

Alfréd lelassította a lépteit, és E-Z is lassított. Már majdnem otthon voltak, és meg kellett beszélniük ezt a dolgot, mielőtt találkoznak Sam bácsival. "Igen, hallottam róla. De mint tudod, Eriel nem az én angyalom. Találkoztál a mentorommal, Ariellel, és ő a természet angyala, ezért vagyok olyan állapotban, mint egy ritka hattyú. Lehet, hogy tud segíteni, de ehhez meg kell várnunk a k övetkező megjelenését."

"Úgy érted, nem tudod megidézni őt?"

Alfréd bólintott. "Képes vagy megidézni Erielt tetszés szerint?"

E-Z nevetett. "Nem egészen akarattal, de elérhető. Bár, tudod, eléggé idegesítő, és nem szereti, ha hívják vagy megidézik." E-Z halkan elgondolkodott, és Alfréd is így tett. A házuk már a látótávolságban volt, és Sam bácsi otthon volt, mivel a kocsija a felhajtón parkolt. "Szerintem várjuk meg, mi lesz Liával".

"Egyetértek" - mondta Alfred, miközben lelépett az ösvényről, és egy kis füvet húzott ki a földből, és rágcsálta. E-Z figyelt. "Inkább nem eszem túl sok füvet; mármint pázsitfűvet. Ezt eszem egész nap, amikor te az iskolában vagy - kivéve azt a néhány virágot, amit találok. Most épp arra van kedvem, hogy a nedves anyagból egyek, ami a víz alatt nő. Az frissebb és lédúsabb."

"Ezt teljesen megértem - mondta E-Z. "Szeretek salátát enni, amikor friss és ropogós. Nem szeretem annyira, amikor zacskókban jön, és csak úgy lehet lenyelni, ha salátaöntetbe öntjük."

"Tényleg hiányzik az emberi étel."

"Mi hiányzik a legjobban?"

"A sajtburger és a sült krumpli, kétségtelenül. Ó, és a ketchup. Mennyire szerettem azt a sűrű, piros, ragacsos szószt, ami mindenre m egy."

"Talán nem is lenne olyan rossz, fűre kenve?" E-Z nevetett, de Alfréd elgondolkodott.

"Hajlandó lennék kipróbálni."

"Írjuk fel a bakancslistádra" - mondta E-Z.

"Mi az a bakancslista?" Alfred megkérdezte.

12. FEJEZET

E-Z ELGONDOLKODOTT ALFRÉD KÉRDÉSÉN. Alfréd nem tudta, mi az a bakancslista... és a kifejezést 2007-ben találták ki. Az azonos című Nicholson/Freeman filmben. Magyarázta anélkül, hogy túlságosan részletekbe bocsátkozott volna.

"Ez egy nagyon érdekes ötlet - mondta Alfréd, és felborzolta a tollát. "De mi értelme van bakancslistát vezetni? Biztos, hogy mindenre emlékeznél, amit igazán meg akarnál tenni?"

"Tudod, Alfred, nem vagyok benne egészen biztos. Azt hiszem, ez talán a korral függhet össze. Az öregedéshez és a memória elvesztéséhez."

"Érthető."

Tovább folytatták útjukat, és hazaérkeztek. Amikor E-Z feltekerte magát a rámpára, Alfréd felpattant. A hattyú csapkodott a szárnyaival, hogy segítsen a felfelé tartó lendületben. A tetején, amikor E-Z kinyitotta az ajtót, ismeretlen hangot hallottak.

"Jaj, ne, már itt is vannak!" Mondta Alfréd.

"Figyelmeztethettél volna!" E-Z válaszolt, miközben a nappaliba menet a táskáját egy kampóra pakolta.

"Nyilvánvalóan megtettem volna, ha tudtam volna!"

Lia felállt.

E-Z számára a tízéves Lia feltűnően másnak tűnt, egészen addig, amíg fel nem tartotta a nyitott tenyerét.

Lia visított, odaszaladt hozzá, és megölelte. Aztán megölelte Alfrédot, és azt mondta, hogy hihetetlenül boldog, hogy végre találkozhat vele.

Lia anyukája, Samantha is ott állt, és nézte, ahogy a lánya megöleli a fiút, aki megmentette az életét. Az angyal/fiú a kerekesszékben. A lánya említette Alfrédot, de azt nem, hogy ő egy óriási hattyú.

Samu bácsi felállt és azt mondta: "Ó, E-Z! Hála az égnek, hogy itthon vagy!" Közelebb lépett az unokaöccséhez. Aztán kínosan javasolta, hogy menjenek be a konyhába frissítőkért.

"Jól vagyunk - mondta Samantha.

Sam ragaszkodott hozzá, hogy mégis menjenek be a konyhába.

"Ööö - dadogta E-Z. "Szeretnék inni valamit."

Sam felsóhajtott.

"Ne fáradj velünk" - mondta Samantha.

"Egyáltalán nem baj" - mondta Sam, és E-Z székét a nappali kijárata f elé tolta.

"Lia, nagyon szép vagy - mondta Alfred, és lehajtotta a fejét, hogy a lány megsimogathassa.

"Köszönöm - mondta Lia elpirulva. E-Z irányába pillantott, amikor kiléptek a szobából, de a férfi nem vette észre, mert a tekintete a nagybátyján volt.

Amint a konyhában voltak, Sam leparkolta az unokaöccsét. Kinyitotta a hűtőt, majd újra becsukta. Odament a szekrényhez, kinyitotta az ajtaját, é s újra becsukta.

"Mi a baj?" E-Z kérdezte.

"Én, én nem számítottam rájuk ilyen hamar, és amúgy is, mit esznek és isznak a hollandok? Nem hiszem, hogy van valami megfelelő a házban. Menjek el, és szerezzek valami különlegeset?"

"Ők is olyan emberek, mint mi, biztos vagyok benne, hogy bármit megkóstolnak, ami nálad van. Ne gondold túl a dolgot."

"Segíts nekem, kölyök. Milyen dolgokat szolgáljunk fel? Sajtot és kekszet? Valami meleg ételt, grillezett sajtos szendvicset? Van víz, meg gyümölcslé és üdítők."

"Oké, egyelőre maradjunk a sajtos-kekszes dolognál. Meglátjuk, hogy megy ez. És egy tálca válogatott italokat."

Sam felsóhajtott, és mindent egy tálcára rakott. "Ó, szalvéták!" - mondta, és egy halom szalvétát vett elő a fiókból.

"Minden kész?" E-Z megkérdezte.

"Kösz, kölyök" - mondta Sam, miközben felvette az ételekkel és italokkal teli tálcát. Beindult a nappaliba, unokaöccse pedig követte őt. Sam mindent letett az asztalra, majd felpattant, és azt mondta: "Oldaltányérok!", majd elhagyta a szobát, és nem sokkal később v isszatért az említett tárgyakkal.

E-Z Lia irányába pillantott, amikor belekortyolt az italába. Még mindig kislánynak látta a lányt, bár már nem volt az. A haja hosszabb v olt.

Lia anyja még kényelmetlenebbül nézett ki, mint Sam bácsi. Egy kekszet babrált, de nem harapott bele. A pohár italt ide-oda mozgatta, de nem ivott belőle. Néha-néha Sam bácsi irányába pillantott, de nem sokáig. Aztán nagyon hangosan felsóhajtott, és v isszament az ételével babrálni.

"Milyen volt a repülőút?" E-Z kérdezte.

"Könnyű-gyerekes volt ahhoz képest, hogy veled repültem" - mondta Lia. Elnevette magát, és az üdítő majdnem kijött az orrán. Hamarosan mindannyian nevettek, és egyre nyugodtabban érezték m agukat.

Alfréd felszabadultan csevegett, tudva, hogy csak Lia és E-Z érti őt. "Most már együtt vagyunk, a Hármak. Ahogy annak lennie kellett."

Lia és E-Z pillantást cseréltek.

Alfréd folytatta. "Folyton azon tűnődöm, miért hoztak össze minket. E-Z, te meg tudsz menteni embereket, és szuper-duper erős vagy, ráadásul tudsz repülni, ahogy a széked is. Lia az erőd a látásodban rejlik. Tudsz olvasni a gondolatokban. Abból, amit E-Z mondott nekem, neked van fényerőd és meg tudod állítani az időt.

"Én, én tudok utazni, repülni az égen, és néha meg tudom mondani, hogy mikor fognak történni dolgok, mielőtt megtörténnek. A gondolatokban is tudok olvasni, de nem mindig. Emellett a legtöbb ember szereti a hattyúkat. Néhányan azt mondják, hogy angyalok vagyunk. Sőt, vannak, akik szerint a hattyúknak megvan az erejük, hogy az embereket angyalokká változtassák. Nem tudom, hogy ez igaz-e. Én magam minden élő, lélegző dolognak tudok segíteni, hogy m eggyógyuljon."

Az utolsó rész új volt E-Z számára. Többet akart megtudni.

Alfréd önként jelentkezett: "Az önátadás az első lépés".

E-Z és Lia elmerült a gondolatokban Alfréd vallomása kapcsán.

"Most mit tegyünk?" Kérdezte Lia.

"Minden csapatnak szüksége van egy vezetőre, egy kapitányra. Én E-Z-t jelölöm" - mondta Alfréd.

"Támogatom a jelölést" - mondta Lia.

Lia és Alfréd emelte poharát E-Z-re. Sam bácsi és Lia anyukája, Samantha is csatlakozott a koccintáshoz. Bár fogalmuk sem volt, hogy miért koccintanak mindannyian.

E-Z mindannyiuknak köszönetet mondott. De legbelül azon tűnődött, hogyan fog ez az egész működni. Hogyan, hogyan fog vezetni egy kislányt és egy trombitahattyút? Hogyan fogja őket biztonságban tartani és távol tartani a veszélytől?

Sam bácsi és Samantha felajánlotta, hogy takarítanak, míg a trió visszament a nappaliba.

"Ez jó alkalom lesz arra, hogy egy kicsit jobban megismerjék egymást -
mondta Alfred.

"Igen, anya még soha nem volt ilyen ideges. A munkája miatt rengeteg
emberrel találkozik, és úgy beszél velük, még vadidegenekkel is, mintha
mindig is ismerte volna őket. Szerintem ez a sikerének egyik titka.
Sammel viszont olyan csendes, mint egy egér, és ideges."

"Talán az időeltolódás miatt" - javasolta E-Z.

Alfréd felnevetett. "Nem, ők vonzódnak egymáshoz. Mindketten túl
fiatalok vagytok ahhoz, hogy észrevegyétek, de volt valami vibrálás a le
vegőben."

"Tényleg, anyám bele van zúgva Sambe?"

"Sam bácsi is kínos volt - de mostanában nem sok lánnyal találkozik,
mivel otthonról dolgozik, és ideje nagy részét azzal tölti, hogy nekem
segít. Arra szavazok, hogy váltsunk témát."

"Én is" - mondta Lia.

"Ti ketten nem vagytok viccesek."

"Azt hiszem, itt az ideje, hogy megidézzük Erielt" - mondta E-Z.
"Biztosan ő hozott össze minket. Be kell avatni minket a tervbe. Hogy
tudjuk, mit várnak tőlünk és mikor."

"Ki az az Eriel?" Lia megkérdezte. "Emlékszem, hogy korábban
megkérdezted tőlem, ismerem-e őt."

"Ő egy arkangyal, és ő volt a mentora a próbáimnak. Legalábbis az
utóbbi néhányat."

"Az én angyalom, akitől a kézlátás ajándékát kaptam, Hanielnek
hívják. Ő is arkangyal. Ő a föld gondozója."

Ez meglepte E-Z-t. Ha mindannyian a saját angyaluknak dolgoztak,
akkor miért hozták össze őket? Az egyik angyal hatalmasabb volt a
másiknál? Ki volt a főnök angyal? Ki kinek felelt?

"Nagyon szeretném tudni, hogy mi folyik itt - mondta Alfréd.

"Csak annyit tudok - mondta Lia -, hogy a baleset után megkérdezték tőlem, hogy lennék-e a három közül az egyik. És most, voilá, itt vagyunk."

Sam bácsi és Samantha bejöttek a szobába. Még egy darabig beszélgettek együtt, amíg Samantha, aki fáradt volt a repüléstől, elment a szobájába. Sam bácsi is a szobájába ment.

"Menjünk be a szobámba, és beszélgessünk" - mondta E-Z.

Lia és Alfréd követték. Néhány órás beszélgetés után a trió rájött, hogy rengeteg kérdésük van, de kevés válaszuk. Lia elment a szobájába, amelyet az édesanyjával osztott meg. Alfréd E-Z ágyának szélén aludt. E-Z horkolt tovább. Holnap egy újabb nap volt - akkor majd kitalálják, mi legyen.

13. FEJEZET

ÁSNAP REGGEL LIA KIVITTE a tál gabonapelyhet a hátsó kertbe. A nap már felkelt az égen, felhőtlen nap volt, és közeledett a tíz óra, Alfréd az ösvény melletti füvön csámcsogott.

Lia átadta E-Z-nek a tálját, majd leült a teraszon lévő napernyő alá, és evett egy kanál Cornflakes-t.

"Az észak-amerikai kukoricapehelynek más az íze, mint a hollandiaiaknak".

"Mi a különbség?" Kérdezte E-Z.

"Itt mindennek édesebb az íze."

"Úgy hallottam, hogy a különböző országokban más-más receptet használnak. Kérsz valami mást?" A lány egy fejrázással utasította vissza. "Nem tudtam aludni tegnap este" - mondta E-Z, miközben újabb kanál Captain Crunchot vett be.

"Bocsánat, túl sokat horkoltam?" Alfréd érdeklődött, miközben az arcát a harmatos fűbe túrta.

"Nem, jól voltál. Sok minden járt a fejemben. Úgy értem, mindannyian itt vagyunk. A három - és nekem már rég nem volt tárgyalásom... Mióta Hadz és Reiki lefokozták, nem tudom, mi folyik itt. Az Eriel elleni utolsó csata után - amit egyébként én nyertem - nem hallottam semmit Erielről. Ez idegesít. Kíváncsi vagyok, mit álmodik ki, hogy megkeserítse az életemet."

Alfréd távolabb kacsázott a kertben, amikor egy egyszarvú szállt le a f
űre.

"Szolgálatodra" - mondta Kis Dorrit.

Az egyszarvú odabújt Liához, miközben a lány felállt, és homlokon c
sókolta.

Fölöttük kék csíkban égi írás kezdődött. A szavakat írta ki:
KÖVESS ENGEM.

E-Z széke felemelkedett: "Gyere!" - kiáltotta.

Kis Dorrit meghajolt, és engedte, hogy Lia felüljön rá.

Alfréd csapkodott a szárnyaival, és csatlakozott a többiekhez.

"Van ötleted, merre tartunk?" Alfréd megkérdezte.

"Csak azt tudom, hogy sietnünk kell! A rezgések erősödnek, úgyhogy
közel kell lennünk."

"Nézz előre" - kiáltotta Lia. "Azt hiszem, a vidámparkban van ránk
szükség."

E-Z számára azonnal nyilvánvalóvá vált, hogy szükség van rájuk. A
hullámvasút kisiklott. A kocsik félig a síneken, félig a sínekről lógtak. És
mindenféle korú utasok sikoltoztak. Az egyik gyerek olyan bizonytalanul
lógott a lábával a kocsi oldalán, hogy egyértelmű volt, ő fog először l
ezuhanni.

"Elkapjuk a gyereket - mondta Lia, és elindult. Ő és Kis Dorrit
egyenesen a fiú felé indultak. A fiú elengedte, leesett, és biztonságban
landolt Lia előtt az egyszarvúban.

"Köszönöm - mondta a fiú. "Ez tényleg egy egyszarvú, vagy csak
álmodom?"

"Ez tényleg az" - mondta Lia. "A neve Kis Dorrit."

"Anyukámnak van egy ilyen nevű könyve. Azt hiszem, Charles
Dickens írta."

"Így van", mondta Lia.

"Vannak egyszarvúak a Kis Dorritban? Ha igen, akkor el kell lvasnom!"

"Nem tudom biztosan megmondani" - mondta Lia. "De ha megtudod, szólj nekem."

E-Z egyenként megragadta a kiálló autókat. Kicsit nehéz volt egyensúlyozni, eleinte olyan volt, mint egy slinky, minden egy irányba billent. De a repülőgéppel szerzett tapasztalatai segítettek és inspirálták, ahogy visszaemelte a kocsikat a sínekre. Addig tartotta őket stabilan, amíg az összes utas biztonságban nem volt a kocsikban.

Alfréd segítségének köszönhetően ez a folyamat zökkenőmentesen zajlott. Alfréd a szárnyait, a csőrét és a puszta méretét használva képes volt biztonságba helyezni őket.

"Mindenki jól van?" szólt E-Z az összes utas harsány tapsára.

A feladatot sikeresen elvégezve Alfréd felrepült oda, ahol Lia és a többiek voltak. Kiváló hely volt a megfigyeléshez.

"Nem baj, ha most már levisszük a fiút?" Kérdezte Lia.

E-Z felemelte a hüvelykujját.

Lent egy darut hoztak be, hogy felemeljék a mentéshez. Még közel sem volt készen. Figyelte, ahogy a munkások sárga védősisakjukban t ülekednek.

E-Z füttyentett a hullámvasutat kezelő fickónak, hogy indítsa be.

A hullámvasút kezelője újraindította a motort. A kocsik először egy kicsit előbb zötykölődtek, aztán megálltak. Az utasok sikoltoztak; attól féltek, hogy megint kisiklik. Néhányan a nyakukat fogták, amely az eredeti esemény során megrázkódott.

E-Z a kerekesszékét a kocsik elejére állította, hogy megfigyelje, a helyzetük nem változott. Észrevette, hogy a szél felerősödött, ahogy az utasok haját körbesöpörte a kocsikban. Egy idős férfi elvesztette az LA Dodgers baseball sapkáját. Mindenki figyelte, ahogy az a földre zuhan.

"Próbáld meg újra" - kiáltotta E-Z, a legjobbakat remélve, de a biztonság kedvéért kitalált egy B-tervet.

A kezelő felpörgette a motort. A hullámvasút ismét elindult előre. Ezúttal egy kicsit tovább, de ismét megállt.

E-Z parancsokat kiáltott Little Dorritnak: - Kérem, tegye le Liát a földre. Aztán fogj néhány láncszemet, aminek mindkét végén kampó van, és hozd fel hozzám".

Az egyszarvú bólintott, és az alant összegyűlt tömeg "óh" és "áh" kiáltásai közepette leereszkedett. Az egyik fickó megpróbálta elkapni, hogy elkapja, de a lány az orrával ellökte, mire a rendőrök megindultak, hogy lezárják a területet.

"Ide!" - mondta egy építőmunkás. Hallotta, mit kért E-Z. A lánc egy részét Little Dorrit szájába tette, a többit pedig a nyaka köré t ekerte.

"Nem túl nehéz?" - kérdezte, miközben Kis Dorrit gond nélkül felszállt, és szárnyalt felfelé, ahol Alfréd már E-Z mellett várakozott.

Alfréd a csőrét használva a kampót a hullámvasút kocsi elejébe akasztotta. A helyére rögzítette, és E-Z kerekesszékéhez erősítette.

"Kérem, maradjanak ülve - szólt E-Z. "Lassan, de biztosan le fogok szállítani. Próbáljon meg nem túl sokat mozogni, szeretném, ha a súlyt egyenletesen helyezné el. Háromra guruljunk" - mondta. "Egy, kettő, három." Húzta, mindent beleadott, és a kocsi gurult vele együtt. Lefelé menni könnyű volt, felfelé jövet ügyelnie kellett arra, hogy a kocsi ne vegyen fel túl nagy sebességet, és ne mozduljon el újra. Kis Dorrit és Alfréd a kocsi mellett repült, készen arra, hogy c selekedjenek, ha bármi baj történne.

Lia nagyon félt, ideges és izgatott volt.

"Meg tudod csinálni, E-Z!" - kiáltotta, és elfelejtette, hogy a fejében kimondja a szavakat, és a fiú hallja őket.

"Köszi" - mondta, lassan és egyenletesen tartva a tempót. Bár E-Z fáradt volt, be kellett fejeznie a feladatot. Amikor a kocsi befordult a sarkon, és megállt, visszament az alagútba. Vissza oda, ahol az útja e lőször kezdődött.

"Köszönöm!" - kiáltotta a kezelő.

A tűzoltók, mentősök és ápolók felkészültek az utasok rohamára. Egyszerre szálltak le a fedélzetről.

"E-Z! E-Z! E-Z!" - skandálta a tömeg, a felemelt telefonokkal filmezve az egész eseményt.

"Gondolod, hogy van időnk cukorkát venni?" kérdezte Lia.

"És karamellás kukoricára?" Alfred azt mondta. "Nem vagyok benne biztos, hogy ízleni fog, de hajlandó vagyok kipróbálni!"

"Persze" - mondta E-Z - "Mindkettőt hozom neked, ne aggódj! Talán még egy Candy Apple-t is veszek magamnak."

Ahogy a vásárláshoz indult, észrevette, hogy riporterek érkeztek. Valaki köré gyűltek, aki nagyon magas volt, koromfekete hajjal. A férfi cilindert tartott maga előtt, és Abraham Lincolnra hasonlított. Közelebbről szemügyre véve rájött, hogy Eriel volt az, álruhában. Kö zelebb lépett, hogy hallgatózzon.

"Igen, én vagyok az, aki összehozta ezt a dinamikus triót. A vezetőjük E-Z Dickens, tizenhárom éves és szupersztár. Amellett, hogy ő a legtapasztaltabb tagja a Hármasnak, ő a vezér. Ahogy bizonyára észrevetted, szinte bármit el tud intézni. Ő egy nagyszerű gyerek!"

E-Z érezte, hogy felforrósodik az arca.

"Mi van a lánnyal és az egyszarvúval?" - szólalt meg egy riporter.

"A neve Lia, és ez volt az első vállalkozása a szuperhősök világában. Az egyszarvúja Little Dorrit, és ők ketten csodálatos csapatot alkotnak. Ő mentette meg azt a fiút" - kapta fel a fiút. A kamerák elé áll ította.

Amikor minden szem rá szegeződött, befejezte a mondatát. "Könnyedén. Lia és Kis Dorrit csodálatos kiegészítői a csapatnak, és óriási segítségére lesznek E-Z-nek minden jövőbeli vállalkozásában."

"Milyen volt?" - kérdezte egy riporter a fiút.

"Lia nagyon kedves volt" - mondta a kisfiú.

A sötét alak ellökte magától a fiút. Leporolta magát.

"A trombitahattyút Alfrédnak hívják. Ez volt az első alkalma, hogy segítsen E-Z-nek. Bátran, kockáztatta magát. Alfréd egy másik kiváló tagja ennek a Hármak szuperhőscsapatnak. A jövőben még sokat fogsz látni belőlük." Tétovázott: "Ó, és a nevem Eriel, ha esetleg i dézni akarnál a cikkedben".

Most E-Z azt kívánta, bárcsak ne egyezett volna bele a farsangi csemegék gyűjtésébe. Elbújt, oldalra húzódott, remélve, hogy nem v eszik észre.

"Ott van!" - kiáltotta valaki.

A többiek, akik mögötte álltak a sorban, a sor eleje felé tolták.

"A ház vendége" - mondta az eladó, és mindenből adott neki egyet.

"Köszönöm" - mondta, miközben felemelkedett.

"Ez ő! A kerekesszékes fiú! A mi hősünk!" - kiáltotta valaki alulról.

"Ott van, fényképezd le!"

"Gyere vissza egy szelfiért, kérlek!"

E-Z arrafelé pillantott, ahol Eriel volt, de most, hogy kiszúrták, senki sem érdeklődött iránta. A következő pillanatban Eriel eltűnt.

"Tűnjünk el innen!" E-Z felkiáltott, azon tűnődve, hogy pontosan hová is kellene menniük. Ha a házához mennének, a riporterek és a rajongók több mint valószínű, hogy követnék őket. Bizonyos értelemben hiányoztak neki azok a napok, amikor Hadz és Reiki kitörölte mindenki fejéből a dolgokat - az bizonyára nem b onyolította a dolgokat.

Visszafelé menet E-Z nem tudta megállni, hogy ne azon tűnődjön, vajon mire készül Eriel. Elvégre senkinek sem szabadott volna tudnia a megpróbáltatásairól. Nagyon furcsa volt - de túl kimerült volt ahhoz, hogy a barátaival beszéljen róla. Ehelyett inkább azon tűnődött, miért nem fontos többé titokban tartani a megpróbáltatásait - és hogyan fog ez változtatni a dolgokon. Jó volt, hogy a szárnyai már nem égtek, és ú gy tűnt, a székét nem érdekli a vérivás.

"Hát, ez elég könnyű volt - mondta Alfréd.

Lia felnevetett: "És egész jó móka volt látni téged akció közben E-Z."

"Hé, és mi van velem, én is segítettem!"

"Hát persze, hogy segítettél" - mondta E-Z. "És Kicsi Dorrit, köszönöm! Nélküled nem sikerült volna!"

Kis Dorrit nevetett. "Örülök, hogy segíthettem."

"Csodálatos voltál!" Lia a nyakát simogatva mondta.

De valami nyugtalanította őket. Nyilvánvaló volt, hogy E-Z mindezt egyedül is meg tudta volna csinálni. Nem volt szüksége segítségre.

Alfréd különösen úgy érezte, hogy trombitás hattyú lévén mindent megtett, amit csak tudott. De egy ilyen mentésben nem volt nagy segítség. Nem mintha valaki, akinek volt keze, segíthetett volna. Mindent megtett, amit tudott, de vajon elég volt-e? Ő volt a legjobb v álasztás a Hármak tagjának?

Lia arra gondolt, hogy Kis Dorrit a fiú alatt landolhatott volna, és megmenthette volna anélkül, hogy ő a hátán lenne. Az egyszarvú okos volt, és követhette volna E-Z útmutatását, és utasításait. Úgy érezte, hogy eljött idáig, és miért? Igazából semmi értelme nem volt.

Újra hazatértek. Bár valami csodálatos dolgot vittek véghez együtt, a lelkük lehangolt volt.

Kis Dorrit elment, és elment oda, ahol élt, amikor nem volt rá s zükség.

E-Z azonnal az irodájába ment, ahol egy kicsit dolgozott a könyvén. Frissíteni akarta a próbák listáját, hogy lássa, hol tart. Úgy döntött, hogy az elejétől kezdve újra beírja az összeset:

1/ megmentette a kislányt

2/ megmentette a repülőgépet a lezuhanástól

3/ megállította a lövöldözőt a tetőn

4/ megállította a lányt a boltban

5/ megállította a lövöldözőt a háza előtt

6/ párbajozott Eriel-lel

7. kijutott abból a golyóból

8/ megmentette Liát

9/ visszatette a hullámvasutat a pályára.

Nem volt biztos benne, hogy Sam bácsi megmentése próba volt-e vagy sem. Hadz és Reiki kitörölte az elméjét. E-Z megérzése szerint Sam bácsi megmentése nem volt próba.

Hátradőlt a székében. A közelgő határidőre gondolt. Még három próbát kellett teljesítenie egy korlátozott időn belül. Valamilyen módon szerette volna befejezni őket, túl lenni rajtuk. Másfelől viszont félt attól, hogy befejezi az elkötelezettségét.

Közben Alfréd úgy döntött, hogy úszni megy a tóhoz.

Míg Lia és az édesanyja sétálni mentek.

"**S**ZÓVAL, MILYEN VOLT?" KÉRDEZTE Samantha.

"Rendkívül izgalmas és ijesztő volt egyszerre. E-Z figyelemre méltó. Rettenthetetlen" - magyarázta Lia.

"És mi volt a te hozzájárulásod?"

Befordultak a sarkon, és leültek együtt egy park padjára. Gyerekek játszottak, fel-alá szaladgáltak és kiabáltak. Anyának és lányának egyaránt eszébe jutott, hogy Lia is így játszott, gondtalanul, amikor hétéves volt. Most, hogy tízéves lett, a játék iránti érdeklődése erősen csökkent.

"Neked, hiányzik?" Kérdezte Samantha.

Lia elmosolyodott. "Mindig tudod, mire gondolok. Nem igazán, de egy napon hamarosan szeretném újra kipróbálni a táncot. Hogy lássam, hogyan és tudnék-e alkalmazkodni."

Együtt ültek és néztek, anélkül, hogy bármit is mondtak volna.

"Ami a közreműködésemet illeti, egy kisfiú lógott le a kocsiról, és Kis Dorrit segítsége nélkül talán leesett volna."

"Talán?"

"Igen, szerintem E-Z mentette volna ki, aztán a többit is megoldotta volna, ha mi nem vagyunk ott. Megszokta, hogy egyedül csinálja a p róbákat."

"Nem gondolod, hogy rád vagy Alfrédra szükség lett volna?"

"Az, hogy ott voltunk erkölcsi támogatásként, hasznos volt, nem tudom. Az arkangyalok rengeteg fáradságot vállaltak, hogy összehozzanak minket. Hogy egészen Hollandiából, az otthonunkból iderepítsenek minket. Holott a mostani tárgyalás alapján nem hiszem, h ogy szükség lenne ránk."

Samantha a lánya kezét a sajátjába fogta, és felálltak a padról, majd visszafordultak hazafelé.

"Szerintem jó dolog, ha van egy csapat, egy erősítés, és biztos vagyok benne, hogy E-Z tudja és értékeli ezt. Nem tűnik olyan srácnak, aki magányos lenne. Baseballozott, még mindig baseballozik, ahogy Sam mesélte. Tudja, hogy a csapatok jól működnek együtt, minden játékos erősségeire építve. Ami téged illet, én nem aggódnék amiatt, hogy nem te voltál a legmeghatározóbb tényező ebben a perben. És soha ne becsüld lá az értékedet."

"Köszönöm, anya" - mondta Lia, amikor befordultak a sarkon az utcájukba. "Most pedig beszéljünk Samről. Nagyon kedveled őt, ugye?"

Samantha elmosolyodott, de nem válaszolt.

✳✳✳

Ezzel egy időben Sam ellenőrizte E-Z-t. "Minden rendben van?" - kérdezte, miközben bedugta a fejét unokaöccse irodájába.

"Nem vagyok benne biztos. Beszélhetnénk?"

"Persze, kölyök."

"Csukd be az ajtót, kérlek."

"Mi a helyzet? Nem ment jól az első csapatpróba?"

"Először is azt szeretném kérdezni, hogy mi van veled és Lia anyukájával?"

Sam csoszogott a lábával, és megtisztította a szemüvegét. "Ne rólam és Samantháról beszéljünk. Ez kettőnk dolga."

"Ó, szóval akkor van egy US?" - vigyorgott a férfi.

"Válts témát" - mondta Sam.

"Oké, akkor ahogy akarod. Ami a tárgyalást illeti, jól ment, és ne gondolj rosszat rólam. Nem azért mondom, mert nagyképű vagyok, de a többiek nélkül is végig tudtam volna csinálni."

"Mondd el pontosan, mi történt. Mi volt a feladatod? És meg kell mondjam, ez meglep, hiszen te mindig is csapatjátékos voltál."

"Tudom. Ez az, ami engem is zavar. A vidámparkban történt. Egy hullámvasút letért a pályáról. Az eleje lelógott a széléről, és az utasok kiömlöttek. Csak egy volt igazán veszélyben - egy gyerek, akit Lia fogott el Kis Dorrit, az egyszarvú segítségével."

"Úgy tűnik, a mentés hasznos volt."

"Az volt, mert a kölyöknek lejárt az ideje, de én ott voltam, és meg tudtam volna menteni. Aztán visszatettem a szekeret a pályára, és segítettem a többieknek bejutni. Olyan volt, mintha megállt volna számomra az idő - szóval, könnyen megoldhattam volna ezt a helyzetet b árki segítsége nélkül is."

"Úgy hangzik, mintha Alfréd, nem sok hasznát vette volna. Arra célzol, hogy nélküle is boldogultál volna?"

E-Z végigsimított az ujjaival a sötét hajközépen. A sörtés érzés valahogy feszültségmentesítően hatott rá.

"Alfréd segített. De én kerestem a módját, hogyan segíthetne. Annyira igyekszik. Annyira szeretnénk segíteni, de őszintén szólva elég okos ahhoz, hogy tudja, hogy munkát csináltam neki. Szóval, segíthetne, és én nem érzem jól magam emiatt."

"Ezt teszik a csapatjátékosok. Vigyáznak egymásra. Segítenek egymásnak."

"Tudom, de amikor életek forognak kockán, rajtam múlik, hogy senki ne haljon meg. Ha én találok feladatokat a többieknek, hogy érezzék, szükség van rájuk, az hátrány, nem segítség." Mélyet sóhajtott, miközben az ujjaival kattogott a billentyűzeten. Szégyenkezve kerülte a s zemkontaktust a nagybátyjával.

Néhány perc csend után E-Z visszatért a könyvéhez, hogy hagyja a nagybátyját gondolkodni a dolgokon. Átfutotta a nap eseményeinek r észleteit.

Miközben elbeszélgetett. Lebontotta a dolgokat. Szétszedte és újra összerakta a tárgyalást, megvilágosodott. Ez olyasmi volt, amit még soha nem csinált. Meg tudta beszélni a dolgot, a csapatával. Elmondhatták neki, hogyan teljesített, javaslatokat tehettek, hogy javíthasson. Igen, sok előnye volt annak, hogy a három közül az egyik. Nyugodtabbnak és b oldogabbnak érezte magát ebben a tudatban.

"Szerintem több időt kellene adnod ennek a csapathelyzetnek, mielőtt bármit is eldöntenél. Biztosan előnyös lehet számodra, ha tudod, hogy mindegyiküknek megvan a maga különleges képessége, hogy segítsenek neked. Ebben a helyzetben a te képességeid voltak előtérben. Ez nem jelenti azt, hogy ez mindig így lesz. A dolgok megváltozhatnak a következő feladatnál. Minden okkal történik."

"Te is ugyanarra gondolsz, amire most én. Mindig minden jobb, ha nem egyedül kell szembenézni vele. Ezt te tanítottad nekem."

"Éhezik még valaki ebben a házban?" Alfréd megszólalt, ahogy végigbattyogott a folyosón.

E-Z hátralökte a székét, és így válaszolt: "Én!"

Sam azt kérdezte: "Te mit?"

"Ó, Alfred megkérdezte, hogy éhes-e valaki."

"Én is!" Sam is megszólalt.

"Én igen" - mondta Lia. "Mi lesz vacsorára?"

Samantha azt javasolta, hogy rendeljenek pizzát. Mindenki ujjongott, kivéve Alfrédot. Ő nem rajongott a szálkás sajtért.

Az estét együtt töltötték, töltötték az arcukat, és egy zombikról szóló sorozatot bámultak.

"Nem túl ijesztő neked, ugye Lia?" kérdezte E-Z,

"Nekem túl ijesztő!" Samantha válaszolt. Sam átkarolta a lányt, Lia pedig kuncogva fogta anyja kezét.

14. FEJEZET

ÁSNAP KORA REGGEL ALFRÉD sikolyra ébredt. Ha még soha nem hallottál hattyúsikolyt, akkor szerencsés vagy. Olyan hangos volt, hogy mindenkit felébresztett.

E-Z megpróbálta megnyugtatni Alfrédot. A hattyú csak még jobban csapkodott a szárnyaival, és szörnyű hangot adott ki. Olyan volt, mintha kínoznák. Vagy ez, vagy a világvége!

Sam bácsi megérkezett, hogy megnézze, mi történik.

"Alfréd az, de ne aggódj! Megoldom" - mondta E-Z.

Hamarosan Lia és Samantha is jöttek, hogy megvizsgálják. Lia meggyőzte Samanthát, hogy aludjon tovább.

Lia maradt, hogy segítsen E-Z-nek megvigasztalni Alfrédot. Aki azonnal az ablakhoz ment, kinyitotta a csőrével, és kirepült az éjszakába.

Fölöttük E-Z és Lia hallotta, ahogy Alfréd úszóhártyás lábai a tetőn c sapkodnak.

"Mire vártok ti ketten!" - kiáltotta. "Mennünk kell - MOST!"

Lia kimászott az ablakon, és reszketve állt a párkányon. Megvárta, amíg E-Z be tudott szállni a tolószékébe, és lebegő helyzetbe m anőverezte.

"Várj, azt hiszem, az egyszarvú végre úton van" - mondta Alfréd. "Ezért vagyok itt fent. Hogy megnézzem, jön-e."

Kis Dorrit leszállt, az orrát Lia alá dugta, és a hátára dobta.

Elrepültek Alfréd vezetésével.

"Lassíts!" E-Z kiáltott. Alfréd nem törődött vele. Folytatta a repülést, egyre nagyobb magasságot és sebességet felvéve. E-Z székszárnyai ugyanúgy csapkodni kezdtek, mint az ő angyalszárnyai. Gyorsan kellett dolgoznia, hogy Alfrédot szem előtt tartsa.

Lia megborzongott. "Bárcsak lenne nálam pulóver!"

"Bújj a nyakamhoz" - mondta Kis Dorrit. "Majd én melegen tartalak."

E-Z felgyorsította a tempót, közeledett, aztán észrevette, hogy Alfréd lassít. Vagy legalábbis azt hitte. Ehelyett olyan látványt látott, amelyet soha nem fog kitörölni az emlékezetéből. Alfréd megdermedt a levegőben, szárnyaival és kinyújtott lábaival. Mintha X -ként modellezték volna.

Aztán az egész teste remegni kezdett, ami remegéssé fokozódott. Úgy tűnt, mintha áramütés érte volna. És az arca, az elviselhetetlen fájdalom kifejezése rajta, könnyet csalt a barátai szemébe.

"Mi történik vele?" Lia megkérdezte. "Nem tudom tovább nézni. Egyszerűen nem tudom" - zokogott.

"Olyan, mintha sokkolnák. Ki tenne ilyet?" Ahogy kimondta, már tudta. Csak Eriel lehetett ilyen kegyetlen. Eriel megidézte őket. Ezt az áramütéses technikát használta, hogy rávegye őket, kövessék a barátjukat, Alfrédot. Csakhogy mi van, ha nem éli túl az áramütéseket? Ahogy ezt kimondta, Alfréd egy maréknyi tolla levált a testéről, és a levegőben lebegett. Abbahagyta a remegést, és repülni kezdett. A válla fölött azt mondta: "Gyerünk, tartsd a tempót, mielőtt újra eltalál".

"Jól vagy?" Lia megkérdezte.

"Ez volt a harmadik, és minden alkalommal egyre rosszabb. Oda kell jutnunk, ahová akarnak, és gyorsan. Nem tudom, hogy át tudok-e élni még egyet - nem rosszabbat, mint a legutóbbi. Az egy nagy durranás v olt."

Repültek tovább, közben beszélgettek.

"Bocsánat, hogy mindenkit felébresztettem" - mondta Alfréd most, hogy a rázkódás megszűnt.

"Nem a te hibád volt." mondta E-Z. "Biztos vagyok benne, hogy tudom, kinek a hibája - és ha találkozunk vele, megmondom neki, hogy m iért."

"Hogy érted ezt?" Kérdezte Lia, Little Dorrit nyakába bújva. Olyan sötét és hideg volt; nem tudta abbahagyni a borzongást.

Alfréd azt mondta: "Úgy idéztek meg minket, hogy áramütéseket küldtem az egész testembe. Olyan volt, mintha a tollaim belülről kifelé égtek volna. Olyan durva volt. Annyira nagyon durva, és egy pillanatra azt hittem, hogy megint a kettő között vagyok".

Egész hattyútestében remegett, ha erre gondolt. "Megadom annak, aki ezt tette, amit megérdemel, ha majd én is látom!"

Alfréd tovább repült a többiek mellett. "Korábban Ariel a fülembe súgta, hogy felébredjek. Aztán közösen megbeszéltünk egy tervet. Még akkor is ezt tette, amikor a köztes időben voltam. Mindig gyengéd és kedves volt hozzám. Ez a megidézés más volt."

"Úgy hangzik, mintha Eriel tette volna - ismerte el E-Z. "Nem túl tapintatos, és egy kicsit melodramatikus és elég érzéketlen tud lenni. Arról nem is beszélve, hogy beteges humorérzéke van."

"Kicsit melodramatikus, ez még a felszínt sem karcolja" - mondta A lfréd.

"Erről a kettő közöttről majd valamikor többet kell mesélnie. A neve aranyosan hangzik, de van egy olyan érzésem, hogy ez egy oximoron" - m ondta E-Z.

"Nem szeretek róla beszélni" - válaszolta Alfréd.

"Nagyon várom már, hogy megismerjem ezt az Eriel személyt. NEM." Lia bevallotta. "Olyan, mintha alig várnám, hogy találkozzak Voldemorttal. A híre megelőzi őt."

"Á, akkor Harry Potter-rajongó?" Mondta Alfréd.

"Határozottan" - ismerte el Lia.

A csillagok a fenti égbolton képzeletbeli hőséget sugároztak. Mégis felkészületlenül borzongtak az éjszakai levegőben.

"Mindjárt ott vagyunk?" E-Z megkérdezte.

"Nem tudom biztosan" - mondta Alfréd. "A sokk nem mondta, hogy hová hívtak minket, és nem érzékelek semmilyen rezgést a levegőben. Az egyetlen dolog, ami jelezné, hogy nem azt tesszük, amit elvárnak tőlünk, az egy újabb sokk. Sajnos."

"Nem akarjuk, hogy ez megtörténjen. Vegyük fel a tempót."

"Úgy tűnik azonban, hogy egyre közelebb kerülünk." Alfréd megállt a levegőben; a szárnyak teljesen kinyújtva. "Jaj, ne!" - suttogta, várva az újabb megrázkódtatást. Várt és várt, de nem történt semmi. "Azt hiszem, már majdnem..."

A hattyú teste ezúttal nem csak remegett és remegett. Alfréd teste újra és újra megperdült. Mintha szaltókat hajtott volna végre az é gben.

Laza tollak repkedtek körülötte, táncoltak a szélben, miközben a hattyú szabadesésbe kezdett.

E-Z a trombitahattyú alá repült, és elkapta. "Alfred? Alfred?" Szegény hattyú elájult. "Eriel! Te! Te nagy szőrös keselyű!" E-Z felkiáltott, öklét az ég felé emelve. "Nem kell megölnöd Alfrédot. Mondd meg, hol vagy, és mi ott leszünk, de csak akkor, ha beleegyezel, hogy leállítod az elektromos töltésekkel. Ez barbárság. Ő egy hattyú, az isten szerelmére. Adj neki egy kis időt."

"Amit mondott" - felelte Lia, nyitott tenyerét az ég felé fordítva.

Egy másodpercig lebegtek, még mindig a helyükön.

Aztán egy döbbenet érte a kerekesszéket. Aztán Dorritot, az egyszarvút is elérte. És mindenki szabadesésbe kezdett.

Eriel nevetése betöltötte körülöttük a levegőt. A világ volt az ő Sensurroundja, és úgy gúnyolta a Hármast, ahogy senki más nem tudta. V agy akart volna.

15. FEJEZET

Egy jó darabig folytatták a zuhanást. Egyikük sem tudott uralkodni a különleges erejükön vagy tulajdonságaikon.

Félig-meddig azt várták, hogy a testük a lenti járdára fröccsen. A járda felemelkedett, hogy üdvözölje őket.

Hirtelen véget ért a süllyedés. Mintha mindannyian valami láthatatlan bábjátékoshoz lettek volna kötve.

Néhány másodperc múlva a mozgás újraindult De ezúttal szelíd volt.

Vezette őket, amíg biztonságosan Eriel, Ariel és Haniel arkangyalok lábai elé nem pottyantak.

"Jó volt az utazás?" Kérdezte Eriel. Felharsant a nevetés. Társai nevetés és beszéd nélkül nézték végig.

Alfréd, aki most már felébredt, repült és leszállt, őt követte Kis Dorrit, az egyszarvú, aki Liát vitte.

Az egyszarvú meghajolt a többi vendég előtt, majd visszavonult a terem túlsó végébe.

Eriel a másik három közül a legmagasabb volt, csípőre tett kézzel állt, biztosítva, hogy ne legyen kérdés, ki a főnök.

Ariel ezzel szemben tündérszerű volt.

Haniel szoborszerű volt, szépséget sugárzott.

Eriel előre lépett, felemelkedett a földről, hogy föléjük emelkedjen. Azt harsogta: - Elég sokáig tartott, mire ideértetek! A jövőben, amikor a jelenlétetekre parancsolok, nyalókásan itt lesztek!"

Haniel közelebb repült Alfrédhoz. Megérintette a homlokát. Aztán E-Z felé fordult, és ugyanezt tette. Elmosolyodott. "Örülök, hogy megismerhetlek titeket." Lia felé fordult. Lia kinyitotta a tenyerét, és ketten nyílt tenyérujj érintést cseréltek. Lia Haniel karjaiba vetette magát. Haniel körbetekerte a szárnyait, és szemügyre vette az új tízéves lány k ülsejét.

Ariel közel repült E-Z-hez. Rákacsintott, és Lia felé mosolygott. A lány odarepült Alfrédhoz, és feloldotta a fájdalmát.

"Elég a nyafogásból!" Eriel olyan hangosan dübörgő hangon parancsolta, hogy E-Z attól tartott, felemeli a tetőt.

"Várj egy percet" - mondta Alfréd, miközben úszóhártyás lábai csattogó hanggal jártak a betonpadlón. "Majdnem megrázott az áram, és szeretnék bocsánatot kérni."

Eriel szélesre tárta a szárnyait, szélesebbre, amennyire csak lehetett. Alfréd fölött lebegett, aki reszketett, de tartotta magát. A tekintetük ö sszeakadt.

Eriel úgy érezte, hogy Alfréd, a trombitahattyú vagy nagyon bátor, vagy nagyon ostoba. Akárhogy is, segítségre volt szüksége.

E-Z előre gurult, és a székét közéjük állította. "Ami megtörtént, megtörtént." Alfrédhoz szólt: "Állj le!" Alfréd megtette. Aztán Erielhez: "Tudom, hogy zsarnok vagy, és amit a barátunkkal tettél, megbocsáthatatlan és kegyetlen volt. Az éjszaka közepén vagyunk, úgyhogy térj a lényegre - mondd el, miért vagyunk itt? Mi ez a nagy v észhelyzet?"

Eriel leszállt, és a szárnyait behajtotta a teste mögött. Felhördült: "Próbálkozásaim, hogy személyesen érjelek el titeket, védencem, válasz nélkül maradtak. Bármit tettem, a horkolásod miatt nem tudtál felébredni. Elküldtem Hanielt Liáért, de nem tudta felébreszteni anélkül, hogy ne zavarta volna a mellette alvó anyját. Ezért Alfrédot hívtuk, aki szintén nem válaszolt egy jó darabig. A mentora a szokásos módon megpróbált közeledni hozzá - de a suttogása nem volt elég erőteljes ahhoz, h ogy felébressze."

"Aggódtam érted - mondta Ariel.

"Sajnálom - mondta Alfréd. "E-Z ágya csodálatosan kényelmes, és elég hangosan horkol. Régen volt már, hogy újra igazi ágyban aludtam."

"CSEND!" Eriel felsikoltott.

Alfréd hátralépett, miközben E-Z még közelebb tolta a székét a lényhez.

Eriel halkabbra fogta a hangját. "Haniel azt hitte, hogy meghaltál, hattyú. És ezért én, kihasználtam ezt az alkalmat, hogy felmérjem a legújabb technológiánkat."

"Ezt még nem végezték el embereken" - ismerte el Haniel.

"Úgy gondoltuk, az lesz a legjobb, ha valakin kipróbáljuk, aki nem ember - Alfred, te megfeleltél a célnak, és varázslatosan működött. Igaz, mindannyian későn érkeztetek, de ideértetek. Ahogy mondani szokták, j obb későn, mint soha."

"Kísérleti nyúlnak használtál engem?" Alfred előre-hátra lóbálta a nyakát, és tágra nyílt csőrrel haladt előre a padlón.

E-Z ismét közéjük állította a kerekesszékét. "Állj le" - mondta Alfrédnak.

Eriel, Haniel és Ariel félkört alkotott a trió körül.

"Igazad van E-Z. Ami megtörtént, az megtörtént. Jobb, ha rajtam próbálják ki, mint rajtatok. Most pedig folytassátok" - követelte Alfréd.

"Igen, Eriel - mondta E-Z -, ismét megkérdezem, miért vagyunk itt?"

"Először is - harsogta az arkangyal -, a terv az volt, hogy ti hárman egyfajta triót alkossatok".

"Erre már magunk is rájöttünk" - mondta Lia. Nyitva tartotta a tenyerét, hogy egyszerre teljes egészében szemügyre vehesse a három arkangyalt. Időnként körbepillantott a szobában is, hogy szemügyre vegye a környezetüket. Ismerősnek tűnt, olyan fémfalakkal, mint amilyenben először találkozott E-Z-vel. Csak sokkal tágasabb volt.

E-Z körülnézett, és Lia-ra pillantott. Ő is ugyanarra gondolt. Minél többet nézte a falakat, annál inkább úgy tűnt, hogy azok egyre jobban összezárulnak. Hidegnek és klausztrofóbiásnak érezte magát, annak ellenére, hogy a tér hatalmas volt. Azt kívánta, bárcsak a kerekesszékében lenne egy gomb, mint néhány autóban, ahol az ülést f űteni lehet.

"Csendet!" Eriel kiáltott. Mivel mindenki hallgatott, ez nem tűnt helyénvalónak. Persze nem vették figyelembe, hogy ő is tud olvasni a g ndolataikban.

Alfréd felnevetett.

Eriel bezárta a köztük lévő rést, és Alfréd hátrált. Eriel ismét bezárta a rést. És így tovább, és így tovább, amíg Alfréd a falnak nem szorult. Alfréd menekülőre fogta a dolgot. Eriel felkapta őt a karomszerű lábával. A többiek fölé tartotta.

"Eriel, kérlek - mondta Ariel. "Alfréd egy jó lélek."

Eriel letette, majd felemelte az öklét. Villámok repültek ki belőlük, és visszapattantak a konténer fémmennyezetéről. Eriel kivételével mindenki cselgáncsot játszott a repülő elektromos töltésekkel. Eriel figyelt. Nevetett. Egészen addig, amíg bele nem fáradt a szórakozásba.

A Hármak önbizalmát próbára tették.

Eriel elkapta a maradék villámokat. Nagy show-t csinált belőlük, ahogy a zsebébe tette őket.

"Na akkor - mondta ravasz vigyorral. "Egy újabb próba következik számotokra. Még ma. Egyikőtök meg fog halni."

E-Z felpattant a székében. Alfréd önkéntelenül felsikoltott egy "Húúúú!"-ot, Lia pedig kislányos sikolyt kiáltott.

Eriel a reakcióikat figyelmen kívül hagyva folytatta. "Azért vagytok itt, hogy válasszatok. Melyikőtök fog ma meghalni? Miután választottatok, elmagyarázom a következményeket, amelyekkel az említett halál miatt szembesülni fogtok". Eriel néhány méterrel arrébb repült, és a másik két an gyal mellé állt, egy-egy oldalra.

Először Ariel leírta Alfréd halálát:

"Nem mondhatok neked semmilyen részletet erre a tárgyalásra. Csak annyit mondhatok, hogy Alfréd, ha ma meghalsz, nem fogod teljesíteni a szerződésed. Ezért nem fogod viszontlátni a családodat, sem most, sem soha többé. A halálod azonban gyönyörű lenne. Mert mint az életben, a hattyú halála mindig gyönyörű. Fenséges. Mert amikor egy hattyú meghal, angyallá válik. Az átalakulásod egy új kezdet lenne számodra. A célod az emberek és az állatok javát egyaránt szolgálná. Új nevet és új célt kapnál. Igazán értékes lennél minden tekintetben. És a lelked visszatérne ö rök nyugvóhelyére."

Alfréd trombitahattyú arcán könnyek csordultak végig. Ariel azzal vigasztalta, hogy a szárnyait a szárnyai köré tekerte.

Másodszor Haniel mesélt Lia haláláról:

"Gyermekem, aki hamarosan nő leszel, akárcsak Ariel, nem mondhatok neked semmilyen információt a feladatról. Csak annyit mondhatok neked kedves Cecelia, más néven Lia, hogy ha ma meghalnál, akkor többé nem leszel. Semmilyen formában. A halálod csak az lesz, egy halál. Végleges. Olyan lesz, mint amikor a villanykörte felrobbant, meghaltál volna. Szegény életednek akkor vége lett volna. És most mégis itt vagy, és sokat tudsz nyújtani a világnak. Még csak a felszínét sem karcoltad a rendelkezésedre álló erőknek. Ha azonban ma meghalnál, ezek az erők felhasználatlanul maradnának. A földbe kerülnél, porból porrá leszel. Egy puszta emlék azok számára, akik ismertek és szerettek t éged. De a lelked is visszatérne örök nyugvóhelyére."

Lia összezárta a kezét, hogy visszatartsa a belőle lecsorduló könnyeket. A szeméből is potyogtak. Az ő régi szeméből. A teste megremegett, amikor zokogott. Túlságosan elhatalmasodtak rajta az érzelmek ahhoz, hogy beszélni tudjon.

Kis Dorrit odalépett, és a kislány vállát bökdöste. Haniel is megpróbálta megvigasztalni a lányt azzal, hogy homlokon csókolta.

Aztán Eriel elkezdte elmesélni E-Z történetét:

"E-Z, sok mindent elértél, mióta a szüleid meghaltak. Próbákat kaptál. Néha, sokszor ember számára megoldhatatlan feladatokat. Mégis sikeresen leküzdötted őket. Életeket mentettél meg. Nem okoztál csalódást. Mi azonban érezzük." Tétován oldalra pillantott. "Különösen azt érzem, hogy meghiúsítottad a hatalmadat. Néha még meg is tagadtad őket. Elvetted az időt, amit arra adtunk neked, hogy j obbá tedd a világot, és elpazaroltad."

E-Z szólásra nyitotta a száját.

"Csendet!" Eriel felsikoltott. "Ne próbáld igazolni magad. Végignéztük, ahogy baseballozol és a barátaiddal vesztegeted az idődet, mintha a világ összes ideje rendelkezésedre állna a feladataid elvégzésére. Nos, az idő lejárt. Ha ma meghalsz, a próbáid nem f ejeződnek be."

E-Z jól sejtette, mi következik, de meg kellett várnia, hogy Eriel kimondja. Hogy kimondja a szavakat, hogy igaz legyen.

Ahogy sejtette, Eriel még nem fejezte be. "Hagyja ránk a befejezetlen próbákat, amiért az életét megmentette. Ez megbocsáthatatlan lenne. Ha ma meghalnál, elveszítenéd a szárnyaidat. Ez csak a kezdet. Azokat a próbákat, amelyeket még nem kaptál meg - soha nem is kapnád meg. Mert csak te voltál az egyetlen, aki teljesíteni tudta a feladatokat. Az egyetlen reményünk.

"Ezért azokat, akiket megmentettél volna, senki és semmi sem menthetné meg. Miattad fognak meghalni. Mindenki, akit valaha is megmentettél a megpróbáltatásaid során, meghalna.

"Olyan lenne, mintha soha nem is léteztél volna. A haláluk végleges lenne. Teljesen. Egyiküknek sem lenne lehetősége a túlvilági életre. Még a köztes világba küldésük sem lenne lehetőség. A halálod akkor E-Z pusztítást és káoszt hozna a világra. Mint aznap, amikor párbajoztunk. Emlékszel, milyen volt a világ azon a napon? Ilyen lenne a Föld - minden egyes napon." Eriel hátat fordított. Nézték, ahogy kinyújtja a szárnyait, m intha távozni készülne.

Mindenki elhallgatott. Elmélkedtek a sorsukon.

Egy idő után Eriel megtörte a csendet. "Ariel, Haniel és én most itt hagyunk titeket. Megbeszélhetitek egymás között, és dönthettek. De siessetek vele. Nem érünk rá egész nap."

Az arkangyalok hármasa eltűnt a mennyezeten keresztül.

16. FEJEZET

MIUTÁN AZ ARKANGYALOK ELMENTEK, a Hármak túlságosan megdöbbentek ahhoz, hogy bármit is mondjanak. Egészen addig, amíg E-Z meg nem törte a csendet.

"Számomra nincs értelme, hogy mindannyiunkat ide hoztak. Hogy megkínozzák Alfrédot. Hogy idehozzanak minket. Aztán azt mondják, hogy egyikünknek meg kell halnia. És nekünk kell választanunk, hogy melyikünk legyen az. Ez barbárság - még Erieltől is."

Lia ökölbe szorított kézzel járkált. Túl dühös volt ahhoz, hogy beszéljen, és az sem érdekelte, ha nekimegy valaminek. Sőt, ha mégis, b elerúgott.

Alfréd közbeszólt. "Azt hiszem, ha valakinek meg kell halnia, az én vagyok. Az erőm rendkívül korlátozott. Több mint valószínű, hogy hattyúlevesbe változnék, tekintve a próbák bonyolultságát. Mint a legutóbbi próbatétel. Tudom, hogy segítettél nekem E-Z. Kedves volt tőled, de tudtam, hogy teher vagyok."

E-Z megpróbált közbeszólni, de Alfréd csak továbbhajtott. "Arról nem is beszélve, hogy esetleg útban lennék. Kockára tenném valamelyikőtöket. Szomorú és magányos életet élek, mióta elvették tőlem a családomat. Egyszer a magány elhatalmasodik rajtam. A Hármak t agjának lenni segített, de...

"Még hattyúként is tudtam rájuk gondolni. Emlékezni rájuk, szeretni őket. Már a tudat, hogy együtt haltak meg, és valahol együtt vannak, békét ad nekem. Még akkor is, ha nem vagyok velük, De ma ott leszek, ha én leszek az, aki meghal. Hajlandó vagyok vállalni ezt a kockázatot. Különben is, ha elmegyek, senkinek sem fogok hiányozni a földön."

"Hiányozni fogsz nekünk!" Mondta Lia.

"Persze, hiányozni fogsz nekünk!" E-Z egyetértett, miközben átment az emeleten, és észrevette az asztalt, amely korábban beleolvadt a falba. Közelebb lépett hozzá, amelyen egy köteg papírt fedezett fel, amit á tlapozott.

"Értékelem az érzelmeidet" - mondta Alfréd. "Hé, mit csinálsz, E-Z? Honnan van az az asztal?"

Lia mindkét kezét maga elé tartotta, hogy egyszerre láthassa E-Z-t és Alfrédot is.

E-Z tovább lapozgatott. Hamarosan már repkedtek a szobában. Úgy pörögtek a levegőben, mintha egy tornádó szeme kapta volna el őket.

A Hármak összeverődtek, és figyelték a papírfelhajtást. Aztán egyszerre csak leestek a járdára.

Lia felkapta az egyiket, és elolvasta, miközben E-Z és Alfréd nézte.

"Mi ez?" - kiáltott fel. "Az áll rajta, hogy a nevünk. Elmondja a történeteinket. A mi történeteinket. A halálunkról."

"Azt mondja, hogy már halottak vagyunk!" E-Z az egyik papírt olvasta, amit elkotorászott.

"Ó" - mondta Lia, miközben egy könnycsepp futott végig az arcán. "Az is benne van, hogy az anyám is halott, ahogy Sam bácsikád is."

E-Z megrázta a fejét. "Ez nem lehet igaz. Nem igaz. Csak játszanak velünk." Körülnézett. Valami megváltozott a szobában. A falak. Most vörösek voltak. "Egy másik dimenzióba kerültünk, vagy valami ilyesmi? Nézd meg a falakat? Valahol máshol vagyunk, ahol a jövő már a múlt?"

Alfréd felkapott egy újabbat a lehullott lapok közül. A felesége, a gyermekei és a saját haláláról szólt. És mégis, amikor ránézett magára, érezte magát, életben volt, tollakkal: egy trombitahattyú. "Ki akarok s zállni" - mondta.

Lia elmosolyodott. "Úgy érted, ki ebből a szobából, vagy ki ebből az életből? Én is ki akarok menni, mármint ebből a hátborzongató fémkonténerből, de nem akarok meghalni. A világot a tenyeremen keresztül látni egyszerre furcsa és klassz. Az is király, hogy gondolatokat tudok olvasni. De amikor megállítottam az időt, az is király volt. Képzeld el, hogy képes lennél megidézni ezt az erőt, például ha valaki veszélyben lenne, vagy ha katasztrófa történne. Képzeld el, hány életet lehetne megmenteni. És most tízéves vagyok, és ki tudja, milyen más képességek v árnak még rám."

"Isteni" - mondta E-Z. "Tudom, mit éreztél, Lia. Én is így éreztem, amikor megmentettem azt az első kislányt, amikor megmentettem a többieket, és amikor megmentettelek téged."

Mindhárman újra kört alkottak, és összefogták a kezüket, miközben a következő szavakat mondták: "Miénk az erő. Ma senki sem hal meg. Nem számít, mit mondanak." Körbe-körbe forogtak, és új mantrájukat kántálták. Egészen addig, amíg készen nem álltak arra, hogy újra v isszahívják az arkangyalokat.

17. FEJEZET

ERIEL ÉRKEZETT MEG ELŐSZÖR, szemöldökét felhúzva, ajkát gúnyosan összecsavarva. Ezután Ariel és Haniel érkezett. Ők ketten mögötte maradtak hatalmas szárnyainak árnyékában. Eriel keresztbe fonta a karját, míg a másik két arkangyal feljebb lépett. A vállának ellentétes oldalán lebegtek.

"Döntöttünk - mondta E-Z. "Ma senki sem fog meghalni."

Eriel nevetése mennydörgött a fémkerítés körül. Felemelkedett a levegőbe, majd keresztbe fonta a karját a mellkasán. Ariel és Haniel hallgatott, miközben Eriel nevetése felerősödött, elég magasra ahhoz, hogy Alfréd fülét is bántani lehessen.

Alfréd elájult, de gyorsan magához tért. Lia és E-Z felsegítették. Fent tartották, amíg Kis Dorrit odarepült. Pillanatokkal később Alfréd magasan felettük ült az egyszarvún. Szemtől szemben állt E riellel.

"Kösz, haver - mondta Alfréd.

"Örülök, hogy segíthettem - mondta Kis Dorrit.

"Elég!" Kiáltotta Eriel, és magasabbra emelkedett föléjük. Megfélemlítette őket a méretével, a morbiditásával, a mennydörgő hangjával. "Azt hiszitek, hogy megváltoztathatjátok azt, ami lesz? Megmondtam nektek, hogy minek kell történnie, és nincs más választásotok, mint engedelmeskedni nekem. Ez nem egy felmérés volt. Sem demokrácia. Ez egy bizonyosság volt. Mert meg van írva..."

Aztán észrevette, hogy a padlót papírok borítják. Lerepült, és felkapott egyet. Aztán felállt, így szemtől szemben állt Alfréddal. A kezében tartotta Alfréd történetét.

"Látom, olvastad a jövőt. Most már tudod az igazságot, hogy egy párhuzamos univerzumban élsz. Ami itt történik, az hullámzik a többi univerzumban. Olyan helyeken, ahol a jövő és a múlt is létezik."

Lia leejtette a jobb kezét, és felemelte a balját. A karja nem volt erős, mert még mindig nem szokta meg, hogy fel kell tartania.

Eriel átrepült a szobán egy piros kanapéhoz, amelyre leült. A többi angyal csatlakozott hozzá, egy-egy karfára. Eriel kényelmesen ült, a szárnyai se nem voltak teljesen ki-, se nem behúzva.

Miután kényelembe helyezte magát, folytatta. "Az egyik világban már mindhárman halottak vagytok. Ti olvastátok az igazságot. Ebben a világban még van remény. A remény létezik, miattunk, vagyis miattam, Ariel, Haniel és Ophaniel miatt. Titeket, három embert választottunk ki, hogy együttműködjetek velünk. Célokat adtunk nektek, és segítettünk nektek, ahol és amikor csak tudtunk. Amíg mi veletek vagyunk, addig csak mi egyedül engedjük meg, hogy a létezésetek folytatódjon. Egyedül mi adunk célt az életeteknek. Ha megtagadjátok, hogy kövessétek az általunk számotokra választott utat, akkor ti sem fogtok többé itt, ezen a világon létezni. Ki leszel t örölve, mint ahogy soha nem is voltál és soha nem is leszel."

E-Z ökölbe szorította az öklét, és a széke előrebillent. "A dokumentumban, a másik életemről szóló dokumentumban az állt, hogy Sam bácsi is halott. Nem volt ott a szüleimmel történt balesetben. Ő nem része ennek az alkunak. Megölted őt Eriel, hogy i tt tarts engem?"

Választ meg sem várva Lia közbeszólt. "Az iratomban az áll, hogy az anyám meghalt. Hogy lehet ez igaz? Kérlek, mondd, hogy nem igaz!"

Alfréd most már jobban érezte magát, leugrott Kis Dorrit hátáról. Közelebb battyogott a kanapéhoz, és ismét szemtől szembe került E riellel.

E-Z büszkén nézte barátját, Alfrédot, a rettenthetetlen trombitás hattyút.

"És az iratokban az imáim meghallgatásra találtak. Már halott vagyok. A családommal együtt haltam meg, ahogyan annak lennie kellett volna. Inkább holtan hagytak volna. Hogy velük együtt haltam volna meg, ahelyett, hogy trombitás hattyúként reinkarnálódtam volna. Azután, hogy Haniel megmentett a köztesből és a köztesből."

Eriel elhessegette Alfrédot. "Á, igen, a betwixt és a kettő között. Már el is felejtettem, hogy oda küldtek. Nem is szeretted annyira, u gye?"

Alfréd megmozdította a nyakát, és a csőrével grimaszolt. Apró, csipkézett fogait kivillantotta, mintha meg akarta volna harapni Erielt.

"Állj le - mondta E-Z, miközben a kanapéhoz gurult.

Alfréd becsukta a csőrét. Lia közelebb lépett hozzá. Most már A Hármak együtt álltak Eriel előtt. Várták, hogy az arkangyal mondjon valamit, bármit. Most az egyszer szótlanul.

E-Z megragadta az alkalmat, hogy kézbe vegye a helyzetet.

"Az újságokban az állt, hogy Sam bácsi meghalt a balesetben, amelyben anyám, apám és én is részt vettünk. Nem volt velünk a kocsiban, ahhoz, hogy ez megtörténjen, be kellett volna ültetni a járműbe velünk együtt. Milyen célból? Magyarázzátok meg nekünk, ti úgynevezett arkangyalok. Miért változtatnátok meg a történelmet a saját céljaitok érdekében? Egyébként hol van ebben az egészben Isten? B eszélni akarok vele."

"Én is!" Lia felkiáltott.

"Én is!" Alfred is csatlakozott.

Eriel keresztbe tette a lábait, és széttárta a szárnyait. Az állára tette a kezét, és így válaszolt: "Istennek semmi köze hozzánk vagy hozzád - többé már nem". Ásított, mintha untatná ez a feladat.

"Mi lenne, ha azt mondanám, hogy a házad éppen most ég, amikor beszélgetünk? Mi lenne, ha azt mondanám, hogy sem Sam bácsi, sem az édesanyád, Samantha, Lia nem él meg egy újabb napot?"

"Te b-b-beszarás!" E-Z felkiáltott.

"Dettó!" Mondta Lia.

"Ugyan már" - szidta Eriel. "Mi itt mindannyian barátok vagyunk. Barátok, nem igaz? A házad kigyulladhat, bármi megtörténhet, amíg mi itt vagyunk ezen a helyen, az időben felfüggesztve. Minél tovább halogatod a választást, annál nagyobb káoszt teremtesz a világban." Felállt, és kiterjesztette a szárnyait, aminek hatására a trió néhány lépést h átrált.

Folytatta: "E-Z, te kockáztatnád az életed Sam bácsikádért, igaz?". A férfi bólintott. "Persze, hogy megtennéd. És Lia, te is kockáztatnád az életed, hogy megmentsd az anyád életét, igaz?" Lia bólintott.

"És Alfrédért, az én drága kis trombitás hattyúmért. Az én tollas, deathery barátom. Kettőjük közül melyiket mentenéd meg. Ha csak az egyiket menthetnéd meg?" Eriel elmosolyodott, büszke volt a rímekre, amelyeket készített.

"Mindkettőt megmenteném" - mondta Alfréd. "Az életemet kockáztatnám, vagy meghalnék, ha megpróbálnám."

"Furcsa halálvágyad van, tollas barátom."

Alfréd Eriel felé száguldott.

"Y-o-u a-r-e n-o-t m-y f-r-i-e-n-d! Ne játszadozz velünk! Te hoztál össze minket. Te hoztál minket össze. Hogy gúnyolódj velünk. Hogy megríkass egy kislányt. Te nem vagy más, csak egy, csak egy nagy zsarnok."

"Igen - mondta Lia. "Ne terrorizálj minket."

"Amit mondtak" - tette hozzá E-Z.

Eriel most már dühös, feketéből vörösbe váltott, feketéből vörösbe. Átrepült a szobán, és ököllel az asztalra csapott.

"Az igazságot akarjátok? Nem tudod kezelni az igazságot!" Vigyorgott. "Egy kis mellékszál: imádom Jack Nicholson alakítását az Egy pár jó e mberben."

Ez volt az egyetlen dolog, amiben Eriel és E-Z egyetértett. Nicholson alakítása abban a filmben hibátlan volt.

"Hagyd abba a melodrámát, és mondd el, mit akarsz tőlünk."

"Már megtettük" - mondta Eriel. "Mondtam, hogy egyikőtöknek ma meg kell halnia. Mondtam, hogy válasszátok ki, melyiket. Meg van írva, hogy egyikőtöknek meg kell halnia. Választanotok kell. Most."

Alfréd előre lépett, kinyújtott hattyúnyakkal. "Akkor én leszek az."

Alfréd letérdelt, teste remegett. Lehajtotta a fejét, mintha azt várta volna, hogy az arkangyal levágja.

Ehelyett mindhárom arkangyal megtapsolta. Körbetáncoltak a teremben. Úgy visítottak, mintha felbérelt bohócok lennének, akik egy gyerekszülinapi bulin lépnek fel.

Néhány perc teljes őrület után az arkangyalok megálltak.

"Megtörtént" - mondta Eriel.

Aztán eltűntek.

18. FEJEZET

E-Z-vel a kerekesszékében, Liával a Kis Dorriton, és Alfréddal, a hattyúval még mindig A Hármak, ahogy az égen szárnyalnak. Néhány mérföldet haladtak tovább, mígnem alattuk észrevettek egy hatalmas fémhidat.

Egy fiatalember billegett a párkányon, minden jelét adva annak, hogy ugrani készül.

E-Z elővette a telefonját, és elindult, hogy hívja a 911-et, miközben Alfréd habozás nélkül a férfihez repült. Eltette a telefonját, és Lia-val együtt követte.

Alfréd a férfi közelében lebegett, nem tudott beszélni és nem értette meg, csak annyit tudott mondani, hogy "Húúúú!".

"Hagyj békén!" - kiabálta a férfi, és elintette szegény Alfrédot, aki csak segíteni akart.

A férfi közelebb lopakodott a peremhez, lerúgta a cipőjét, és nézte, ahogy az alatta lévő folyóba zuhan. Figyelte, ahogy a víz utoléri őket, éhes szájával maga alá húzza a cipőket. Mivel többet akart látni, levette a pólóját - aminek az elején ironikusan az állt, hogy "A vég".

A fiatalember nézte, ahogy kedvenc pólója ringatózik és táncol lefelé menet. Ahogy a víz elnyelte, a férfi énekelni kezdett:

"Itt megyek az eperfa bokor körül.

Az eperfa bokor, az eperfa bokor.

Itt megyek az eperfa bokor körül,

Mindezt egy, egy napsütéses reggelen."

Alfréd hallotta, ahogy énekel. Ismerte a verset. Várta, hogy a férfi újabb verszakot énekeljen. Valójában azt akarta, hogy még többet énekeljen. De félt megzavarni őt. A férfi akkor sem értené meg, ha megpróbálna bes zélni hozzá.

E-Z ekkor már Alfréd jelére várt. Végül kapott egyet - Alfréd azt mondta neki és Liának, hogy ne jöjjenek közelebb.

Alfréd azt kívánta, bárcsak a fiatalember megértené őt. Ha közelebb megy, el tudja-e kapni? Közelebb lépett, szárnyait a lehető legteljesebbre ki tárva.

A fiatalember meglátta őt. "Hattyú - mondta. Aztán ugrott.

A trombitahattyú nagyobb volt, mint egy átlagos hattyú. De nem elég nagy ahhoz, hogy elkapjon egy kifejlett embert. Azért megpróbálta, hogy megtörje a zuhanását. Veszélybe sodorta az életét, hogy megmentse. De bármit is tett, a férfi akkor is úgy zuhant, mint egy ólomlufi. A folyó éhe s torkolatába.

Alfréd gondolkodás nélkül utána ugrott. Hogy hogyan akarta kihúzni a férfit, senki sem tudta. Néhányan azt mondják, hogy a gondolat számít. Ebben az esetben Alfrédot a férfi puszta súlya húzta maga alá.

E-Z ekkor már a víz felett lebegett, és azt várta, hogy vagy a férfi, vagy Alfréd felbukkanjon, hogy segíthessen rajtuk. Sem Lia, sem Kis Dorrit nem tudott úszni. És E-Z sem a székével, sem anélkül nem tudott volna ér tük bemenni.

Elkeseredetten repült a part felé, életjeleket keresve. Végre meglátta, valami billegett a túlparton. Odarohant, odavitte a férfit, ahol Lia várta, és miután felköhögött, elindult, hogy megkeresse Alfréd, a hattyú minden je lét.

Aztán meglátta őt. Félig bent, félig kint a vízben. A dagállyal együtt bukdácsolt.

"Alfréd!" - kiáltotta, ahogy felemelte a hattyú fejét, és azonnal észrevette, hogy a nyaka el van törve. Alfréd, a trombitahattyú, a barátja nem volt többé. Eriel tettét végrehajtotta.

Lia, aki E-Z minden mozdulatát figyelte, meglátta Alfréd nyakát, és felsikoltott: "Neeeeeeeeeee!"

E-Z felemelte a hattyú élettelen testét a tolókocsijára, és megtartotta. Ő is sírni kezdett.

Mögöttük a férfi, akit Alfréd megmentett, kiáltott,

"Nem haltam meg! Én vagyok az, Alfréd!"

19. FEJEZET

F ÖLDI SZÜNET.

A madarak megálltak repülés közben. Ahogy a repülőgépek is. És más repülő tárgyak, mint a léggömbök és a drónok. A golyók megálltak, miután elhagyták a töltényházat. A Niagara-vízesésnél megszűnt a víz áramlása. A bogarak nem zümmögtek tovább. A levegő megállt.

Ophaniel megjelent Eriel, Ariel és Haniel mellett. Csípőre tett kézzel és előrevetett állal több mint nyilvánvaló volt, hogy bosszús.

Ahelyett, hogy beszélt volna, E-Z felé fordult.

A férfi megdermedt, tátott szájjal. Az utolsó kimondott szava az volt, hogy "NOOOOOOOOOOOOOOOOOOOOOOOOOOO!".

Most Liát figyelte. A lány arcára egy könnycsepp fagyott. Az öreg szeméből folyt ki.

Most pedig vissza E-Z-hez. Egy holttestet cipelt. Egy halott hattyú testét.

Most Alfrédhoz, aki már nem volt hattyú. Emberi alakot öltött. Egy megfulladt ember.

Azé az emberé, aki a Hármasban a helyére lépett.

"Na, mi a baj ezzel a képpel?" Ophaniel, a csillagok holdjának uralkodója érdeklődött.

Senki sem mert megszólalni.

"Eriel, te vagy itt a főnök. Először is, elrontod a kötődési tesztet E-Z-vel és Sammel, azzal, hogy - bocsánat a kifejezésért - kiütöd magad a parkból.

"Most pedig a te ostobaságod miatt Alfréd, a hattyú átvette az emberi testet. Annak a személynek a testét, akiről azt mondtam neked, hogy a Hármak tagja kell, hogy legyen.

"Tudod, hogy mivel állunk szemben. Tudod, mit hoz a jövő, ha nem hozzuk rendbe a dolgokat. Te tudod!"

Eriel meghajolt Ophaniel lábai előtt, majd felemelkedett a földről, mielőtt megszólalt. "Kimondtam a szavakat, megtörtént."

"Igen, kimondtad a szavakat, aztán nem gondoskodtál arról, hogy a feladatot elvégezzék, te idióta!"

Az új Alfréd közelében lebegett. "Sajnálom, de ez bonyolítja a dolgokat, még számunkra is. Még a mi erőnkkel sem lesz olyan egyszerű kiszedni őt ebből az emberi testből, és visszaváltoztatni a hattyú alakjába. Lehet, hogy vissza kell küldenünk őt a köztesbe! És ezt nem érdemli meg. V alójában..."

Ariel Ophaniel mellé repült, és megkérdezte: "Beszélhetek?"

"Beszélhetsz, ha van valami rálátásod Alfrédra, ami kisegíthet minket ebből a zűrzavarból."

"Jobban ismerem Alfrédot, mint bárki más itt. Beleegyezett, hogy ő legyen az, aki feláldozza magát. Egy pillanatnyi habozás nélkül újra megtenné - még akkor is, ha nem lenne semmi haszna belőle. Ez egy hatalmas áldozat minden élőlénytől, hogy az életét adja egy másik megmentéséért. Azt is figyelembe kell venni, hogy Alfrédnak mennyit kellett szenvednie, mind emberi létében, mind hattyúként. Ő egy kivételes lélek, és kapnia kellene egy második esélyt, és egy harmadikat, és még többet!"

Eriel gúnyolódott: "El kellene tűnnie, vissza a köztesbe és a kettő közé az örökkévalóságig. Nem méltó rá..."

"Nem adtam engedélyt, hogy félbeszakítsd!" Ophaniel felsikoltott. Hogy a jövőben ne szakítson félbe, begombolta az ajkát.

"Ez igaz, amit mondasz, Ariel - mondta Ophaniel. "Alfréd jól együttműködik Liával és E-Z-vel is. Adnunk kellene neki egy második esélyt ebben az új testben. Őt nem a kettő között és a kettő közöttre szánták. Ez Hadz és Reiki miatt volt. Ezután azonnal a bányába száműztük volna őket. Ehelyett adtunk nekik még egy esélyt E-Z-vel.

"Mégis, Eriel a bányákba küldte őket. Szóval, minden jó, ha a vége jó. Talán Alfréd megérdemel még egy esélyt. Nézzük meg, mi történik, ahogy az emberek mondják, játsszunk a fülünkre. Ha minden rendben lesz. Ha nem, ezt a testet újrahasznosíthatjuk, hiszen a szellem már e lhagyta az épületet."

"Köszönöm - mondta Ariel, és mélyen meghajolt Ophaniel előtt. "Nagyon szépen köszönöm. Rajta tartom a szemem a helyzeten. Nem hagyom, hogy Alfréd cserben hagyjon."

Ophaniel bólintott, felemelkedett, és kimondta a szavakat:

A FÖLDÖN TÖRTÉNŐ FELSZÓLÍTÁS.

Az idő ketyegni kezdett, és a világ visszatért a régi kerékvágásba.

Ophaniel tűnt el először, a másik három várt néhány másodpercet, mielőtt követték volna.

20. FEJEZET

"SZÓ SEM LEHET RÓLA!" kiáltott fel E-Z, közelebb tolva magát az új Alfrédhoz. "Alfréd, te vagy az? Lehet, hogy tényleg te vagy z?"

Liának nem kellett kérdeznie, mert már tudta. Odarohant Alfrédhoz, és átkarolta.

Alfred angol akcentusával azt mondta: "Eriel biztos kicserélődött".

Alfréd, aki csak egy farmert viselt, megborzongott. "Bár fázom, de jó érzés újra egy testben lenni." Megfeszítette az izmait, és helyben futott, hogy felmelegedjen. Aztán néhány cigánykerekezést csinált a gyepen, miközben E-Z és Lia tátott szájjal állt és nézte.

"Micsoda felvágás!" mondta Kis Dorrit.

Alfréd, aki épp akkor vette észre, odament hozzá, és végigsimított a bundáján. Olyan puhának és melegnek érezte, hogy a fiú hozzásimult.

"Ez elég furcsa fordulat" - mondta E-Z, közelebb kerekezve. "Nem igazán tudom, mit kezdjek vele."

"Én sem tudom" - mondta Alfréd - "De megbeszélhetnénk ezt evés közben? Éhen halok, és egy ketchuppal és hagymával megrakott sajtburger egy óriási adag sült krumplival biztosan jól esne."

"Várj egy percet" - mondta E-Z. "Ha te vagy ez a fickó, ez a fickó, akinek még a nevét sem tudjuk - akkor mi van, ha valaki felismer téged?"

Alfréd lehajolt, és megérintette a lábujjait. Megtapogatta a bőrét az arcán. A haját. "Majd átmegyünk ezen a hídon, ha odaérünk."

Elmosolyodott, felemelte a fejét az ég felé, és azt mondta: "Köszönöm, Eriel, bárhol is vagy".

A fejük fölött egy repülőgép az égre írta a szavakat:

Még egyszer a szakadékba, kedves barátaim.

"Ez egy elég furcsa kifejezés az égre íráshoz" - jegyezte meg Lia. "Tudja valamelyikőtök, hogy mit jelent?"

E-Z megrázta a fejét: "Rákereshetek a Google-ban." Elővette a telefonját.

"Nem szükséges" - mondta Alfréd. "Shakespeare-től származik, Henrik királynak tulajdonítják. Szó szerint azt jelenti: 'Próbáljuk meg még egyszer'. Azt hiszem, csata közben hangzott el. Szóval, feltételezem, hogy ez egy üzenet az én Arielemtől, amiben tudatja velem, hogy kaptam még egy esélyt." Könnyek gyűltek a szemébe.

E-Z gyanakodva figyelte az események eme fordulatát. Örült, hogy Alfréd még mindig velük van, de kíváncsi volt, hogy milyen áron. "Aggódom - ismerte be E-Z.

Lia azt mondta, hogy ő is.

"Á, ne aggódj. Ha Ariel küldte ezt az üzenetet, akkor a mi oldalunkon áll. Különben is, a férfi, akinek a testében vagyok - már nem akarta többé. Megpróbáltam megmenteni, de ő mégis leugrott. Talán a sors akarta így, hogy segítsek neked az E-Z próbatételeiben. Bármi is legyen, elfogadom. Mindent beleadok. Persze csak miután fe lvettem egy inget és egy cipőt."

"Kíváncsi vagyok, milyen erőd van most, Alfred. Úgy értem, hogy még mindig megvan-e, vagy már vannak más képességeid is. Vagy nincs is. Mióta újra ember vagy" - kérdezte Lia.

Alfréd megvakarta szőke hajú fejét. "Hát, nem tudom. Az egyetlen dolog, ami itt gyógyításra szorul, az az egykori hattyútestem. Nem akarom megkockáztatni, hogy ha meggyógyítom, újra abban kötök ki."

"Jogos" - mondta Lia. "De nem hagyhatjuk ott a régi hattyútestedet, ugye? El kell temetnünk."

Ahogy ránéztek az élettelen testre, az eltűnt a semmibe.

"Nos, ezzel megoldódott a probléma" - mondta E-Z.

"Úgy érzem, mondanom kellene néhány szót, az öreg testem elmúlásáért. Nem bánja valaki?"

E-Z és Lia is lehajtotta a fejét.

Alfréd elszavalt egy részletet Lord Alfred Tennyson Lord Alfred Tennyson verséből, melynek címe:

A haldokló hattyú:

A síkság füves, vad és kopár volt,

Széles, vad és nyitott volt a levegő előtt,

mely mindenütt felgyülemlett.

Egy szomorú szürke tető alatt.

Belső hangon futott a folyó,

A folyón egy haldokló hattyú úszott,

És hangosan siránkozott.

Itt Alfréd huhogott és huhogott, míg a vers folytatásakor mindnyájuk szemét könnyek töltötték meg:

A nap közepe volt.

A fáradt szél egyre csak fújdogált,

És a nádtetőket is elragadta, ahogy ment.

Egy pillanatra csendben álltak együtt.

Aztán Lia azt mondta: - Most pedig vegyünk neked friss és száraz ruhát, aztán mindannyian elmegyünk egy hamburgerezőbe. Én is éhes és szomjas vagyok."

E-Z megrázta a fejét. "Egy kis kaja jól esne, de még mindig gyanakszom Erielre. Valami itt nem stimmel."

"Majd kitaláljuk - amint ettünk! Vezess a sajtburger mennyországba!"

Elindultak a vízparti sétányon. Egy darabig még sétáltak. Mire rájöttek, hogy eltévedtek.

"Kiváló navigátor vagyok" - mondta Kis Dorrit, az egyszarvú, miközben leszállt, hogy üdvözölje őket. "Szálljatok fel Alfréd és Lia fedélzetére. E-Z követhettek engem."

Alfréd belenyúlt a farmerzsebébe, és előhúzott egy pénztárcát. Benne talált néhány bankjegyet és annak a testnek az azonosítóját, amelyben most tartózkodott. A fiatalember neve David, James Parker volt, huszonnégy éves. Felemelte a jogosítványát.

"Szép fénykép - mondta Lia.

"Igen, elég jóképű vagyok."

"Ó, testvér" - mondta E-Z, és továbblépett.

Fel, fel a levegőbe repültek Little Dorrit utasai. E-Z addig követte, amíg nem tudta, hol van. Elhatározta, hogy kérni fogja, hogy a kerekesszékébe GPS-t szereljenek. Kár, hogy erre nem gondoltak, mikor átalakították.

Az ereszkedést egy gyors kiruccanás követte egy használtruha-boltba. Alfréd most új pólót, farmert, futócipőt és zoknit viselt. Ezt követte egy rövid sorban állás, mielőtt megkezdődött az ételrendelés.

A kis Dorrit szűkszavúan helyezkedett el, míg a trió belekóstolt az ételbe. Mindannyian nagyon éhesek voltak.

Alfréd nyávogó hangokat adott ki, túl sokat ahhoz, hogy részletesen leírhassuk. Amikor befejezték az evést, a szemetet a megfelelő kukákba dobták. És elindultak hazafelé.

Amikor már majdnem ott voltak, Alfréd odaszólt E-Z-nek: "Beszélnünk kell!".

"Nem várhat ez, amíg leszálltok?" Kis Dorrit megkérdezte. "Miután itt végeztem, vannak helyek, ahová el kell mennem, emberek, akiket meg kell látogatnom."

"Milyen bunkó", mondta E-Z. "Rajta, Alfred vagy David, vagy akárhogy is hívnak most."

"Erről akartam beszélni veled" - mondta Alfréd. "Hogyan fogod megmagyarázni az átváltozásomat Sam bácsinak és Samanthának? Ööö, Sam bácsi és Samantha, szeretném, ha megismernétek Alfrédot, a trombitás hattyút. A neve most már David James Parker. Köszönhetően a testnek, amelybe belépett, és amelyben jelenleg is lakik. Mivel a fiatalember, aki a test előző tulajdonosa volt, öngyilkosságot követett el . A Jones utcai hídon."

"Ó, jézusom" - mondta E-Z. "Ez száz százalékig az igazság, ahogy mi tudjuk, de nem mondhatjuk el nekik az igazságot."

"Anyám elájulna, ha ezt mondanánk. Miért nem mondjuk el nekik, hogy Alfréd, a hattyú délre repült? Naposabb időre. Vagy hogy találkozott egy párjával? Akkor Alfrédot D.J.-ként mutathatnánk be, ami sokkal barátságosabban hangzik, mint David James."

"Zseniális vagy - mondta E-Z -, bár mivel a barátomat PJ-nek hívják, a dolgok kissé zavarossá válhatnak egy DJ és egy PJ között. Mit gondolsz, Alfred? Van valami preferenciád?"

"Nem szeretem a DJ-t. Túlságosan közönségesen hangzik. Jobban szeretném, ha Parker lenne a nevem. Parker, a komornyik volt az egyik kedvenc karakterem a Thunderbirdsben."

"Akkor legyen Parker" - fejezte be a mondatot E-Z, miközben Lia felsikoltott, Alfred pedig elájult - az otthonuknak vége. Porig égett.

21. FEJEZET

"Jaj, ne!" kiáltott E-Z, miközben az égő maradványok felé futott. "Meg kell találnom Sam bácsit és Samanthát. Egyszerűen muszáj."

A széke a maradványok fölött lebegett; minden feketére szenesedett. A pusztulás felismerhetetlen összevisszasága, emberi életnek nyoma sem volt. Szórványos tárgyakat áztatott a víz. Időszakos füstjelek szálltak fel itt-ott a kialudt parázsból.

E-Z a levegőbe emelte az öklét. "Gyere ide Eriel, te gigantikus..."

"Repülő tökfilkó!" Parker fejezte be a sértést.

Lia megpróbált mindenkit megnyugtatni.

"Miért kellett ezt tenned? Miért? Miért?" E-Z kiabált.

Lia a földre zuhant. A fejét E-Z térdére hajtotta, Parker pedig átölelte, amikor egy autó csikorogva megállt mögöttük.

Két ajtó repült ki: Sam és Samantha.

Összeszaladtak és egymásba kapaszkodtak; mintha nem is számítottak volna rá, hogy újra látják egymást. Mindenki hullatott egy-két könnycseppet, mielőtt szétváltak. Amikor rájöttek, hogy a csoportos ölelésben egy számukra ismeretlen férfi is benne volt.

Az idegen egy magas férfi volt, akinek nem okozott volna gondot, hogy helyet kapjon a Raptorsban. Tetőtől talpig sötét fekete, tűcsíkos öltönybe volt öltözve, hozzáillő cipővel.

A zakója gombjait kigombolva egy fekete, fényes anyagú, valószínűleg selyemből készült öltönyre derült fény. Koromfekete szemei és szélfútta fürtjei kontrasztban álltak borostyánszínű arcbőrével. Egy temetkezési vállalkozó és egy bűvész keresztezéséhez h asonlított.

Kinyújtotta a kezét: "Üdv, Sam biztosítási ügynöke vagyok."

Sam bácsi elmagyarázta, hogy ő és Samantha elmentek valamit enni. Látva E-Z arckifejezését, ezt így indokolta: "Nem tudott aludni az időeltolódás miatt". Samantha és Sam pillantást váltottak, b ólintottak. "Samantha és én..."

"Ó, anya!"

E-Z azt mondta: "Samantha és Sam bácsi egy fán ülve - k-i-s-s-i-n-g."

"Állj" - mondta Parker. "Zavarba hozod őket."

Minden tekintet a biztosítós fickóra szegeződött. Reginald Oxworthynek hívták. Éppen telefonált. Kiabált. "Hogy érti azt, hogy nem felel meg a követelményeknek?"

"Ó, nem!" Sam azt mondta.

"Évek óta az ügyfelünk, először akkor, amikor egy másik államban élt, és azóta költözött ide. Biztosítva van, ebben biztos vagyok." Szünet következett. "Nos, NÉZZE MEGINT!" Becsapta a telefonját. "Sajnálom ezt az egészet."

Sam közelebb sétált, és mindenki más követte. "Pontosan mi a probléma?"

"Ó, úgyszólván semmi probléma."

"Nekem úgy hangzott, mintha probléma lenne" - mondta Samantha. A többiek bólintottak.

Oxworthy megköszörülte a torkát. "Mondtam nekik, hogy nézzék meg újra a szabályzatotokat. Adjon egy - csörgött a telefonja. "Egy pillanat - mondta, és elsétált tőlük. Úgy követték őt, mint egy csapat focista egy kupacban, és figyeltek minden szavára. "Uh, igen. Rendben. Akkor megerősítették. Semmi gond, megesik az ilyesmi."

Mosolyt sugárzott Sam irányába, majd felemelte a hüvelykujját. Eltávolodott a kísérettől, és folytatta a beszélgetést.

Egy csoportban álltak, és nézték, ami az otthonukból megmaradt. Az otthont, amelyben E-Z egész életében lakott. Mi fog most történni? Újra kellene építeniük ezen a helyen? Egy új házat, történelem és jelentés nélkül. Egy új ház, amely soha nem lesz az otthona. Soha nem lesz olyan hely, ahol a szülei szellemei - ha léteztek szellemek - meglátogathatják.

Oxworthy elindult feléjük. "Nos, akkor most. Elnézést kérek a késésért. De a szállodai foglalásaikat megerősítették. Most már indulhatunk. Elhelyezkedhetnek, amikor csak készen állnak."

"Köszönöm" - mondta Sam. "Van már valami ötlet, hogy mi volt a tűz ka?"

"Az előzetes vizsgálat után kilencven százalékig biztosak benne, hogy a robbanást gázszivárgás okozta. De emiatt most ne aggódj. A biztosításod fedezi a szállodai tartózkodás minden költségét. Három szobát foglaltam neked. Ez elég lesz, nem igaz?"

"Ez elég lesz" - mondta Sam. "Köszönöm, Reg."

"A biztosításod fedezi a költségeket is, a cserecikkekre, a szükséges dolgokra, az élelmiszerre. A szállodában egy fillért sem kell fizetned. Bármit vásárol, küldje el a blokkokat. Készíts másolatot, az eredetit tartsd meg. Gondoskodom róla, hogy megtérítsék a költségeit."

Sam és Oxworthy kezet fogtak.

"Kell valakit elvinni a szállodába?" Oxworthy megkérdezte, Lia és Samantha pedig bemászott a fekete Mercedes hátsó ülésére.

E-Z és Parker beszállt Sam bácsi kocsijába.

"Azt hiszem, még nem mutatkoztunk be egymásnak - mondta Sam bácsi, és kezet nyújtott a hátsó ülésen ülő Parkernek.

"Örülök, hogy megismerhetem - mondta Parker.

"Ó, te is brit vagy" - mondta Sam bácsi. "Ha már itt tartunk, hol van A lfred?"

E-Z megrázta a fejét. "Majd reggel elmagyarázom. És folytathatod, amit el akartál mondani nekünk, rólad és Samantháról."

"Rendben" - mondta Sam, és a visszapillantó tükörbe pillantva látta, hogy Parker mélyen alszik. Bekapcsolta a kocsit, és elhajtott.

"Elég eseménydús napunk volt mindannyiunknak" - mondta E-Z.

"Nekem mondod?"

Bocsánat Eriel, hogy rád fogtam ezt az egészet, gondolta E-Z. Bár egy sejtés az elméje hátsó részében azt sugallta, hogy az esküdtszék még mindig nem döntött a kérdésben.

22. FEJEZET

IUTÁN MINDENKI MEGÉRKEZETT A szállodába, elfoglalták a szobáikat, és azt tervezték, hogy később, este 6-kor találkoznak v acsorára.

Sam bácsinak saját szobája volt, de az ő és az unokaöccse szobája között volt egy szomszédos ajtó. Parker is E-Z szobájában húzta meg magát, míg Lia és az anyja egy pár ajtóval lejjebb lévő szobán osztozott.

Miután berendezkedtek, Lia és Samantha úgy döntöttek, hogy bevásárolnak a szükséges dolgokból. A legfontosabb az új ruhák voltak, mivel minden, amit magukkal hoztak, elveszett a tűzben.

"Mi lesz az útleveleinkkel?" kérdezte Lia.

"Még jó, hogy mindig magamnál tartom őket a táskámban."

"Hú!" Mindketten bementek egy dizájnerboltba, és azonnal elkezdték felpróbálni a legújabb észak-amerikai divatot.

"Ez extra móka lesz, hiszen a biztosító mindent fizet!" Kiáltott fel Samantha a falon keresztül a lányának a szomszédos öltözőben.

"Semmit sem szeretünk jobban, mint egy bevásárló körutat!" mondta Lia. "Én mindenképpen ezt veszem, meg ezt, meg ezt, meg ezt."

A szállodában Parker horkolt az ágyon. E-Z fel-alá járkált a szobában, és az elveszett számítógépén gondolkodott. Még jó, hogy nem jutott túl messzire a regényével, a Tattoo Angelrel, de ami a leginkább foglalkoztatta, az a szülei dolgai voltak. Nem tudta elhinni, hogy mind - Eltűntek. Az sem segített, hogy borzasztó régóta nem nézett rájuk. De miért hibáztatta magát? A biztosító szerint gázszivárgás volt az oka. Azt mondták, kilencven százalékig biztosak benne. Miért érezte folyton azt, hogy az egész az ő hibája, hiszen megállíthatta volna, m egállíthatta volna Erielt, amikor még volt rá esélye.

Sam bedugta a fejét a szobába. "Ti ketten rendben vagytok?"

Parker nyújtózkodott.

"Igen, rendben vagyunk. Gyertek be."

"Lemegyek a boltba néhány alapvető dologért. Ti ketten adtok egy listát, hogy mire van szükségetek, vagy velem tartotok?"

"Ha ez étellel jár - számoljatok velem!" mondta Alfréd.

"Te mindig éhes vagy!"

"Mit mondhatnék, már jó ideje csak füvet fogyasztok."

E-Z elkapta Sam pillantását, és úgy tett, mintha rágyújtana egy képzeletbeli cigarettára.

Sam bácsi gúnyolódott, és csodálkozott, hogy tizenhárom éves unokaöccse honnan ért az ilyesmihez. Hogy témát váltsanak, bezárták a szobájukat, és elindultak a folyosón.

"Hová is megyünk pontosan?" E-Z megkérdezte.

"Így van, nem sűrűn járunk vásárolni a városba. Van egy fantasztikus pláza, ahová azóta szeretnék elmenni, mióta ideköltöztem. Nincs messze, gondoltam, beszélgethetnénk ú tközben."

"El tudod mondani, mi történt?" Kérdezte Parker.

"Igen, hogyan jöttetek össze Samanthával ilyen gyorsan?" E-Z kérdezte.

"Hmmm" - mondta Sam.

"A tűzre gondoltam" - mondta Parker, miközben E-Z-re vetett egy kancsal pillantást a válla fölött.

Megérkeztek a boltba. Parker és Sam a forgóajtón keresztül mentek be, míg E-Z az ajtónyitó gombot használta a belépéshez.

Odabent Parker lehajolt, hogy visszahúzza a cipőjét. E-Z egy elegáns farmerdzsekit húzott le a ruhafogasról, és felpróbálta. Egy tükör elé gurult, hogy ellenőrizze az illeszkedést. "Ez elég jól néz ki."

Sam odajött, hogy felmérje a helyzetet: "Egyetértek, pontosan illeszkedik. Úgy tűnik, mintha neked készült volna."

"Mit gondolsz, Alfred?"

Sam kétszer is megnézte magát. Parker azt mondta: "Abbahagynád, hogy Alfrednak szólíts! Ki volt ez az Alfréd fickó egyébként?"

"Uh, bocsánat, ez a brit akcentus. Neki is volt egy. Alfred, nos, egy barátunk volt."

Sam visszatért a ruhák nézegetéséhez. Egy kosarat töltött meg fehérneműkkel és piperecikkekkel.

"Mit gondolsz, Parker?"

Átment a padlón, hogy közelebbről is megnézze. "Jól áll. Szerintem meg kellene venned. De kár lesz, ha kitörnek a szárnyaid, és tönkremegy."

Sam elsétált mellette, és E-Z a kosarába dobta a kabátot. "Szerintem nektek is be kéne szereznetek néhány szükséges dolgot, például alsóneműt. Hacsak nem szándékozol kommandózni."

"Fúj!" E-Z felkiáltott.

"Ó, ismerős ez a kifejezés. Az eredete, egészen biztos vagyok benne, hogy az Egyesült Királyságban van."

"Már értem, miért hívja az unokaöcsém folyton Alfrédnak. Ő is ilyesmit mondott volna."

E-Z egy pillanatra Parkerre meredt. Aztán követte a nagybátyját a kasszához vezető úton, ahol megállt, felpróbált egy kalapot, és bedobta kosárba.

"Na, hová tűnt Parker?" - kérdezte. Sam tovább nézegette a nyakkendőtűket, miközben E-Z az üzletet fürkészte eltűnt barátja után.

Parker mozdulatlanul állt a négyes folyosó közepén, a jobb karját felemelve, a bal karját pedig leengedve. Az arckifejezése félreérthetetlenül zombiszerű volt.

"Jaj, ne!" mondta E-Z, miközben odatekert. "Uh, Parker" - suttogta. "Mi a baj? Jobb, ha vigyázol, különben valaki összetéveszt egy p róbababával."

Parker mozdulatlanul állt.

"Szedd össze magad" - mondta E-Z, és nekiment Parkernek a székével. Parker teste, megbillent, majd felborult. E-Z éppen időben kapta el, és az inge hátuljánál fogva tartotta fel. Megpróbálta kiegyenesíteni a barátját, hogy ne tűnjön olyan merevnek és próbababának, de ez nem volt könnyű f eladat.

Sam bácsi odasietett segíteni. "Mi van Parkerrel?"

"Nem tudom. Ki kell vinnünk innen."

"Drogokat szed? Olyan furcsa arckifejezése van, mintha szellemet látott volna, vagy ilyesmi."

"Nem, nem drogozik, kivéve egy kis füvet néha-néha. És nincsenek olyan dolgok, mint a szellemek - nem is beszélve arról, hogy nappal van. Talán elszállíthatnám a székemen? Ki kell vinnünk innen, mielőtt valaki észreveszi, és hívja a rendőrséget.

"Egyetértek. Nem tudom, milyen indokot adnának a rendőrségnek, ha hívnák őket. Van egy fickó a boltunkban, aki egy próbababát utánoz! Gyere gyorsan!"

"Vicces" - mondta E-Z. "Te menj és nézz ki, én meg itt maradok. Gondoljuk át, hogyan juttathatnánk ki innen anélkül, hogy túl nagy feltűnést keltenénk."

Sam bácsi elment fizetni, míg E-Z Parkerrel maradt. A folyosón érkező vásárlóknak gondot okozott a be- és kikerülésük. E-Z balra, majd jobbra tolta a székét, hogy elférjenek a vásárlók.

Végül, amikor egyszerre több vásárló volt, a falhoz tolta Parkert. Így legalább nem volt útban. Aztán leült Samre várva.

"Itt vagyunk!" Kiáltotta E-Z, amikor meglátta.

"Miért áll a fallal szemben? És mit csinálsz te ott, arrafelé?"

"Rengeteg vásárló volt, mi pedig útban voltunk. Kitaláltad, hogyan tudnánk kivinni innen?"

"Igen, hozok egyet azokból a platós kocsikból" - mondta Sam.

"Miért nem veszünk egy kocsit?" E-Z kérdezte. "Kevésbé feltűnő."

"Soha nem tudnánk beültetni egy kocsiba. Hacsak nem akarod kitörni a szárnyaidat, felkapni és beledobni."

"Gondolkodnom kell." Néhány perc múlva rájött, hogy egy platós kocsi beszerzése a legjobb ötlet. "Igen, szerezz egy platót, és segíthetek betenni őt. Amint kijutottunk a boltból, visszarepíthetem a szállodába. Az egyetlen probléma az lesz, hogy amikor odaérek, mit c sináljak vele akkor."

"Majd kitaláljuk, ha kijutottunk a boltból." Sam elment egy kocsiért. Ehelyett egy platóval tért vissza. Kiderült, hogy ez jobb megoldás. Könnyedén felpakolták rá Parkert, és elindultak vissza a szállodába.

"Gyalogoljunk vissza, lassan és egyenletesen" - mondta E-Z. "Mégsem kell repülnöm. Szépen lassan, nyugodtan, felmegyünk a szobánkba, és az ágyára fektetjük."

"Aztán visszaviszem a platót, meg kellett ígérnem, hogy személyesen visszaviszem."

"Jól hangzik. Hoppá."

Egy csapat vásárló elfoglalta a járda nagy részét. Megálltak, hogy átengedjék őket, aztán ismét folytatták az útjukat, és hamarosan visszaértek a szállodához.

Odabent a plató nem fért be a normál liftbe, így a szervizliftet kellett használniuk. Ehhez némi meggyőzésre, azaz a concierge megvesztegetésére volt szükség. Miután a pénz tenyeret cserélt, még abban is segített nekik, hogy a platót kivegyék a liftből. Azt is felajánlotta, hogy visszaviszi a boltba, ha végeztek. Ezt az ajánlatot Sam udvariasan v isszautasította.

Most, E-Z és Parker szobája előtt kinyílt a lift, és kilépett Lia és az anyja. Mindketten számos táskát cipeltek, amikor észrevették a srácokat és a p latót.

"Jaj, ne! Mi történt? Kérdezte Lia.

"Nem tudom" - mondta E-Z. "Furcsa kanyart vett."

"Vigyük be" - mondta Sam.

Miután letették a táskáikat, a lányok segítettek E-Z-nek és Samnek felrakni Parkert az ágyra.

"Lehet, hogy elvarázsolták?" Javasolta Lia.

"Ez elég furcsa ugrás tőled" - mondta Samantha. "Túl sokszor nézted a Charmed ismétlését."

Lia nevetett. "Igen, az volt az egyik kedvencem. Mármint az előző változat, az a lány a Ki a főnökből."

"Jó tudni, hogy Hollandiában is nézed az oldies csatornát" - mondta E-Z. Aztán közelebb húzódott Parkerhez. "Várj egy percet. Lélegzik m ég?"

Figyelték Parker mellkasának emelkedését és süllyedését. Nem történt meg.

"Ellenőrizzük, hogy ver-e a szíve - vagy a pulzusa" - javasolta Samantha.

"Van szívverés" - mondta Sam. "És lélegzik is, de csak szórványosan."

Samantha előrehajolt, és megtapogatta Parker homlokát. "Jaj, de l ázasan ég!"

"Hozzatok jeget!" Kiáltotta Sam, majd saját parancsát követve kirohant a folyosóra a jéggel teli vödörrel a kezében.

"Nem kéne orvost hívnunk?" Kérdezte Samantha.

23. FEJEZET

"Egyetértek anyával. Hívnunk kell egy mentőt, vagy talán a szállodában lakik egy orvos" - mondta Lia.

E-Z grimaszolt, ESP Lia üzenetét - meg kell szabadulnunk Sam bácsitól és anyádtól.

Sam visszatért, egy vödörnyi jéggel. "Be kell tennünk a fürdőkádba". Ő és Samantha elkezdték felemelni Parkert.

"Várjatok!" Lia szólt. "Ööö, Sam és anya, miért nem mentek ti ketten és hoztok sok-sok jeget? Úgy értem, meg kell töltenünk a fürdőkádat, mielőtt betesszük, igaz?"

"Uh, azt hiszem, megpróbálnak megszabadulni tőlünk" - mondta S am.

"Sajnálom" - mondta E-Z. "Adnál nekünk pár percet, hogy megpróbáljuk kitalálni ezt a Parker-helyzetet?"

Samantha és Sam bólintott, majd kimentek a szobából.

E-Z elmondta a varázsszavakat, amelyek megidézték Erielt:

Roch-Ah-Or, A, Ra-Du, EE, El.

Az arkangyal még mindig nem jelent meg. Az, hogy figyelmen kívül hagyják, végtelenül bosszantotta E-Z-t, most, hogy tudta, hogy Eriel folyamatosan figyeli őt.

Lia próbálkozott Hanielnél, de nem kapott választ.

E-Z és Lia nem tudta, mit tegyen, amikor Parker szíve lelassult a dobogása, és majdnem teljesen megállt.

Hívás és fanfárok nélkül megérkezett Ariel. Egyenesen Parkerhez repült. A homlokára tette a kezét. Nézték, ahogy a szeméből könnycseppek hullanak a férfi arcán landolnak. A lány kántált, egy lágy dalt énekelt, és várt. Amikor a férfi nem mozdult, és nem tért magához, megfordult, hogy távozzon. De mielőtt elment volna, így siránkozott: "Elment". És másodpercekkel később ő is.

Annak ellenére, hogy a 45. emeleten voltak, és annak ellenére, hogy Alfred/Parker halott volt. Már megint. E-Z felemelte az ágyról, és az ablakhoz vitte. A válla fölött visszapillantott Liára.

A lány sírt, ahogy ő és Parker lezuhantak.

Zuhantak, zuhantak. Egészen addig, amíg E-Z kerekesszékes szárnyai elő nem bújtak. Elrepültek, ő és Alfréd, ő és Parker. Mindketten egyformák voltak. Kettő az egy áráért.

Kezdett félrebeszélni, ahogy egyre magasabbra és magasabbra emelkedett. A székének fém részei egyre forróbbak lettek.

Attól félt, hogy felgyulladnak.

Helyre kellett hoznia a dolgot. Egyszerűen muszáj volt. Meg kellett találnia Erielt.

A kerekesszék rángatózni kezdett, amitől E-Z és Alfred/Parker elesett.

Szék nélkül landoltak a silóban, ahol E-Z barátja élettelen testébe k apaszkodott.

Nem telt el sok idő, amikor Eriel megérkezett, és a levegőben lebegve előttük kiáltotta: - Mondtam, hogy meg fog történni. Megmondtam, és ő beleegyezett. Az üzlet megköttetett."

E-Z tudta, hogy ez igaz, és mégis. "Akkor miért adtál neki reményt, és miért a Shakespeare-idézet arról, hogy adtál neki egy második esélyt?"

Eriel a béna testre nézett, amelyet E-Z a kezében tartott. "Az nem az én művem volt."

"Akkor kivel kell beszélnem?" E-Z megkérdezte. "Hozd el hozzám. Istenhez, vagy bárki máshoz. Követelem, hogy lássam!"

24. FEJEZET

RIEL FELSZISSZENT, MAJD ELTŰNT.

E-Z és Alfred/Parker maradt. A Parker név semmit és senkit nem jelentett neki. Alfred a barátja volt, és most, hogy eltűnt, Alfredként és csakis Alfredként fog emlékezni rá.

Egyszerre várt valamire és semmire. E-Z halott barátja alakját bölcsőzte, és azt kívánta, hogy újra életre keljen.

"Kérsz egy italt?" - kérdezte a hang a falban.

"Szeretném, ha a barátom újra élne. Vissza tudod őt hozni az életbe újra? Segítenél nekem megmenteni őt?"

"Kérem, maradjon ülve."

PFFT.

A levendula megnyugtató illata betöltötte a levegőt. Elsodródott, álomszerű állapotba került, ahol újra átélt egy emléket, egy emléket, amely eltolódott és megváltozott, hogy megfeleljen a jelenlegi h elyzetének.

Ott voltak E-Z édesanyja és édesapja, akik éltek és virultak, de fiatalabbak voltak. A kórházból jöttek haza egy olyan autóval, amit még sosem látott. Az apja, Martin sietett ki a vezetőülésből, hogy kisegítse az an yját, Laurelt a kocsiból.

És együtt benyúltak a hátsó ülésre, és kiemeltek onnan egy csecsemőülést. Szeretettel nézték a benne ülő csecsemőt, aki mélyen ludt.

"Olyan, mintha a nagy testvére lenne - mondta Martin.

"Igen, E-Z mindig elaludt a kocsiban - mondta Laurel.

"Gyere be - nyávogta Martin.

"És ismerd meg a nagy testvéredet" - mondta Laurel, miközben a csecsemő rövid időre kinyitotta a szemét, majd újra visszaaludt.

E-Z, aki kinézett az ablakon, mellette Sam bácsival. Ki akart menni, hogy üdvözölje új kistestvérét.

"Várd meg, amíg bejönnek - mondta Sam bácsi.

"Oké" - mondta a hétéves E-Z, arcát az ablaknak nyomva, két kezével a kezében ringatva.

A bejárati ajtó kinyílt: "Megjöttünk!" - kiáltotta az édesanyja, Laurel.

E-Z a bejárati ajtóhoz szaladt, ahol az anyja és az apja megölelték. Leguggoltak, hogy bemutassák a Dickens család legújabb tagját.

"Olyan kicsi" - mondta E-Z.

"Ő egy ő" - mondta az apja.

"Ó."

"Szeretnéd megfogni?" - kérdezte az anyja.

"Oké" - mondta E-Z, és feltartotta a karját, hogy az anyja beletehesse a kisöccsét. "Bár nem akarom felébreszteni. Nem bánná?"

"Nem, nem fog felébredni" - mondta Laurel.

"Ha mégis, akkor azért, mert találkozni akar a nagy testvérével."

"Van neve is?" E-Z megkérdezte, a karjába vette az újszülöttet, és megölelte a fejét.

"Még nincs, szeretnéd elnevezni?" - kérdezte az anyja. "Jó, fogd meg a nyakát, csak így... nagyon jó. Honnan tudtad, hogy ezt kell csinálni? Olyan jó nagy testvér vagy."

"Szép munka, pajtás" - mondta az apja.

E-Z lenézett a cigányfiókára, és azt mondta: "Nekem úgy néz ki, mint Alfréd".

Könnyek gördültek le E-Z arcán, ahogy a két világ összeütközött. Az egyikben az Alfréd nevű kistestvérét bölcselkedett. A másikban Alfréd holttestét bölcsőzte a silóban.

"A várakozási idő most hét perc" - mondta a hang a falban.

"Hét perc", ismételte E-Z.

Alfredra gondolt, az erejére. Arról, hogy hogyan tudott meggyógyítani más életformákat, beleértve az embereket is. Azon tűnődött, vajon Alfréd, meggyógyította-e a fiatalembert. Ő maga végezte-e a váltást? Lehetséges lett volna?

"Alfréd - mondta E-Z. "Alfréd, hallasz engem?" Megrázta a barátja testét. "Alfred!" - mondta újra és újra, remélve, hogy a barátja v alahogy hallja őt.

Ahogy a fal órája visszaszámolt, Ariel megjelent. "Nem bánhatsz a testtel, így. Ez szégyen." Kitárta a szárnyait, és elindult, hogy kiemelje Alfréd béna testét E-Z karjaiból, azzal a szándékkal, hogy elviszi.

"Ne!" Mondta E-Z. "Nem kapod meg őt."

Ariel megrázta a szárnyait, majd a mutatóujját E-Z felé.

"Alfréd elhagyta az épületet, nálad van a bőr, a ruha, amely őt tartotta. Alfréd most ott van, ahol lennie kell. Engedd el a testét."

E-Z felült. Ha Alfréd valahol a családjával volt, ha ez igaz volt, akkor igen, elengedhette. Addig is kitartott.

"Hol van pontosan? A családjával van?"

Ariel közel repült, feltűnően közel, majdnem ráült E-Z orrára. "Ezt nem tudom megmondani."

"Akkor nem engedem el."

"Rendben" - mondta Ariel. Fújt egyet és eltűnt.

Fölötte, a silóban két alak jelent meg egy férfi és egy nő. Megmozdultak feléje, és lebegve leereszkedtek. Egyre közelebb és közelebb.

Megdörzsölte a szemét. Megint álmodott? Az anyja és az apja volt az. Martin és Laurel. Angyalok, akik üdvözölték őt. Megrázta a fejét. Nem lehettek ők. Nem lehettek. Róluk álmodott - hogy hazahozzák a kisöccsét. Most pedig itt voltak vele a silóban. Tiszta, mint a nap - de vajon még mindig aludt? Álmodott?

"E-Z - mondta az anyja. "Ez a személy, a barátod, Alfréd meghalt. El kell engedned őt, és folytatnod kell a munkádat. Be kell fejezned a próbákat, és az óra ketyeg. Kifutsz az időből."

E-Z apja, Martin azt mondta: "Csak így lehetünk újra együtt".

"De hazudtak neki" - mondta E-Z. "Azt mondták neki, hogy a családjával lesz. Most nem lehet a családjával, így nem. Honnan tudjam, hogy nem hazudnak nekem, hogy veled lehetek? Honnan tudjam, hogy te nem Eriel manipulációja vagy, hogy rávegyen, hogy teljesítsem a parancsait?"

"Ki az az Eriel?" - kérdezte az anyja.

"Nem ismerjük Erielt" - mondta az apja.

Ennek semmi értelme nem volt. Ez volt Eriel helye. Akár ismerték őt, akár nem, nem számított, ő volt a felelős azért, hogy ott voltak. Ő tudta, hogyan kell meghúzni E-Z szívét. Tudta, hogyan kell rávenni, hogy azt tegye, amit ő akar.

Mit akart pontosan? És miért használta fel a szüleit, hogy elérje? Szégyentelen volt. A levegőben fölötte lebegtek a szülei, és úgy kapcsolgatták a mosolyukat, mintha bábuk lennének. Ekkor tudta meg biztosan, hogy a két szellem, vagy bármi is volt az, mégsem a szülei. A képzelete szülei voltak, vagy talán Eriel szülei. Amire nem tudott rájönni, az az volt, hogy miért. Miért manipulálták őt ilyen kegyetlenül és szégyentelenül?

"Ébredj fel E-Z!"

Visszatért az ágyába. A saját házában.

Megfordult, és visszaaludt... és újra a silóban landolt - megint.

25. FEJEZET

ÁROM SILÓSZERŰ DOLOG LEBEGETT a szobában, mintha a Kövesd a vezetőt játékot játszanák.

Nem silók voltak. Ezek valódi örök nyugvóhelyek voltak, amelyeket Lélekfogóknak hívtak.

Minden egyes alkalommal, amikor egy élőlény elpusztult, feltéve, hogy a test, amelyben élt, lélekkel született, egy napon tovább fog élni. A Lélekfogók sokan voltak, túl sokan ahhoz, hogy meg lehessen számolni. Számuk sokkal nagyobb volt, mint amit mi emberek fel tudunk fogni. Több, mint egy googolplex, ami a legnagyobb ismert szám.

Amikor E-Z megérkezett, mint korábban, most is a várakozó lélekfogójába helyezték.

Alfred érkezett a következő, még mindig halott testét a lélekfogójába helyezték.

Lia érkezett utoljára, még mindig aludt, a lélekfogójába.

Nem kellett sok idő, hogy E-Z klausztrofóbiásan érezze magát.

"Kérsz egy italt?" - kérdezte a hang a falban.

"Nem, köszönöm" - mondta, ujjaival a kerekesszék karfáján dobolva, amikor megjelent egy angyal. Egy új angyal, olyan, amilyet még nem l átott.

Ez az angyal egy nő volt. Folyó fekete ruhát és sapkát viselt - mintha egy diplomaosztó ünnepségen vett volna részt. Szigorúnak tűnő arcán egy szemüveg volt. Hasonló ahhoz, amit Marilyn Monroe viselt a kávéházi plakáton. A különbség az volt, hogy ezekben a keretekben vörös folyadék lüktetett, amely vérre hasonlított.

"E-Z - mondta remegő hangon. A hangja visszhangzott. "Üdvözöllek újra a Lélekfogódban."

"Lélekfogó?" - kérdezte. "Így hívják ezt az izét? Nekem inkább egy silónak tűnik. Egyébként mi az a Lélekfogó?"

"A lelkek örök nyugvóhelye" - mondta a lány, mintha már milliószor válaszolt volna ugyanerre a kérdésre.

"De az nem arra való, amikor az emberek már halottak? Én nem vagyok halott." Nagyon remélte, hogy nem halt meg!

"Várj!" - kiáltotta a lány.

Megint megrázta a falakat, amikor beszélt. És a fogai is rezegtek. Annyira, hogy a legszívesebben kint lenne a hóban, aztán hallania kellett volna, hogy a nő még egy szót kiejt.

"Nem is mondtam, hogy ez a kérdezz-felelek idő. Ahogy látom, a legtöbb próbát sikeresen teljesítetted. Bár Alfréd asszisztált a második próbához. Mint tudod, az engedély nélküli segítségnyújtás nem megengedett."

E-Z kinyitotta a száját, hogy megvédje Alfrédot, de csak újra becsukta. Nem akarta megkockáztatni, hogy a nő ismét felemelje a hangját. Nagyon szerette volna, ha feljebb kapcsolják a fűtést odabent. Aztán megint csak a lelkek helye volt. Talán a lelkek jobban s zerették a hideg tárolást.

TIK-TAK.

Egy takarót terítettek a vállára.

"Köszönöm."

"Igazad van, amikor meghalsz, a lelked itt fog pihenni. Vagy itt pihent volna, ha hagytuk volna meghalni. De mi életben tartottunk. Jó okunk volt rá. A dolgok azonban megváltoztak. Nem vált be a dolog. Ezért szeretnénk felbontani az eredeti megállapodásunkat."

"Hogy érted, hogy visszavonni? Magának aztán van bőr a képén! Megpróbálsz felmondani egy megállapodást, mi az, hogy csak azért, mert gyerek vagyok? Vannak törvények a gyermekmunka ellen. Különben is, mindent megtettem, amit kértek tőlem. Persze, mindent menet közben kellett megtanulnom. De sűrűn és nehezen, de megcsináltam. Megtartottam az alku rám eső részét, és neked is be kellene tartanod a t iédet!"

"Ó igen, megtetted, amit kértek tőled. Ez a baj - hiányzik belőled a kezdeményezőkészség."

"Hiányzik a kezdeményezés!" E-Z felkiáltott, miközben ököllel a kerekesszék karfájára csapott. "A megállapodás az volt, hogy te küldesz nekem próbákat, én pedig kitalálom, hogyan győzzem le őket. Életeket mentettem meg. Nem változtathatod meg a szabályokat a játék felénél."

"Igaz, ez volt az eredeti megállapodás. Aztán a dolgok rosszul alakultak Hadzzal és Reikivel - elfelejtették kitörölni az elméket - egyrészt, és Erielnek bele kellett avatkoznia."

"Próbákat küldött nekem, én pedig elvégeztem őket. Még egy párbajban is legyőztem."

"Igen, így van. Megkértem, hogy mérje fel a közted és Sam bácsikád között fennálló kötelékeket."

"Hogy értékeljen minket?"

"Igen. Egy arkangyal nem arra hivatott, hogy próbákat hozzon létre egy kiképzés alatt álló angyal számára. A te, nos, kezdeményezőkészséged hiánya miatt Erielnek jobban bele kellett avatkoznia, mint kellett volna."

"Várj csak egy percet! Szóval azt mondod, hogy nekem kellett volna elmennem, hogy megtaláljam a saját próbáimat? Miért nem tájékoztatott senki ezekről a követelményekről?"

"Reméltük, hogy magadtól is rájössz. Voltak nyomok. Nyomok a nagy egészről. Közös vonások. Azt reméltük, ha van másokkal is, akikkel megbeszélheted a próbákat. A próbákat, amiket már elvégeztél. Hogy rájönnek a problémára. Ugyanarra a következtetésre jutnak.

Segít nekünk. Talán még le is győzi - anélkül, hogy nekünk kellene megetetnünk önökkel. Minden lehetőséget megadtunk neked, de nem tetted meg. Szóval, más utat választunk."

"Közös pontok? Talán tudom, mire gondolsz."

"Ha rájössz, és a szuperhősös megoldást választod... Az működne. Feltéve, ha minden kristálytiszta lenne. Teljes képet kaptál. Ismerted a kockázatokat."

"Szóval akkor is egy csapat maradunk? Miért nem fejted ki nyíltan? Hogy megkönnyítsd a dolgomat?"

"A múltban, bár a társaid olyan erőket kaptak, amelyekkel te nem rendelkeztél - nem használtad őket. Ehelyett ti hárman csak ültetek - vesztegettétek az időt - és vártátok, hogy minden megtörténjen.

Nem tartottátok furcsának, amikor Eriel megjelent a vidámparkban? Felemelte a Hármak profilját. Ez nem egy arkangyal dolga. Ez a te dolgod."

Megrázta a fejét. "Nem voltam száz százalékig biztos benne, hogy Eriel volt, amíg a végén nem azonosította magát. Előtte is megvolt a gyanúm. Ki más öltözne úgy, mint Abraham Lincoln?

"Különben is, azt hittem, senkinek sem szabad tudnia. Addig a pontig azt hittem, hogy a perek titkosak. Féltem, hogy megszegem a veled kötött megállapodásomat. Ophaniel azt mondta, ha bárkinek elmondom, elveszítem az esélyt, hogy újra láthassam a szüleimet. Követtem a számomra meghatározott szabályokat. Nem hiszem, hogy érted a fair p lay fogalmát."

"Ez nem játék. Az arkangyalok azt tehetnek, amit csak akarnak!" - kiáltott fel, és közelebb lépett oda, ahol E-Z ült. Előre tolta az állát.

"Úgy döntöttünk, hogy jobban illik hozzád a szuperhősös játék, mint az angyalos játék. Akkor volt, amikor a PR-részlegben segítettünk neked. Hogy bátorítsunk, hogy találj magadnak saját embereket, akik segíthetnek. Isten tudja, hogy a Föld tele van velük. Hogy is hívta őket Shakespeare, azokat, akik nyávognak és hánynak az ápolójuk karjaiban."

"Én nem olvastam Shakespeare-t, de Charles Dickens rokona vagyok. Nem mintha ez lényeges lenne. De, oké, szóval, azt akarod, hogy folytassam, szuperhősként Alfréddal, ha él, és Liával az oldalamon. Könnyen kaphatnánk sok támogatást és nyilvánosságot a médiától.

"Még mindig elkötelezett vagyok irántad. Ha szabad kezet adsz nekünk, miért, a határ a csillagos ég lesz. Rengeteg gyereket ismerünk az iskolában és a sportágban. Létrehozhatunk egy szuperhős forródrótot és egy honlapot. Használhatjuk a közösségi médiát, hogy kapcsolatba lépjünk az emberekkel a világ minden tájáról. Az emberek sorban állnak majd értünk, hogy segítsünk nekik. Ez egy teljesen új játék lesz."

"Á, végre a kezdeményezésről beszél... de kedves fiam, ez már túl kevés, túl késő. Ahogy már mondtam, ki akarunk szállni a kötelezettségből. Már nem vagy hozzánk kötve. Nincs többé adósságod, amit meg kell fizetned."

"De..."

"Mindhárman bebizonyítottátok, hogy csak magatokért vagytok itt. Amikor az angyalok először javasolták, hogy segíthetnétek nekünk, képviselhetnétek minket itt a Földön - volt egy tervünk. Alfréddal ugyanez volt a helyzet. Aztán jött Lia. Azóta sikerrel jártunk mindkettőtökkel. Bevontuk őt is a trióba... de most már feleslegessé v áltál."

"Embereket mentünk meg, embereken segítünk."

"Ne gyere nekem ezzel. Ha felajánlanám neked, hogy ma, itt és most a szüleiddel lehetsz. Bedobnád a törülközőt. Elmennél anélkül, hogy törődnél azokkal az életekkel, amiket megmenthettél volna, ha f

olytatódnak a próbák.

"Alfreddal is így lesz, gondolom - már ha túléli. Szemrebbenés nélkül eltűnne egy margarétamezőn a családjával. És ha már a szemekről beszélünk, ha Lia visszanyerné a látását - ő is elmenne.

"Alapos mérlegelés után rájöttünk, hogy egyikőtök sem elkötelezett más iránt, mint saját magatok iránt, ezért áttértünk a B tervre."

"Várjatok egy percet. Definiáljuk a munkát." Rákeresett a Google-ra, és örömmel állapította meg, hogy négy sávos. "Egy online szótár szerint: munkáért vagy fizetésért rendszeresen munkát végezni vagy feladatokat teljesíteni. Én dolgoztam neked, fizetés nélkül. A díjazás ígéretén kívül. Szóbeli megállapodásunk volt.

"Nem vagyok biztos a részletekben, hogy milyen alkut kötött Alfréd, vagy Lia, de fogadok, hogy az angyalaik hasonló ösztönzőket ajánlottak nekik. Én betartottam az alku rám eső részét, és neked is be kell tartanod a tiédet. Tizenhárom éves vagyok, és - guglizott. "Igen, ahogy gondoltam, az amerikai munkaügyi minisztérium szerint tizennégy a minimális m unkaképes korhatár."

A lány felnevetett, és megigazította a szemüvegét. Észrevette, hogy véres a keze. Megtörölte a fekete ruhájába. "A korai törvények nem vonatkoznak az angyalokra vagy arkangyalokra. Bár naivitás lenne azt hinni, hogy így lenne." Szünetet tartott. "Készen állunk arra, hogy két választási lehetőséget kínáljunk neked. Az első lehetőséget: Itt maradsz a L élekfogóban életed hátralévő részében."

"Micsoda?"

Lélekfogójának alapjai megremegtek. A gondolattól, hogy élve eltemetik ebben a fémtartályban, rosszul lett.

"Az életed, mert az éltető lélegzeted úgy fog telni, ahogy azok az ostoba arkangyalok megígérték. A szüleiddel. Azaz, a szüleiddel együtt fogod újraélni az életedet a születésed napjától egészen addig a pillanatig, amikor az életük pontosan lejárt. Te soha nem leszel tolószékben, és ők soha nem halnak meg." Szünetet tartott. "Most már b eszélhetsz."

"Úgy érti, hogy újra és újra átélném az életemet a szüleimmel, minden egyes napot, amit együtt töltöttünk, az örökkévalóságig, újra és újra?"

"Igen."

"Mi a második lehetőség?"

"Nem tudod kitalálni?" - kérdezte foghíjas vigyorral.

A mosolya olyan őszintétlen volt, hogy a férfinak el kellett fordítania a tekintetét.

Várt.

"A második lehetőség azt jelentené, hogy visszamész, és újra Sam bácsival éled az életed." A lány tétovázott, közelebb lépett, így E-Z. Már így is fázott, és most a nő minden egyes szárnycsapásával még hidegebbé tette. Betakarta magát a takaróval. A nő folytatta. "Amint azt már sejthetted, egyik lehetőséggel sem fogsz, és soha nem is fogsz újra egyesülni a szüleiddel. Újrateremtenénk a múltat. Olyan lenne, mintha egy színdarabban vagy egy tévéműsorban élnél."

"Mi az! Én nem ebbe egyeztem bele!" E-Z felkiáltott. "Azt akarod mondani, Hadz. Reiki, Eriel és Ophaniel hazudott nekem?"

"A hazugság erős szó, de igen. Nézd meg a környezetedet. A lelkek különálló rekeszekbe vannak elhelyezve. Minden lélek számára előre elkészül egy rekesz."

"Szóval azt mondod, hogy a szüleim mindegyike egy-egy ilyen rekeszben van?"

"Igen, a lelkük."

"És aztán mi történik velük?"

"Hát, a mennyekben lebegnek."

"Ez szomorú. Mindig azt hittem, hogy a szüleim együtt lesznek valahol. Tudom, hogy ez volt az egyetlen dolog, ami Alfrédnak némi vigaszt nyújtott. Hogy a felesége és a gyerekei együtt vannak valahol. Senki sem szeret arra gondolni, hogy a szerette egyedül hal meg. Nem is beszélve arról, hogy az örökkévalóságot egy fémkonténerben tölti, hol egyik helyről a másikra sodródik."

"Emberi érzelgősség. A lelkek csak léteznek. Nem élnek és nem lélegeznek, nem esznek, nem érzik túl melegnek vagy túl hidegnek. Az emberek nem értik ezt a fogalmat."

Gúnyolódott.

"Nem akarom megsérteni a fajtádat. De amikor egy test meghal, ami megmarad, a lélek, az egy nehezen értelmezhető fogalom. Az emberi agy egyszerűen túl kicsi ahhoz, hogy felfogja az univerzum összetettségét. Ezért jöttek létre a vallási tanok. A laikusok nyelvén írva. Könnyen taníthatóak és követhetőek mindenféle bizonyíték nélkül."

"Mivel a lelkek értékesebbek, mint az olyan emberek, mint én, hogyan élhetném le az életem hátralévő részét egy ilyen konténerben?"

"Mi kiigazításokat végeztünk, mint most és korábban. Amikor behoztunk, akkor sem volt gondod azzal, hogy itt létezz, ugye most s em?"

"A klausztrofóbián kívül" - mondta. "És azok az alkalmak, amikor azzal a levendula spray-vel kellett megnyugtatniuk."

"Á, igen. A klausztrofóbia kiújulása természetesen attól függ, hogy melyik lehetőséget választja. Ha az egyes számú lehetőséget választod, a környezet minden tekintetben támogatni fog téged, amíg a lelked készen nem áll. Akkor a földi formádat el lehet tüntetni. Az emberek alkalmazkodnak, és te megszoknád. Ráadásul a szüleiddel leszel, és újraélheted az emlékeidet. Ezzel eltelik az idő. Most pedig, nevezd meg választásodat!"

"Várj, mi lesz a szárnyaimmal, és a székem szárnyaival? Mi lesz velük?" Tétovázott: "Mi lesz Alfréd és Lia erejével? Ha az egyes számú lehetőséget választjuk, akkor visszamegyünk oda, ahol voltunk? Úgy értem, mielőtt te és a többi arkangyal belekeveredtetek volna az é letünkbe?"

"Természetesen nem fogjuk letépni a szárnyaidat, kedves fiam, vagy elvenni bármelyikőtöknek a már kapott képességeit. Arkangyalok vagyunk, nem szadisták."

"Jó tudni, így továbbra is szuperhősök maradhatunk."

"Megtehetitek, de meg kell teremtenetek a saját nyilvánosságotokat - mert ha mi kiestünk - akkor végleg kiestünk."

"Kérem, maradjanak ülve" - mondta a hang a falban, bár E-Z-nek nem sok választása volt a dologban.

Az arkangyal nem szólt semmit. Ehelyett azzal terelte el a figyelmét, hogy megtisztította a szemüvegét, majd visszatette.

"Még egy dolog - kérdezte E-Z -, ami Alfrédot illeti".

"Folytasd csak, de siess. Egy másik fogalom, amit az emberek nem értenek, hogy az idő az egész univerzumban létezik. Nekem máshol kell lennem, és más arkangyalokat kell meglátogatnom."

"Jól van, akkor nekilátok. Alfréd most egy másik emberi testben van. Ha a lélek a testtel együtt marad, akkor két lélek van benne? A lélekfogó két lélekre vár?"

Az angyal hátat fordított neki. Megköszörülte a torkát, mielőtt megszólalt: "Én, mi, reméltük, hogy nem teszed fel ezt a kérdést. Okosabb vagy, mint gondoltuk." A lány lehunyta a szemét, és bólintott: "Mhmmm." A szemei csukva maradtak. E-Z megnézte, hogy van-e rajta füldugó, mivel úgy tűnt, hogy hallgat valakit. Vagy talán csak képzelődött. A lány bólintott. "Egyetértek" - mondta.

"Van még valaki itt velünk?" - kérdezte.

Egy új hang dübörgött körülötte. Miért volt minden arkangyalnak ilyen hangos hangja?

"Raziel vagyok, a Titkok Őrzője. E-Z Dickens, meg kell hallgatnod a szavaimat. Mert ha egyszer kimondtam őket, nem fogsz emlékezni rájuk. Sem arra, hogy itt jártam. A Lélekfogók és céljaik nem tartoznak rád. Túllépted a határaidat, és ezt nem fogjuk eltűrni! Nagylelkűen két lehetőséget adtunk neked. Döntsetek MOST, vagy tanult barátom m eghozza a döntést helyettetek."

E-Z beszélni kezdett, de aztán az elméje elsötétült. Miről beszéltek?

Az arkangyal újra lehunyta a szemét, elfojtotta a "Köszönöm" szavakat, és Raziel hangja nem szólalt meg többé.

OLYAN VOLT, MINTHA AZ idő visszafelé ugrott volna. "Azt várod, hogy azonnal döntsek, anélkül, hogy időt adnál gondolkodni? Anélkül, hogy beszélnék Sam bácsival vagy a barátaimmal? Ha már itt tartunk, mi van Alfréddal, neki azt mondták, hogy újraegyesül a családjával? És Liának, neki azt mondták, hogy visszakapja a látását."

"Mivel Alfréd elment, a te döntésed - hogy túléli-e a Földön vagy sem - az ő döntése lesz. Az ő első számú választása ugyanaz lesz, mint a tiéd. Vajon újra át akarja-e élni az életét a családjával ismételten? Mivel már nincs, lehet, hogy már most kellemes álmai vannak róluk. Aztán megint csak sosem lehet tudni, milyen trükkökre képes az elme. Lehet, hogy rémálmok hurokjába került, és csak te mentheted meg őt és a családját azzal, hogy meghozod a számára megfelelő döntést."

"Azt mondod, hogy soha nem fog kijönni belőle? Végleg?"

"Ezt nem tudom megmondani. Csak annyit tudok, hogy a lélekfogó még nem áll készen arra, hogy begyűjtse a lelkét... még nem."

"És Lia?"

"Az emberi szemei már nem élnek ebben az életben, ahogy a lábaid sem. Újraélheti a látó napjait, de lehet, hogy jobban szeretné, ha te is választanál helyette. Elvégre még nem volt ideje felnőni és megérni, mint egy normális gyermeknek. Már három évet elvesztett az életéből, és ez az öregedési epizód, nem vagyunk biztosak benne, hogy ez csak egyszeri alkalom, vagy, hogy újra megtörténik-e."

"Úgy érted, azt sem tudjátok, mi fog vele történni?"

"Nem, nem tudjuk. Különben is, még mindig alszik."

"Ezt nem tudom eldönteni, mindhármunk számára egy időre. Ez egy nagy döntés, és időre van szükségem."

"Akkor megkapod." Egy óra jelent meg, amely hatvan percet számolt vissza. "A te időd most kezdődik. Adja meg a választ, mielőtt nullára ér. Különben minden, amit megbeszéltünk, érvényét veszti. És a barátod holttestével együtt találod magad a szállodában." A szárnyai csapkodtak, é s egyre magasabbra emelkedett.

"Várj, mielőtt elmész" - kiáltotta.

"Most mi van?"

"Vannak mások is, mármint más gyerekek, mint mi?"

"Jó volt megismerni téged" - mondta a lány.

"Az érzés határozottan nem kölcsönös" - válaszolta a férfi.

26. FEJEZET

AHOGY TELTEK A PERCEK, E-Z átbeszélte mindazt, amit az imént mondtak neki. Azt kívánta, bárcsak elég széles lenne a siló, hogy többet tudjon mozogni. Legalább kényelmesen ült a kerekesszékében. Együtt olyanok voltak, mint egy dinamikus duó.

"Szeretne valamit enni?" - kérdezte a hang a falról.

"Persze, hogy szeretnék" - mondta. "Egy almát, egy kis popcornt - sajtos ízesítésű jó lenne, és egy üveg vizet".

"Máris hozom" - mondta a hang, miközben egy fémből készült asztal tolakodott be a falon lévő résen, amit eddig nem vett észre. Előtte állt meg. A résből egy kampó jött ki, amely először a vizes palackot vitte. Aztán egy második kampó, amely egy poharat vitt. Egy harmadik horog következett egy almával. Mielőtt letette volna, a horog egy törülközővel megpucolta. Aztán egy negyedik horog bukkant elő, egy tál pattogatott kukoricát cipelve.

"Köszönöm - mondta, miközben a négy kapaszkodó kampó integetett, és eltűntek a falban.

"Szívesen."

"Ööö, van rá esély, hogy elhozza nekem a számítógépemet? Megsemmisült a tűzben. Biztosan szeretnék egy listát készíteni a döntéshez szükséges dolgokról."

"Hogyne. Csak adjon egy-két percet."

Miközben befejezte az almát, és a pattogatott kukoricán elmélkedett, a szemközti falon lévő másik nyílásból előkerült a laptopja. A kampó a magasban tartotta, és várta, hogy E-Z arrébb tolja a többi tárgyat, hogy elférjen. Amikor ezt nem tette meg, a másik oldalról horgok jelentek meg. Az egyik felkapta az almamagot, és eltűnt a falban. Egy másik a maradék vizet töltötte a pohárba. Aztán visszavitte az üres üveget a falon lévő nyíláson keresztül. Mivel a popcornt és a pohár vizet meg akarta tartani, levette őket az asztalról. A kampó letette a laptopját, majd visszatette a f alban lévő nyíláson keresztül.

E-Z úgy gondolta, hogy a kampók menő kiegészítők. Könnyen el tudná adni őket egy nagy svéd láncnak.

Most, hogy a kampók mind eltűntek, felemelte a laptopja fedelét, és bekattintotta. Először is ellenőrizte a Tattoo Angel fájlját, minden megmaradt! Annyira boldog volt; sírva fakadt volna, ha az óra nem k etyegeti az időt.

"Nagyon köszönöm - mondta, és egy marék sajtos popcornt tömött a szájába. Aztán gépelni kezdett. Úgy döntött, hogy harmadikként magára gondol. Először is, leírja az előnyöket és hátrányokat Alfréddal kapcsolatban. Rögtön tudta, hogy Alfréd nem bánná, ha a családjával többször is átélné a múltját. Rögtön ezt a lehetőséget választotta volna.

"Mégis úgy tűnt E-Z-nek, hogy a családja nem ezt a lehetőséget szerette volna, ha választja. Mivel újra átélné azt, ami már volt, nem pedig továbblépne. Az életben az embernek előre kell lépnie. Hogy tovább t anulj és fejlődj.

Minél többet gondolkodott rajta, annál inkább rájött, hogy ez olyan lenne, mintha a saját élettörténetét nézné. Képzeld el az életedet huszonnégy órán át állandó hurokban. Soha nem tudhatod, mikor ér véget. Vagy hogy véget ér-e valaha is. Ez egy másfajta pokollá válhatna. O lyanná, amire nem volt szabad gondolnia.

Kivéve, ha biztosan tudta, hogy Alfréd mindig kómában lesz. Amire az arkangyal utalt. Akkor számára a döntés elűzhette a rossz álmokat és rémálmokat. Alfréd a családjával lenne, örökre. Még ha ez nem is az igazi... talán elég lesz. Vajon ezt választaná?

Ránézett az időre, ötven perc volt hátra. Lia ügyére kezdett gondolni. Az álma, hogy híres balerina legyen, meghiúsult. Vajon újra át akarná élni a gyermekkorát, tudva, hogy ez az álom soha nem teljesülhet be? Számára megérné megkockáztatni a jövőt. A tenyérnyi szemei különlegessé, egyedivé tették... és szimpatikus volt. Talán még a csodanő legújabb változata is lehetne, ha képes lenne minden erejét hasznosítani.

"E-Z?" Mondta Lia. "Hallom, hogy gondolkodsz, de hol vagy?"

Jaj, ne! Most, hogy a lány felébredt, mindent el kellett volna magyaráznia neki, és ez időbe telik, és az idő kezdett fogyni. Meg kellett tennie, méghozzá gyorsan. "Figyelj Lia - kezdte -, hosszú történetet kell elmesélnem neked, kérlek, ne állíts meg, amíg a mese be nem fejeződik. Kifutunk az időből." Elmagyarázta az egészet, tíz percig tartott. Újabb tíz perc telt el. Negyven perc maradt.

"Oké, E-Z, te gondolj magadra, én pedig magamra. Szánjunk rá öt percet, aztán újra beszélünk. Az idő most kezdődik."

"Jó terv."

Öt perc telt el, és az óra harmincöt percet mutatott még. E-Z megkérdezte Liát, hogy döntött-e már.

"Igen" - mondta a lány. "És te?"

"Én is" - mondta. "Te vagy az első, öt percen belül vagy kevesebb, ha tudsz."

"Nekem elég könnyű döntésnek tűnik, E-Z. Nem akarok itt maradni és itt élni az életemet. Amikor a Lélekfogó idehoz, amikor már halott vagyok. Az jó lesz. De nem akarom, hogy erőszakkal bezárjanak ebbe a térbe. Nem, amikor kint lehetnék, és érezhetném a napsütés melegét, hallgathatnám a madarakat, a szél a hajamban. Nem is beszélve arról, hogy időt tölthetek anyámmal, Sam bácsival és remélhetőleg veled is. Az élet túl rövid ahhoz, hogy elpazaroljuk, és az új szememet a legtöbbször s zeretem." Nevetett.

"Egyetértek, és a helyedben én is ezt venném."

"Köszönöm, E-Z. Mennyi időnk maradt még?"

"Még huszonöt perc" - erősítette meg a férfi. "Most pedig itt az én gondolkodásom, remélhetőleg kevesebb mint öt percben. Nem bánom, hogy itt bent vagyok, nem sokban különbözik attól, mint odakint. Megtanultam, hogy kerekesszékben nem a világ vége. Sőt, már egészen megszoktam. Megtehetek olyan dolgokat, amiket korábban is, például baseballozhatok, és nem vagyok teljesen béna benne. A fenébe is, még a p ralimpián is ezt játsszák.

"A szüleim nem akarnák, hogy a múltban élve pazaroljam az életemet. És Sam bácsi sem. Nem vagyok hajlandó mindent feladni, csak azért, mert azok a balfék arkangyalok tettek néhány illetlen ígéretet. Úgyhogy egyetértek veled. A fenébe is, kiszállunk ezekből a Lélekfogókból. Addig éljük az életünket, amíg nem élünk tovább. Aztán jöhet a jó öreg lélek, és elkaphat minket. Évekkel később, miután remélhetőleg hozzájárultunk az emberiséghez és jó életet éltünk. Talán találunk még hozzánk hasonlókat. Létrehozhatnánk egy szuperhős forródrótot, és együtt dolgozhatnánk szerte a világon. Használhatnánk az erőnket, hogy jobbá tegyük a világot. Teljes életet élhetnénk; inspiráló életet teremthetnénk, amire büszkék lehetnénk, és a családunk is büszke lenne r á."

"Bravó!" Lia felkiáltott. "De vannak mások is, mint mi?"

"Megkérdeztem az angyalt, aki mindent elmagyarázott nekem, de nem válaszolt. Ez arra enged következtetni, hogy vannak." Az órára pillantott. "Már csak huszonegy perc van hátra."

"Mi van Alfréddal? Fel fog ébredni valaha is?"

"Az angyal azt mondta, hogy nem tudja, csak a lélekfogó tudja... de azt mondta, hogy talán rémálmai vannak. Ha van rá esély, hogy az élő pokolban van, akkor jobb, ha elengedjük. Az egyes számú lehetőség, hogy újra átéli az életét a családjával hurokban, az az e gyetlen számára?"

"Nem értek egyet. Egyikünk sem tudja biztosan, mikor jön értünk a lélekfogó. Alfréd nem akarna itt elpazarolni, mert rossz álmok találhatnak rá. Nem ott, ahol van rá esély, hogy segíthet valakinek, vagy inspirálhat valakit. Együtt jöttünk ide, és együtt is kell távoznunk innen. Véleményem szerint ennyi."

Tizennégy perc és ketyeg.

Egyedülálló módon közelítette meg Alfréd kérdését Igaza volt? Vajon Alfréd valóban le akarná-e mondani a családját ebben a forgatókönyvben egy ismeretlen jövőért? Nem létezünk mindannyian egy ismeretlen világban? Irányváltoztatás, kacsázás és búvárkodás. Ablakokat nyitunk, ajtókat zárunk. Hagyjuk, hogy érzelmeink tévútra vezessenek, majd vissza. Minden az életről szól. Igen, Liának igaza volt. Ez egy elintézett ügy volt.

Nyolc perc volt még hátra az órán.

"Azt hiszem, igazad van, Lia. Mindenki egyért és egy mindenkiért" - mondta E-Z. "Az arkangyal azt mondta, hogy ki kell mondanom a szavakat, mielőtt lejár az óra. Akkor mindannyian visszakerülünk a szállodába... mintha ez a Lélekfogó közjáték meg sem történt volna."

"Szerinted mégis emlékezni fogunk a Lélekfogókra? Fontos dolog, hogy tanuljunk ebből az élményből. Még ha nem is osztottuk meg. Ne feledjük, hogy ez mindent szétrobbant, amit a mennyországról és a túlvilágról tudunk."

Még öt perc van hátra.

"Így van, de ezt beszéljük meg a másik oldalon." Ökölbe szorította az öklét, miközben az óra négy percig ketyegett. "Döntöttünk!" - kiáltotta. "Szedjetek ki minket hármunkat ezekből, ezekből a lélekfogókból - M OST!"

E-Z silójának falai remegni kezdtek. "Jól vagy, Lia?" - kiáltotta. A lány nem válaszolt. A lába alatt mintha zörgött és dübörgött volna a talaj. Aztán forogni kezdett, először az óramutató járásával megegyező irányban, aztán az óramutató járásával ellentétesen, majd az óramutató j árásával megegyező irányban.

Belül a gyomra felfordult. Sajtos pattogatott kukoricát köpött ki, és mindenfelé piros almadarabkákat rágcsált.

Ezek voltak az egyetlen emléktárgyak, amiket a Lélekfogó őrizhetett tőle. Remélhetőleg borzasztó hosszú ideig.

MEGJEGYZÉS:

Kedves Olvasók!

Köszönjük, hogy elolvasták az E-Z Dickens sorozat első és második könyvét. Remélem, tetszett Önöknek az új karakterek megjelenése, és kíváncsian várják, mi történik ezután. Amit hamarosan meg is tehetnek!

Még egyszer köszönöm a bétaolvasóimnak, a korrektoroknak és a szerkesztőimnek. A tanácsaitok és a bátorításotok tartott engem a pályán ezzel a projekttel, és a hozzájárulásotokat mindig nagyra é rtékeltük/értékeljük.

Köszönöm továbbá a családomnak és a barátaimnak, hogy mindig ott voltak mellettem.

És mint mindig, jó olvasást!
Cathy

CATHY

Cathy a kanadai Ontarióban él és ír.

Ha szeretnél neki e-mailt küldeni, a címe a következő:

cathy@cathymcgough.com.

Szeret hallani az olvasóiról!

TOVÁBB

FIKCIÓ

YA

HAMAROSAN KIADJÁK:

E-Z DICKENS SZUPERHŐS HARMADIK KÖNYV: PIROS
SZOBA

E-Z DICKENS SZUPERHŐS NEGYEDIK KÖNYV: A JÉGEN

NON-FIKCIÓ

103 adománygyűjtési ötlet a szülői önkéntesek számára a
Iskolák és csapatok (3. helyezés BEST REFERENCE 2016
METAMORPH PUBLISHING)

www.ingramcontent.com/pod-product-compliance
Lightning Source LLC
Chambersburg PA
CBHW060432310726
48977CB00001B/145